DROEMER

GORDON TYRIE

SCHOTTEN STERBEN

EIN HEBRIDEN *Krimi*

DROEMER

Besuchen Sie uns im Internet:
www.droemer.de

Originalausgabe Mai 2020
Droemer Taschenbuch

Ein Imprint der Verlagsgruppe
Droemer Knaur GmbH & Co. KG, München

Redaktion: Felicitas Igel
Covergestaltung: schoelldesign, Augsburg
Coverabbildung: AdobeStock / Daniel J
Karte: Peter Palm
Satz: Adobe InDesign im Verlag
Druck und Bindung: CPI books GmbH, Leck
ISBN 978-3-426-30732-8

2 4 5 3

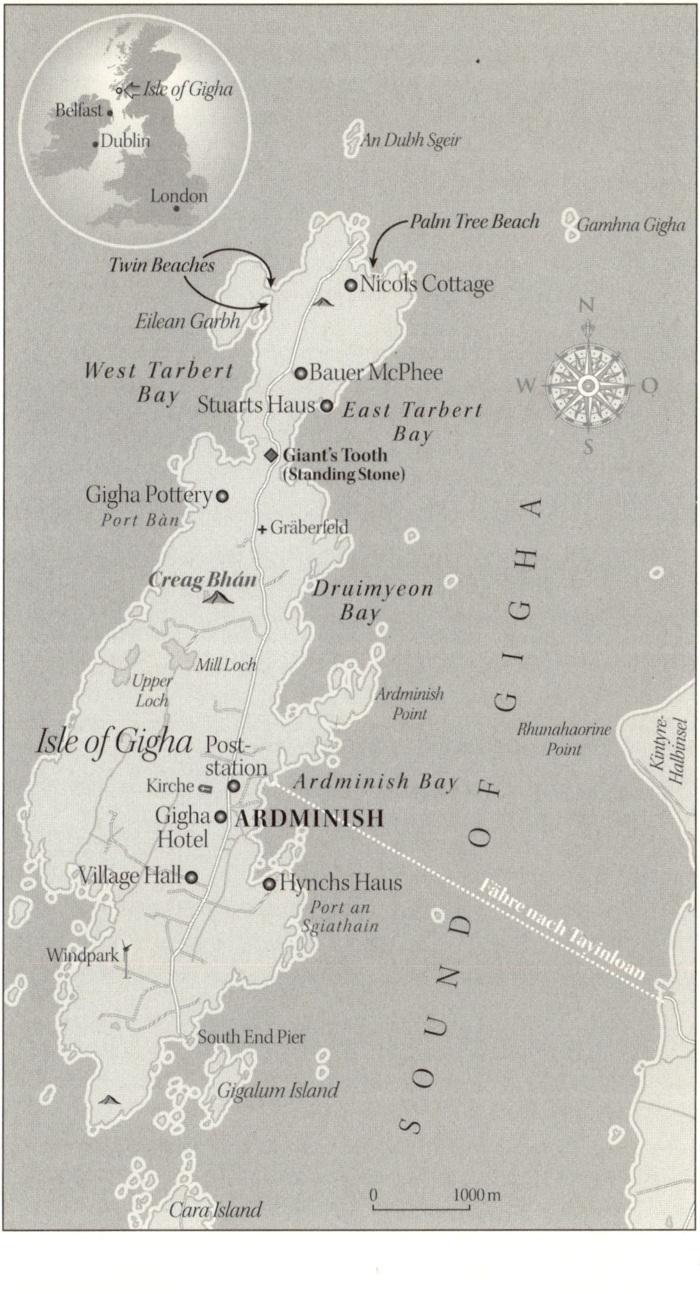

Isle of Gigha
Belfast
Dublin
London
An Dubh Sgeir
Palm Tree Beach
Gamhna Gigha
Twin Beaches
Nicols Cottage
Eilean Garbh
N
W
O
S
West Tarbert Bay
Bauer McPhee
Stuarts Haus
East Tarbert Bay
Giant's Tooth (Standing Stone)
Gigha Pottery
Port Bàn
Gräberfeld
Creag Bhán
Druimyeon Bay
Mill Loch
Upper Loch
Ardminish Point
Rhunahaorine Point
Kintyre-Halbinsel
Isle of Gigha
Post-station
Kirche
Ardminish Bay
Gigha Hotel
ARDMINISH
Village Hall
Hynchs Haus
Port an Sgiathain
Fähre nach Tayinloan
SOUND OF GIGHA
Windpark
South End Pier
Gigalum Island
0
1000 m
Cara Island

DIE HAUPTPERSONEN

Nicol	trägt niemals Schuhe, baut ein Boot und findet eine Leiche am Strand
Phyllis und Val (Zwillinge)	töpfern, träumen und erinnern sich viel zu genau an Vergangenes
Stuart und Jessie	lieben einander und fischen nicht nur Algen aus dem Wasser
Hynch	hat einiges auf dem Kerbholz, ein großes Ruhebedürfnis sowie ein Teleskop
Craig	fährt mit seinem Postauto über die Insel und schreibt Briefe, die von den falschen Leuten gelesen werden
Jim McKechnie	ist in keinem guten Zustand
Pat und Bob	wollen eigentlich nur Urlaub machen und stören gewaltig
Thin Lizzy	zottelig, mag (fast) niemanden

CRAIGS TAGEBUCH, 5. FEBRUAR 2017

Vielleicht hätte alles einen ganz anderen Verlauf genommen, wenn die Flut gegen Ende der Nacht nicht so stark gewesen wäre. Das Donnern der Brandung. Ewig heulender Wind, durch Ritzen und Spalten dringend und die Wärme aus dem Haus saugend. Böen, die einem fast das Dach wegreißen.

Vielleicht hätte Frühnebel in der Bucht dazu geführt, dass man gewisse unerfreuliche Dinge übersehen hätte, bis sie durch die Gezeiten wieder verschwunden wären. Irgendwann verschwindet alles, man muss nur lange genug warten.

Vielleicht hätte sich gar nichts Erzählenswertes ereignet, wenn die Menschen auf den Hebriden anders wären, als sie nun mal sind: neugierig, misstrauisch, starrsinnig. Und wenn sie ihr Glück nicht genau dort suchen würden, wo es sonst niemand vermutet.

Doch den Raum des Möglichen, gibt es den nicht überall? Die kleinen und großen Zufälle, die darüber entscheiden, ob das Leben eine schlechte Komödie bleibt oder sich eher in Richtung Tragödie entwickelt?

Jeden Tag setze ich mit meinem roten Postwagen auf Gigha über. Mit den meisten Bewohnern verstehe ich mich ganz gut. Wenn es die Zeit erlaubt, bleibe ich auf eine Tasse Tee, manchmal auch auf was Stärkeres. Dabei erfahre ich mehr, als mir lieb ist. Wahrscheinlich liegt es daran, dass ich nicht so richtig dazugehöre. Ich bin ein Outsider, einer, der am Ende seiner Tour wieder aufs Festland zurückkehrt. So jemandem erzählt man die merkwürdigsten Sachen, und diese Sachen behalte ich normalerweise für mich. Aber jetzt ist entsetzlich viel passiert …

Langsam frage ich mich, ob dieses Tagebuch eine gute Idee ist. Soll ich die Seiten herausreißen und verbrennen? Auf Inseln geschieht eine Menge, das kaum jemals nach außen dringt. Ein echter Standortvorteil.

Inseln können prima schweigen.

Vielleicht wäre es besser, einen weiteren Brief zu schreiben. Einen letzten, der alles erklärt. An die einzige Person, die mir etwas bedeutet. Mich ehrlich zu machen.

Jedenfalls: Ich war's. Ich hab's getan.

Glaube ich zumindest.

1

Die Brandung spie einen Toten aus. Jede einkommende Welle trug den Körper ein bisschen weiter auf den Strand. Wie ein Stück Treibgut wurde er an der Wasserlinie hin- und hergewälzt, wieder und wieder, als wolle das Meer etwas zurückgeben, wofür es keine Verwendung hatte. Braucht das noch jemand, oder kann das weg?

Wenn Schotten sterben, steigt meistens eine Party.

Auch jetzt herrschte hektische Betriebsamkeit. Garnelen versuchten, zurück ins Wasser zu gelangen, in ihre angestammte Sphäre, außerdem Langustinen, Asseln und was sonst noch Beine besaß. Krebse und Felsenkrabben verweilten länger bei dem Festmahl. Sie schnippelten sich mit ihren kräftigen Scheren überall durch, Bauchdecke, innere Organe, es war noch reichlich vorhanden. Manch eine Krabbe wurde aufgespießt von einer Möwe, einem Kormoran oder einem anderen natürlichen Fressfeind. Räuber-Beute-Beziehungen waren nicht verhandelbar, es kam, wie es kam. Vielleicht schaute noch ein Fischotter oder ein herumstreunender Hund vorbei, die hatten schließlich auch Hunger.

Wasser, Luft und Land, der Dreiklang der Evolution. An deren Spitze stand eigentlich das, was sich momentan auf Bodenniveau befand, diesmal nicht am oberen Ende der Nahrungskette, sondern ausnahmsweise am unteren: eine Leiche, zunehmend unvollständig.

Der Mensch. Oder was davon übrig war.

In der Rechtsmedizin hieß das »postmortaler Tierfraß«. Spuren aller Art wurden zuverlässig beseitigt. Zumindest die meisten.

Hynch konnte so was stundenlang beobachten. Er nahm einen Schluck Tee. Das Leben war eine Art Naturdoku, fand er.

Er schwenkte sein Teleskop. Dass eine Party stieg, war nicht übertrieben. Jede Menge Leute hier.

Sein linkes Auge juckte. Sein Phantomauge. Das tat es immer, wenn es viel zu sehen gab.

2

Tiere waren früher da gewesen als Menschen. So auch hier. Und sie waren deutlich in der Überzahl. Fleischfresser, Pflanzenfresser, Allesfresser, wohin man blickte.

Diese Tiere hatten eines gemeinsam: Keines war schuld.

»Das haben sie uns voraus«, brummte Hynch. »Wissen nicht mal, was das sein soll: Recht oder Unrecht. Die machen ihr Ding, und fertig.«

Er führte wieder Selbstgespräche, eine der Marotten, die er sich angewöhnt hatte.

Aus seinem früheren Leben gab es niemanden mehr, mit dem er sich hätte unterhalten können. Sie waren allesamt sehr schweigsam geworden, Ex-Auftraggeber, Ex-Partner, Ex-Informanten, Ex-Feinde, die Reihe ließ sich beliebig fortsetzen, massenhaft Schweinehunde, die noch froh sein konnten, dass sie an ihn geraten waren. Würmerfraß oder in Flammen aufgegangen, je nachdem. Deswegen genoss er jetzt seinen Ruhestand.

Den Ruhestand eines Profikillers. Mit Betonung auf Ruhe. Er hatte mit dem Töten abgeschlossen und wollte nur noch seinen Frieden. Von ihm aus konnte die Leiche ruhig vollständig gefressen, verdaut und wieder ausgeschieden werden, so ging das seit Jahrmillionen. Das Letzte, was er hier auf Gigha brauchte, waren polizeiliche Ermittlungen. Und wenn der tote Typ am Strand derjenige war, von dem er annahm, dass er es war, mussten seine sterblichen Überreste schnellstmöglich verschwinden. Sonst wäre auf der Insel bald der Teufel los.

Den Teufel in Gestalt von medialer Aufmerksamkeit, den kannte Hynch schon, auf den verzichtete er lieber. Er zog es vor, unerkannt zu bleiben. Und im Verschwinden, vor allem aber im Verschwindenlassen verfügte er über jahrzehntelange Erfahrung.

Wenn er sich so umsah, beschlich ihn der Verdacht, dass er nicht der Einzige war, dem die Leiche Kopfzerbrechen bereitete. Aus dem Schutz seines sorgfältig getarnten Unterstands registrierte er drei verschiedene Parteien, seine Nachbarn gewissermaßen: Nicol, den barfüßigen Aussteiger; Val, eine der verrückten Zwillingsschwestern; und das junge, schwer verliebte Fischerpärchen, Jessie und Stuart, in ihrem Boot draußen auf See.

Sie alle sahen, was er sah, einen toten Scotsman in voller Montur, daran bestand kein Zweifel, um 9.22 Uhr, wie Hynch nach einem Blick auf seine Armbanduhr festhielt, am abgelegenen Palm Tree Beach, der sich dadurch auszeichnete, dass keine einzige Palme an seinem von Farnen und allerlei Gestrüpp überwucherten Ufer wuchs. Schottische Ironie.

Niemand schien sonderlich alarmiert. Alle beobachteten nur, was geschah.

Ein paar Schafe standen auch herum und schauten zu. Schafe besaßen 32 Zähne, genauso viele wie Menschen. Waren aber reine Pflanzenfresser. Fluchttiere. Totale Schisser. Auch das zottelige Hochlandrind, das abseits von den Schafen weidete, war ein reiner Pflanzenfresser – doch alles andere als ein Schisser. Es hieß Thin Lizzy. Der Name war irreführend, denn Lizzy wog fast eine Tonne. Sie sonderte sich stets von der Herde ab und war ein bisschen soziopathisch veranlagt, aus einem Grund, den Hynch nicht kannte. Im Herbst hatte sie spontan einen Pferch zerlegt und als Zugabe noch den Pick-up-Truck von Bauer McPhee umgeschmissen. Seither ging Hynch der Kuh lieber aus dem Weg. Zum Glück interessierte sie sich nicht für seinen Unterstand.

Den Bau getarnter Unterstände hatte er vor langer Zeit beim Militär gelernt, um tagelang auf der Lauer zu liegen und einen tödlichen Schuss anzubringen, oft sogar hinter den feindlichen Linien. Er war mit der Umgebung eins geworden, mit einer afghanischen Gebirgsflanke, kongolesischem Flussschlamm oder irakischem Wüstensand. Dieses Mal hatte er sich in den Abhang über der Bucht regelrecht eingegraben. Immer ans Terrain anpassen. Bei der Vogelbeobachtung, seinem neuen Hobby, war das unabdingbar.

Vögel waren viel interessanter als Menschen, fand er, beweglicher, schöner anzuschauen, wenn auch ähnlich bescheuert. Man konnte nicht alles haben.

Er mochte Basstölpel. Und Papageientaucher. Beides sehr hübsche Vögel, und zutraulich, was ihnen nur allzu oft zum Verhängnis wurde.

Von den anwesenden Menschen konnte er Val am besten leiden. Eine dunkle Wolke hing ständig über ihr. Über ihm auch.

3

Ihre Schwester war glücklich. Wieder einmal.

Phyllis wusste noch nichts von der Leiche. Sie saß auf ihrer Lieblingsdecke im windgepeitschten Gras, an einer Stelle, von der aus sie die Twin Beaches gut überblicken konnte. Val hatte Phyllis dick eingepackt, Winterparka mit Kapuze, Handschuhe, gefütterte Stiefel, so mochte sie es am liebsten. »Außen kalt, innen warm«, stellte sie manchmal wie zur Bestätigung fest.

Die Luft fühlte sich frisch und gereinigt an nach dem Sturm der vergangenen Nacht. Die See war noch aufgewühlt. Mächtig rollten die schwarzblauen Wogen heran, bauten sich zu Brechern auf und fielen in sich zusammen, kurz bevor sie den Strand erreichten, majestätisch und bedrohlich zugleich.

Phyllis schaute nicht nach Osten, wo der Palm Tree Beach lag – und Gighas derzeitige Hauptattraktion. Sie schaute nach Westen. Ein paar Inseln befanden sich dort. Und der Atlantik, so weit das Auge reichte, bis zum Horizont.

Doch da war noch etwas anderes. Etwas aus ihrer Vergangenheit, das sie ausfüllte wie ein niemals verlöschendes, gelegentlich durch die Wolken brechendes Licht. Sie sah es auf den Wellenkämmen, funkelnd in den ersten Sonnenstrahlen dieses Wintermorgens am Meer. Sie sah es in den Tautropfen, die zitternd an den Halmen des Strandhafers hingen, an den Reflexionen der vom Seewasser benetzten Felsen, in den schimmernden Prielen, die die Rückströmung hinterließ.

Volle drei Tage würde Phyllis nicht ansprechbar sein. Val kannte diese Phasen, sie liefen immer gleich ab. Dann lag ein unbestimmtes Lächeln auf dem Gesicht ihrer Schwester. Hin und wieder murmelte sie unverständliches Zeug und war nur zu den einfachsten Verrichtungen imstande. Val musste Phyllis an die Hand nehmen, sie führen, ihr beim An- und Auskleiden helfen. Und sie durfte ihren Wachtraum keinesfalls stören.

Val und Phyllis. Unzertrennlich.

In Augenblicken wie diesem beneidete Val ihre Schwester um eine außergewöhnliche Fähigkeit, die bei ihr eher ein Segen zu sein schien. Ein Segen? Nein, es war eine Gabe, Phyllis hatte sie selbstständig herausgebildet, irgendwann in ihrer Jugend. Die Gabe, sich das Beste vom Besten in Erinnerung zu rufen. Sich nur der Geschehnisse zu entsinnen, die in helle, heitere Farben getaucht waren.

Wer konnte das schon von sich behaupten? Das Gute dem Schlechten vorzuziehen? Die meisten Menschen klammerten sich lieber am Schlechten fest, dachte Val, sie pflückten nicht die prallen reifen Früchte, sondern sie rafften das Fallobst zusammen, das faulende und gärende Zeug. Und dann kochten sie diesen Lebensmatsch ein, füllten ihn in Einmachgläser, stellten sie säuberlich etikettiert auf den Schlafzimmerschrank und zeigten ihre Sammlung jedem, der vorbeikam, ob er wollte oder nicht.

Erinnerungen konnten ziemlich aufdringlich sein.

Phyllis teilte ihre Erinnerungen mit niemandem, nicht einmal mit Val. Ganz einfach, weil sie nicht auf den Gedanken kam, dass sich jemand dafür interessierte. Und ein bisschen auch deshalb, weil es ihr »süßes Geheimnis« war, wie sie nach ihren dreitägigen Flashbacks gern sagte.

Doch ihre Gabe war nichts gegen den Fluch, den Val abgekriegt hatte. Den Fluch des zwanghaften Erinnerns. Nicht wie in Trance und auf wenige Tage beschränkt wie bei Phyllis, sondern ständig, von früh bis spät. Als liefe der History Channel in einem Teil ihres Gehirns in Endlosschleife. Und im Gegensatz zu Phyllis konnte Val sich das Programm nicht aussuchen.

Die Leute meinten immer, bei Zwillingen seien Vorzüge und Schwächen gerecht verteilt.

Die Leute hatten keine Ahnung.

Val machte kehrt und ging zurück zum Palm Tree Beach, zu dem Strand mit der Leiche. Gut, dass Phyllis der Anblick erspart geblieben war.

Angeschwemmte leblose Körper, von der Brandung über Riffe und Felsen gezerrt und ans Ufer geworfen.

In Schiffsbäuchen geborgene und bereits von Leichentüchern umwickelte Körper.

Körper, die an der Wasseroberfläche trieben und noch in ihren Schwimmwesten hingen.

Val hatte solche Bilder häufig im Kopf. Sie stammten

zumeist aus dem Fernsehen oder aus Geschichtsbüchern. Aber auch aus eigener Anschauung. Im Grunde hätte sie sich bei der Seenotrettung bewerben können – als Sachverständige für Wasserleichen. Oder als Kandidatin bei Quizshows. Schon als Kind hatte sie sich ausführlich damit beschäftigt. Ausführlich hieß bei Val: bis ins allerletzte Detail. Sie brauchte 47 Minuten, um alle 1.514 Todesopfer des Untergangs der *Titanic* aufzuzählen. Für die gesamte Passagierliste, die aus über 2.200 Personen bestand, etwa 20 Minuten länger. Doch Überlebende interessierten sie nicht. Die Toten waren mehr ihr Fall.

Die Leiche am Palm Tree Beach gehörte zur Kategorie »angeschwemmt, ungefähr einen halben Tag im Wasser, Verletzungen durch Auf- oder Anschlagen gegen spitze Steine und Muschelbewuchs«. Soweit es zu erkennen gewesen war. Val hatte mit Phyllis einen Spaziergang gemacht. Phyllis hatte an den Twin Beaches ihren Rappel bekommen, und Val hatte Phyllis auf deren Lieblingsdecke zurückgelassen und weiter ihre Runde gedreht bei diesem für Anfang Februar überraschend freundlichen Wetter, das musste man ausnutzen. Sie hatte die Leiche entdeckt und kurz untersucht – ohne mit der Wimper zu zucken, immerhin hatte sie früher als OP-Krankenschwester gearbeitet.

Dann hatte sie bemerkt, dass Rauch aus dem Cottage aufstieg, und war vorsichtshalber verschwunden. Sie hatte erneut nach ihrer Schwester gesehen, die ganz in den glücklichsten Tagen ihres Lebens aufging, anderer Ort, andere Zeit, und jetzt war Val wieder hier am Palm Tree Beach, duckte sich hinter einen Felsen und schaute hinab. Sie holte einen Feldstecher aus ihrem Parka und stellte ihn scharf. Ihr durfte nicht das Geringste entgehen.

Der Palm Tree Beach lag auf der Nordostseite von Gigha, eine halbe Meile von Phyllis entfernt. Inzwischen war Nicol wach und inspizierte das Gelände.

Val hatte einen Spitznamen für Nicol: Hobbit. Er ging barfuß, auch im tiefsten Winter, so eine Öko-Nummer. Vegetarier, klar. Er baute ein Boot, obwohl er davon als Landratte aus Milton Keynes keine Ahnung hatte. Sah aus wie eine dickliche Version von Bilbo, achtete nicht mehr groß aufs Äußere mit seinen verfilzten Kraushaaren und der roten Knollennase.

Doch »Hobbit« hatte sich bei den anderen nie durchgesetzt. Auf den Hebriden waren noch viel durchgeknalltere Typen als Nicol unterwegs, Einheimische wie Zugezogene. Manche hausten in Höhlen, andere schwammen in Neoprenanzügen meilenweit durchs Meer oder surften in Strandnähe, bevorzugt im Winter, weil da die Wellen erstaunlich hoch werden konnten. Es waren nur ein paar, aber es gab sie, sogar auf der Isle of Gigha, auf der gerade einmal 160 Menschen lebten. Diese Einzelgänger hatten sich abgesondert vom Rest der Welt. Auch Val und Phyllis gehörten in gewisser Weise dazu. Die Krankheit, unter der sie angeblich litten, machte sie automatisch zu Außenseitern.

Nicol stapfte am Ufer entlang durch eine Mischung aus Sand und Kieseln. Er wich den Braunalgen aus. Mit seinem unförmigen Wanderstab kam er sich wohl vor wie Gandalf, der Zauberer, dachte Val. Doch für sie blieb es dabei: Hobbit. Val wusste, warum er ein Bäuchlein vor sich herschob: Käsemaccheroni aus der Dose. Nicol fraß den Matsch palettenweise. Er war kein großer Koch.

Endlich stieß er auf die Leiche.

Nicol stutzte. Stocherte an dem Körper herum. Der Zersetzungsprozess musste sich schlagartig beschleunigt haben, nachdem der Tote von der Flut an Land gespült worden war. Vielleicht roch es schon ein bisschen streng, mutmaßte Val.

Nicol übergab sich. Nicht auf die Leiche, sondern in eine Pfütze am Strand. Offenbar hatte er einen sensiblen Magen. Wohl das einzig Sensible an ihm.

Doch dann geschah etwas Seltsames. Nicol schien schlechter Laune zu sein. Mit seinem Wanderstab holte er aus und schlug wie ein Wahnsinniger auf die Leiche ein. Immer wieder, als wollte er ein Steak weich klopfen. Ein Steak, das längst weich war.

Ziemliche Sauerei.

Vals Finger ballten sich zu Fäusten, ihre Muskeln spannten sich. Hau drauf, Nicol! Geht das nicht kräftiger?

Wie gerne hätte sie ihm dabei geholfen. Sie kannte den Toten. Seine Kleidung, die sie immer als lächerlich empfunden hatte, ließ keinen Zweifel zu. Durch und durch schottisch. Oder das, was man landläufig dafür hielt: Kilt, Kniestrümpfe und so weiter. Jim McKechnie hatte es verdient zu ertrinken, von Riffen zerraspelt und von Strandkrabben ausgeweidet zu werden.

Aber wie, fragte sich Val, war er überhaupt ins Wasser gelangt? Jim war zu Lebzeiten ein erfahrener Skipper gewesen, mit seinem Segelboot hatte er die stürmischsten und gefährlichsten Gewässer der Welt durchquert. Es gab zahllose Reportagen darüber, die ihn als unerschrockenen Seemann zeigten, großzügig bebildert, im Fernsehen und in den Zeitungen. Und bei dem Unwetter letzte Nacht wäre er doch sicher im Hafen geblieben, oder etwa nicht?

Nicol hielt inne. Außer Atem senkte er den Wanderstab. Er ließ sich auf dem Boden nieder und machte eine Pause. Keine Kondition, der Mann.

1881, kam es Val in den Sinn. Das Handelsschiff *Henrietta*. Es war bei Cara Island südlich von Gigha auf Grund gelaufen und gesunken. Der Kapitän war dabei über Bord gespült und auf den Pentland Skerries, 500 Kilometer weiter nördlich, wieder angetrieben worden. Nur noch schwer identifizierbar.

Das war Vals Gabe, ihr Fluch: Untergänge.

Sie und Phyllis hatten das hyperthymestische Syndrom. Ein absolutes Gedächtnis. Sie konnten sich an unglaublich vieles, das ihnen oder ihren Angehörigen widerfahren war, haarklein erinnern. Wo sie gewesen waren, welche Klamotten sie getragen hatten, was sie mit wem geredet hatten, was außerdem noch passiert war im Weltgeschehen. An jedem einzelnen Tag ihres Lebens. Das hatte etwas mit einer ungewöhnlich starken Aktivität in den Stirn- und Schläfenlappen zu tun. Ein Neurologe hatte versucht, es ihr auseinanderzusetzen.

Aber ihr Gedächtnis funktionierte selektiv, episodisch. Sich wirklich alles zu merken überstieg die Kapazität jedes Gehirns. Deshalb, vermutete Val, gab es bei ihnen im Kopf eine Art Sicherheitssperre. Sie speicherten nur das ab, was eine persönliche Bedeutung für sie besaß oder in irgendeinem Bezug zu ihnen stand. Bei Phyllis waren das drei verrückte Tage, in denen sie die Liebe kennengelernt hatte, wie sie sich ausdrückte. Vor 30 Jahren. Ein Zeitfenster mit rosigem Ausblick – Phyllis' positivem Naturell entsprechend. Bei Val waren es dagegen Katastrophen, vorwiegend zur See. Was daran lag, dass ihre Eltern 1987 bei einem Schiffsunglück umgekommen waren, am 6. März, das Datum hatte sich unauslöschlich in ihr Gedächtnis eingebrannt.

17 waren sie beide damals gewesen. Val hatte Mum und Dad auf der Überfahrt von Belgien nach England begleitet – und den Untergang der Fähre überlebt, der *Herald of Free Enterprise,* während Phyllis zu Hause in Edinburgh dem Mann ihres Lebens begegnet war. Einem Mann, dem jetzt die Augen und noch einiges mehr fehlten. Dessen einst so attraktives, telegenes Gesicht nicht mehr zu erkennen war.

»Was für ein Engel!«, würde Phyllis sagen, die ehemalige Kunsterzieherin, übersensibel, idealisierend.

»Was für ein Arsch!«, presste Val zwischen den Zähnen hervor und ließ den Feldstecher sinken. Sie tastete nach dem Brief in ihrer Jacke und zog ihn heraus. Craig, der Postbote, hatte ihn noch im Morgengrauen zugestellt, um kurz nach acht. An einem Sonntag. Das war ungewöhnlich. Wie so manches, was sich zuletzt auf Gigha zugetragen hatte.

»Phyllis«, stand auf dem Umschlag in einer feinen, nach rechts geneigten Schrift. Nichts weiter, nur der Name.

Val öffnete den Umschlag mit dem Daumen. Wie immer hatte sie dabei ein schlechtes Gewissen. Sie selbst bekam nie handgeschriebene Briefe.

4

In dem Unterstand justierte Hynch sein Teleskop. Auch zu Scharfschützenzeiten im Dienste eines Glasgower Mobsters hatte er nur mit dem besten Equipment gearbeitet. Aber das war vorbei. Endgültig. Niemals mehr einen Schädel wegblasen und die Gehirnmasse in einer Art Action-Painting auf die Wand verteilt sehen zu müssen, befreite ungemein.

Es hinterließ jedoch auch eine gewisse Leere. Hynch wurde nicht mehr gebraucht. Von niemandem. Das tat weh, zum Glück nur manchmal. Gebraucht zu werden beinhaltete immer Verpflichtungen, und gerade die hatte er ja hinter sich gelassen, richtig?

Er konnte Vals Lachfältchen zählen. Dann waren da die Poren auf ihrer Nase. Sie hielt sich viel im Freien auf, wie er. Wind und Wetter verwandelten die Haut in eine gerötete, von geplatzten Äderchen übersäte Kampfzone. Mützen trug Val nur bei Minusgraden. Deshalb waren ihre vereinzelten grauen Haare zu sehen, nur ein paar Silberfäden, sie stachen kaum hervor in der dunklen, unendlich verstrubbelten Lockenpracht, die ihr Gesicht einrahmte.

Nach seinen Recherchen war sie ein 1970er-Jahrgang, elf Jahre jünger als er mit seinen immerhin schon 58. Doch er hatte sich ganz gut gehalten, fand er. Abgesehen von dem Umstand, dass er eine Augenklappe trug und mit seinen eingefallenen Wangen aussah wie der Bösewicht in einem Piratenfilm. Vielleicht stand Val ja auf einen Touch Verwegenheit? Das hoffte er zumindest, wenn er sie in dem einzigen Laden auf der Insel traf, den Ardminish Stores. »Traf« war nicht ganz richtig, er beobachtete sie nur, spähte verstohlen über die Regale hinweg, wenn sie sich mit dem Besitzerehepaar unterhielt und Pakete aufgab, denn die Ardminish Stores waren zugleich eine Poststation.

Erneut schraubte Hynch am Teleskop. Was in aller Welt machte Val da, während sie Nicol beobachtete?

Las sie einen Brief?

Tatsächlich. Hynch gab sich alle Mühe, konnte aber nicht erkennen, was auf dem Papier geschrieben stand, ungünstiger Winkel.

Welcher Brief war so wichtig, dass sie ihn ausgerechnet jetzt las, während Nicol mit der Leiche zugange war? Während Val, die ihre vor sich hin fantasierende Schwester am Twin Beach zurückgelassen hatte, eigentlich aufmerksam verfolgen sollte, was mit Jim McKechnie geschah, dem vielleicht berühmtesten Schauspieler Schottlands?

Es konnte nur ein Liebesbrief sein.

So deutete Hynch zumindest das Lächeln auf ihrem Gesicht. Val strahlte geradezu, was so gut wie nie vorkam. Sie sah aus, als hätte ihr jemand einen Heiratsantrag oder etwas Ähnliches gemacht.

Das war nicht fair.

Aber was war schon fair für einen Mann wie Hynch,

der Beziehungen mied wie die Pest? Fragte er sich in einem Anfall von Selbsterkenntnis.

Nichts da, meldete sich sein Stolz, und auch die Wut. So ein Mann wie er war verzweifelt, wenn ihm die kleinste Aussicht auf Glück genommen wurde – durch einen Scheißliebesbrief! So ein Mann war bereit, die Luke im Boden seines ehemaligen, auf unbestimmte Zeit angemieteten Farmhauses hochzuklappen und sein verstecktes Waffenarsenal auf Einsatzbereitschaft zu prüfen, die beiden Heckler & Koch Maschinenpistolen, seine Sturmgewehre und Karabiner, eine Pumpgun, die langläufigen Revolver mit hoher Durchschlagskraft und ein paar kleinere Spielzeuge für die Hosentasche.

Alles regelmäßig zerlegt, mit Waffenöl behandelt und wieder zusammengesetzt. Man wusste ja nicht, wer plötzlich vor der Haustür stand und Grüße aus der Vergangenheit zustellen wollte.

Doch so ein – umsichtiger – Mann wie er war auch imstande, seine Gefühle im Zaum zu halten. Unbedingt! Nein, er war keine wandelnde Zeitbombe. Die Leute hier kannten ihn nur als Mister Snodgrass, einen harmlosen Vogelbeobachter, einen dieser Spinner vom Festland, und als solcher war er quasi unsichtbar, dabei musste es bleiben. Val hatte mehr als genug mit Phyllis zu tun und mit ihrer Töpferei am Ende der Welt, war dauernd am Sichkümmern, am Arbeiten oder am Unterwegssein auf der Insel, um Besuche bei vereinsamten Witwen zu machen, von denen es einige gab auf Gigha, alte und junge. Warum Val nicht was gönnen?

Wenn's überhaupt ein Liebesbrief war. Und nicht eine Großbestellung über ein 12-teiliges Essensservice aus Steingut, Kostenpunkt 1500 Pfund. Auch das konnte Val zum Lächeln bringen, sie war durchaus geschäftstüchtig.

Also blickte Hynch weiter durch das Teleskop in seinem getarnten Unterstand, neben sich eine weltraumkapselgroße Thermoskanne voller Früchtetee, magenfreundlich.

Nicol kam ins Bild. Wie blöd konnte man sein, auf eine Leiche einzuprügeln? Die war schon tot, oder nicht?

Nicol.

Ein typisches Opfer. Geboren dazu, alles falsch zu machen, was man nur falsch machen konnte.

Hynch goss Tee in eine Tasse aus Phyllis' und Vals Produktion. Die Tasse war mit blauen Streifen und roten Punkten verziert, Meere und Sonnen, made by Gigha Pottery. Die beiden stellten echt hübsche Sachen her, mit künstlerischem Anspruch. Manche ihrer Muster sahen fast asiatisch aus. Sie verschickten ihre Erzeugnisse an verschiedene Läden auf dem Festland, und da sie außerdem einen Internet-Shop unterhielten, auch direkt an Kunden in aller Welt. Craigs Postauto war manchmal bis oben hin mit Schachteln und Paketen vollgeladen, dann sah es aus wie der Rentierschlitten von Santa Claus.

Hynch nahm einen Schluck Früchtetee.

»Autsch!«

Er hatte sich die Lippen verbrannt.

5

Die Leiche lag auf *seinem* Strand. In *seiner* Bucht. Unweit *seines* Bootshauses. Was, zum Teufel, sollte das? Sogar am Ende der Welt hatte er nur Scherereien.

Nicols Zehen gruben sich in den Sand. Die Körnung war seit dem nächtlichen Sturm eher kieselig, durchsetzt von scharfkantigen Muschelsplittern. Während der Nacht hatten die Wogen den Meeresgrund vor der Küste zementmischerartig durchgewühlt und alles wahllos am Palm Tree Beach abgeladen wie ein Trupp Bauarbeiter, die keinen Bock hatten, hinter sich aufzuräumen.

Für jeden zivilisationsgeschädigten Weichling wäre so ein Untergrund die reinste Folter gewesen. Kiesel bohrten sich unbarmherzig in die Ballen und das empfindliche Gewölbe am Mittelfuß, Muschelschalen schnitten in die Sohlen, alles Mögliche pikte, stach, raspelte und hobelte an den Tretern herum. Ganz zu schweigen von der Wasser- und der Außentemperatur. Trotz des Golfstromeinflusses war es heute ein bisschen frisch, auch und gerade an den Füßen.

Nicol machte das nichts aus. Er war passionierter Barfußgänger. Wegen des direkten Kontakts mit Blue Planet Earth. Damit all die Energien aus dem festen metallischen Erdkern, dem heißen flüssigen Erdmantel und von der Reibung der Kontinentalplatten direkt auf ihn übergingen. So seine Theorie.

Und überhaupt, Schuhe waren nichts für ihn. Schon lange nicht mehr. Seit er bei Clarks ausgeschieden war mit einer Abfindung, die sich sehen lassen konnte, ging er schuhlos durchs Leben. Buchstäblich. Okay, wenn es im Herbst und Winter richtig kalt wurde, so feuchtkalt, rheumakalt, zog er zum Schlafen Socken an. Aber das zählte nicht, denn draußen ging er barfuß. Immer. Aus Prinzip. Anfangs hatte es verdammt wehgetan. Wochenlang hatte er geflucht und geschimpft und die rissigen Stellen an seinen Sohlen tubenweise mit Schrundencreme eingeschmiert. Dann war der Gewöhnungseffekt eingetreten. Hornhaut hatte sich gebildet, dick wie das Leder eines alten Wasserbüffels. Nicols Art, sich zu befreien von gesellschaftlichen Zwängen – und der Geißel des Fußpilzes.

Nicol beschloss, die Leiche nicht weiter mit seinem Wanderstab zu bearbeiten. Der Mann hatte es definitiv hinter sich, er brauchte nicht mehr nachzuhelfen.

Trotzdem hatte es gutgetan.

Der Tote trug Brogues, schottische Ghillie Brogues mit Lochverzierungen. Sie besaßen keine Zunge und wurden ab dem Fußgelenk hochgeschnürt, das traditionelle Schuhwerk zum Kilt. Waren bequemer, als sie aussahen. Mit einer atmungsaktiven Lederdämpfung fühlten sie sich fast wie Sneakers an. Nicol war vom Fach, er wusste Bescheid.

Der Rest des Mannes sah bedeutend schlechter aus als sein Schuhwerk. Im Meer tummelten sich allerlei

Aasfresser, die nahmen sich als Erstes die Augen und die Weichteile vor.

Der Strand, die Bucht, das Cottage und das Bootshaus – Nicol hatte alles seit drei Jahren gepachtet, von einem Earl, der noch nie einen Fuß auf diesen Teil seiner Besitzungen gesetzt hatte. Im Gegensatz zu Nicol gehörte den meisten Einwohnern von Gigha der Grund und Boden, auf dem sie lebten. In einem spektakulären Community Buy-out hatten sie die Insel dem letzten Eigentümer abgekauft. 2002 war das gewesen, seither wurde Gigha von einem Heritage Trust selbstverwaltet. Basisdemokratisch, könnte man sagen, fernab der Regierung und der unberechenbaren Wechselfälle der Politik.

Es war schon immer Nicols Traum gewesen, auf einer Hebrideninsel den ganzen Scheiß hinter sich zu lassen und von seinen Ersparnissen zu leben. Also war es irgendwie auch seine Leiche, oder? Seine Leiche, seine Verantwortung.

Verantwortung. Auch so etwas, das er mitsamt den Schuhen an den Nagel gehängt hatte. Der Wind fuhr in sein Kraushaar und ließ es wie eine ausgedörrte Kräuteranpflanzung nach Osten wehen, Richtung Nine-to-five-Jobs, Richtung urbanes Leben. Oder was man dort gemeinhin für Leben hielt.

Nicol fluchte vor sich hin. Er trug einzig und allein Verantwortung für sich selbst! Und das, fand er, war schon mehr als genug. Er musste alles Mögliche in Schuss halten: seinen Körper, dessen Gelenke immer mal wieder Schwierigkeiten machten; seine ohne

Kunstfasern oder Funktionsmaterialien hergestellte Kleidung, die eine Tendenz dazu hatte, sich aufzulösen; sein auf der Anhöhe über dem Strand gelegenes Cottage mit dem morschen Dachstuhl, dem notorisch verstopften Abfluss und den von Kuhdung verdreckten Außenwänden. Mit alledem war er vollauf beschäftigt, der reinste Stress. Und mit dem Boot natürlich. *Seinem* Boot. Irgendwann würde es schwimmen.

Aber jetzt hatte er diese Leiche am Hals. Wie sollte er weiter vorgehen?

Nicol schaute sich um. Keine Menschenseele in der Nähe. An die dünn besiedelte Nordspitze der Isle of Gigha verirrte sich selten jemand, erst recht nicht vor Beginn der Touristensaison im April. Höchstens Phyllis und Val auf ihren Spaziergängen, die beiden vertrockneten Zwillinge. Verdammte Hippies! Er wusste, wie sie ihn insgeheim nannten. Hobbit! Das hatte er von Craig, dem Postboten, erfahren. Als ob die beiden Schnepfen eine Ahnung von Tolkien hätten!

Sein Blick fiel auf das Bootshaus. Sollte er den Toten vielleicht dort zwischenlagern?

Keinesfalls. Im Bootshaus befand sich alles an seinem dafür vorgesehenen Platz. Seine Werkzeuge, das Bauholz – gespalten, nicht gesägt, wie es schon die Wikinger gemacht hatten – und das Boot. *Sein* Boot. Momentan bestand es nur aus dem Kiel, den Spanten und einem Teil der Beplankung. Diese Ordnung durfte nicht gestört werden. Nicol hielt das Bootshaus stets so sauber, dass man vom Boden essen konnte. Darauf war er stolz. Auf irgendwelche Flecken, verursacht durch einen toten Idioten, der ihn schwer beleidigt hatte, konnte er verzichten.

Vielleicht wäre es am besten, die Polizei zu rufen. Würde zwar eine Ewigkeit dauern, bis die Bullen vom Festland eintrafen, aber dann musste er sich nicht mehr um die Entsorgung der Leiche kümmern.

Andererseits bedeutete das nichts als Scherereien. Die Bullen würden ihn endlos befragen. Sie würden die Bucht absperren, ebenso seine Lieblingsplätze auf der Wiese und zwischen den Felsen. Sie würden mit schweren Geländewagen kommen und den torfigen, seit Jahrhunderten intakten Boden durchpflügen. Sie würden alles durcheinanderbringen und ihn, Nicol, verdächtigen, diesen Typen umgebracht zu haben. Er würde in eine gewisse Erklärungsnot geraten, an seinem Wanderstab klebten nun Überbleibsel der Leiche. Na gut, die konnte er entfernen. Trotzdem würde es äußerst schwierig werden, die Bullen davon zu überzeugen, dass er Jim McKechnie nicht den Garaus gemacht hatte, so gern er es auch getan hätte. Bullen liebten es, sich in den erstbesten Verdächtigen zu verbeißen. Verdammte Terrier!

Dann käme das Fernsehen. Mit Helikoptern. Der Abwind der Rotorblätter würde alle Vögel vertreiben, die am Nordende von Gigha nisteten. Er würde die Robben verscheuchen, die Otter, die Schafe und die Rindviecher – na ja, nicht alle, nicht Thin Lizzy, diese Godzilla-Kuh. Und dann würden sie zu ihm kommen wegen Interviews. Sie würden das Cottage belagern und ihn fragen, wie er sich bei der Entdeckung der Leiche gefühlt habe, ob er es mit der Angst zu tun bekommen habe und so weiter. Dann würden die Blicke der Journalisten auf seine bloßen Füße fallen. Und es würde noch viel schlimmer werden.

Er trat auf etwas Weiches. Es quoll zwischen seinen Zehen hervor. Gehörte wohl zu McKechnie, wie Nicol angewidert feststellte.

Jimmy-Boy konnte es einfach nicht lassen, Ärger zu machen.

Die Leiche musste verschwinden. Sofort.

Am besten unter der Erde. Niemand durfte sie mehr zu Gesicht bekommen.

6

Ich glaub das nicht, Stuart, das musst du dir mal anschauen.«

Jessie reichte ihrem Mann das Fernglas. Es war ein gutes Glas, noch aus Kriegszeiten. Schon Stuarts Großvater hatte es benutzt, Küstenfischer wie sein Enkel. Nur dass Stuart nicht mehr nach Ansammlungen von Seevögeln Ausschau hielt, die ein sicheres Anzeichen für Fischschwärme waren, sondern nach Braunalgenwäldern, auch Kelp genannt. Für die gab es keine offiziellen Fangquoten.

Stuart blickte Richtung Palm Tree Beach. Sein Kutter, die *Western Star,* befand sich hinter der Landzunge, einer natürlichen Verlängerung des Strandes aus großen Basaltbrocken. Da die schwärzlichen Felsen den dunkelgrünen Bootsrumpf größtenteils verdeckten, war der Kutter vom Strand aus kaum zu erkennen. Nicol schien sie jedenfalls nicht entdeckt zu haben und auch nicht zu hören. Der Motor lief mit geringer Leistung, gerade so, dass sie nicht abtrieben. Stuart hatte ihn erst vor Kurzem überholt, die Kolben waren gut geölt. Er mochte es, wenn die Maschine ohne lautes Getöse funktionierte und der Bug das Wasser bei glatter See nahezu geräuschlos durchschnitt, als würden sie die Oberfläche kaum berühren. Schon oft hatte sich das als nützlich erwiesen.

»Siehst du das?«, fragte Jessie.

Stuart nickte.

»Nicol verbuddelt eine Leiche«, fuhr sie fort. »Ich meine, eine andere Erklärung gibt es nicht. Er gräbt ein Loch, und daneben liegt ein toter Mann, würde ich sagen. Jedenfalls macht der keinen Mucks mehr.«

Stuart grummelte etwas Unverständliches. Mit der Aussprache tat er sich seit jeher schwer. Dafür redete Jessie für zwei. Für sie beide.

»Was sagst du da? Val hockt hinter einem Felsen? Das wird ja immer komischer.« Sie legte ihre Handkante an die Augenbrauen und versuchte, mit bloßem Auge etwas zu erkennen.

Stuart gab ihr das Fernglas zurück.

Sie suchte den Strand ab und stieß tatsächlich auf Val, die ihrerseits Nicol mit einem kleinen Feldstecher beobachtete – aus einer Entfernung von etwa 300 Metern.

»Und was machen wir jetzt? Das ist doch nie im Leben legal, was da vor sich geht.«

Stuart begab sich wortlos ins Steuerhaus.

»Du willst weiterfahren?«, fragte sie. »Aber dieser Tote ... Könnte sein, dass es der Mann ist, den wir suchen. Vielleicht ist er ertrunken, nachdem er die Kontrolle über sein Boot verloren hat und dabei über Bord gegangen ist? Ein echt tolles Boot, das muss man sagen. Hochseetauglich, jede Menge Tropenholz, das Feinste vom Feinsten, damit kommst du einmal um die Welt und wieder zurück.«

Jessie lächelte über ihren lahmen Witz, jung, wie sie

war. Vor einer Woche hatten sie ihren 25. Geburtstag gefeiert, mit einer Flasche Whisky, die sie in der Nähe der Fährroute nördlich von Gigha aus dem Wasser gefischt hatten. Eine ganze Kiste hatten sie mit dem Gaff aufgegabelt, Lagavulin Distillers Edition, teures, hochwertiges Zeug aus Islay. Normalerweise konnten sie sich so etwas nicht leisten.

Doch in der vergangenen Nacht hatten sie einen ganz besonderen Fang gemacht.

»Das Leck im Rumpf war echt grenzwertig«, fuhr sie fort. »Und der Mast ist total hinüber, keine Chance, das zu reparieren. Was für ein Jammer.«

Sie setzte das Fernglas ab und schaute zu Stuart. Der saß mit versteinerter Miene hinter dem Steuerrad.

»Vielleicht ist er auch an Unterkühlung gestorben. Hat versucht, an Land zu schwimmen – bei dem Unwetter völlig unmöglich. Gigha wirkt ganz nah, aber die Strömung zieht dich einfach weg wie ein Fließband. Hilft ganz und gar nicht, dagegen anzukämpfen. Und selbst wenn er's geschafft hätte – komm erst mal an Land bei den rasiermesserscharfen Felsen! Nee, nee, der Mann hat einfach Pech gehabt, und jetzt schaufelt Nicol Erde auf ihn drauf.«

Jessie verfluchte ihr Geschwätz. Stuart brauchte sie, das wurde ihr klar. Sie ging zu ihm ins Steuerhaus, legte einen Arm um seine breiten Schultern und drückte ihm einen langen Schmatz auf die Wange. Und dann noch einen hinters Ohr, an seinen flauschigen Haaransatz. Wahnsinn, wie wunderschön er wieder aussah! Blond wie ein frisch geschnittener Heuballen, stark und unerschütterlich, als könnte ihn nichts in der Welt aus der Ruhe bringen, weder ein Sturm noch die Untiefen der Sprache. Sogar, wenn ihm eng um die Brust war, sah er aus wie ein nachdenklicher nordischer Fürst aus alter Zeit. Ihm fehlte nur die Krone.

Sie versuchte, ihn richtig zu küssen.

Er zuckte zurück. »Darling!«, protestierte er.

Darling. Es klang eher wie »Dlng«, das sagte Stuart immer als Warnung, wenn ihm etwas gerade nicht passte, das ansonsten aber okay war. Zum Beispiel Zärtlichkeiten, während eine Leiche ohne viel Aufhebens verscharrt wurde.

»Der Mann tut dir leid?«, versuchte es Jessie.

Er nickte.

Seine Augen übernahmen das Sprechen mit Leichtigkeit für ihn, meeresklare Suchscheinwerfer, die Jessie schon immer hatten schwach werden lassen.

»Mir tut er auch leid«, sagte sie verständnisvoll. »Kein Mensch hat den Tod verdient. Aber was sollen wir tun? Und warum hat Nicol nicht die Polizei gerufen?«

Stuart machte mit einer Hand die Scheibenwischer-Bewegung. Er hielt Nicol für bescheuert.

»Klar ist Nicol bescheuert«, pflichtete Jessie ihm bei. »Und er will seine Ruhe am Palm Tree Beach haben, das weiß jeder. Aber reicht das aus als Erklärung dafür, wie seltsam er sich verhält?« Sie zuckte mit den Schultern. »Wie auch immer: Es kommt uns entgegen.«

Stuart schüttelte den Kopf. Energisch, als würde ihm etwas von Grund auf widerstreben.

»Wenn die Leiche verschwindet – und das Boot auch …? Klar wär das gut für uns! Der Kredit von der Bank wäre Geschichte, endgültig! Und all die unbezahlten Rechnungen …« Jessie kam in Fahrt. »Wir könnten uns überlegen, das Kelp selbst zu verarbeiten, momentan sind wir ja nur Zulieferer. Die eigentliche Kohle machen andere, mit Seife, Duftstoffen, Salben, Cremes. Das könnten wir alles selbst herstellen! So schwer ist das nicht, glaub mir, das schaffen wir uns schon drauf. Bei Val und Phyllis klappt es doch auch, Handarbeit von den Inseln, die Leute kaufen so was wie verrückt. Wir starten richtig durch!«

Stuart deutete auf das Fernglas. Jessie reichte es ihm.

Er hatte scharfe Augen. Kelpwälder, die das Radar im Gegensatz zu Fischschwärmen nicht anzeigte, entdeckte er aus weiter Entfernung aufgrund der unterschiedlichen Farbe der Wasseroberfläche. Seit einem Unfall in der Kindheit war er sprachlich eingeschränkt, seine Stimmbänder waren irreversibel geschädigt. Deshalb hatte es ihn auch nie in die Städte auf dem Festland gezogen. Weil er in einem Gespräch nur vokallose Wortmonster hervorbringen konnte. »Dlng« statt »Darling«, »Dnk« statt »Danke«. Einigermaßen zusammenhängende Sätze gelangen Stuart so gut wie nie, und wenn, dann waren sie für fremde Ohren ein verstümmeltes Kauderwelsch.

Nur Jessie wurde daraus schlau, sie verstand jedes seiner Worte. Manchmal, zum Beispiel im einzigen Pub auf Gigha, bei Musikabenden und dergleichen, dolmetschte sie für ihn, wenn er unbedingt etwas loswerden wollte. Die meisten anderen Inselbewohner kannten ihn von Kindesbeinen an und akzeptierten ihn so, wie er war. Doch Touristen hielten den Mann, der die junge Frau stumm auf der Gitarre begleitete, oft für ein wenig zurückgeblieben. Je schöner Jessie sang – und sie hatte eine glockenhelle, ausdrucksvolle Stimme –, desto deplatzierter wirkte Stuart neben ihr. Da er stets nach unten blickte, als müsse er Akkord für Akkord auf dem Griffbrett erst mühsam zusammenbasteln, kamen ihm auch seine Strahleaugen nicht zugute. Und weil ihm außerdem die langen blonden Haare ins Gesicht hingen, konnte er auch mit seinem guten Aussehen nicht richtig punkten. Es kam gar nicht so selten vor, dass ein Gast von außerhalb ihn vollständig ignorierte und Jessie auf einen Drink einlud in der Annahme, sie sei solo und leicht zu haben, weil sie so viel und so herzlich lachte.

Stuart machte diesen Kerlen dann unmissverständlich klar, wie falsch sie lagen. Sie nannten es »Gigha Kiss«, eine Variante des »Glasgow Kiss«. Letzterer war ein schmerzhafter Kopfstoß direkt auf die Zwölf. Dabei konnte schon mal das Nasenbein brechen oder die Lippe aufplatzen, bei Schlägereien in größeren schottischen Städten keine Seltenheit. Der »Gigha Kiss« hingegen war unblutig. Wenn jemand zudringlich geworden war oder Jessie gar betatscht hatte, rammte Stuart dem Unglücklichen seinen Kopf gegen das Brustbein. Dann blieb dem Typen die Luft weg, ein stechender Schmerz breitete sich über die Rippenbögen im Brustraum aus, und der Abend war gelaufen für ihn – quittiert vom dröhnenden Gelächter der Leute aus Gigha, die das Ganze am Bartresen augenzwinkernd verfolgt hatten. »Leg dich nie mit einem Whillock an«, sagte dann einer der Alten, der Stuarts Familie kannte und dessen Brustbein auch mal einen Gigha Kiss abbekommen hatte. Man nahm die Dinge hier eher sportlich.

Stuart sagte etwas und hielt eine Faust hoch. Dazu zog er eine unfreundliche Grimasse. Er reichte Jessie das Fernglas.

Sie schaute hindurch. »Nicol ist wütend? Warum das denn?«

Inzwischen hatte er mit dem Loch Fortschritte gemacht. Nicol konnte schon darin stehen, der Rand reichte ihm bis zur Brust. Er grub wie ein Verrückter. Eine Schaufel Erde nach der anderen landete auf einem rasch anwachsenden Haufen. Wenn er kurz innehielt, blickte er zur Leiche und schien sie mit Flüchen zu überziehen, nicht wie einer, dem die Arbeit zu viel wurde, nein, diese Flüche waren persönlich gemeint. Dabei spuckte er abfällig aus. Hin und wieder drückte er den Zeigefinger an einen Nasenflügel und rotzte auf den Strand.

»Er kennt diesen Mann. Und er mag ihn ganz und gar nicht. Da ist jemand stocksauer.« Jessie beobachtete Nicol. »Wie er da mit der Schaufel zugange ist, voll der Berserker. Dem möchte ich jetzt nicht begegnen.«

Stuart brummte etwas. Dabei achtete er darauf, dass die *Western Star* ihre Position hielt. Der Motor blubberte leise vor sich hin.

»Vielleicht hat Nicol gute Gründe, die Leiche zu verbuddeln, irgendwas aus seiner Vergangenheit?«, überlegte Jessie. Sie liebte Mysterythriller, düstere, andeutungsvolle Geschichten, in denen es um allerlei große Rätsel ging, die sich zunächst als Teil weitaus größerer Rätsel herausstellten, um dann doch wieder als letztlich unlösbare, aber ein bisschen kleinere Rätsel zu enden. Jetzt kam sie auf ihre Kosten. Obwohl sie auch auf Trash wie »Sharknado« stand. Da flogen Monsterhaie so hübsch durch die Luft und zerfleischten, was ihnen in die Quere kam. Leider schlief sie nach einem anstrengenden Tag auf See immer in der ersten Werbepause vor dem Fernseher ein.

»Wissen wir, was Nicol gemacht hat, bevor er nach Gigha kam?«, fuhr Jessie fort. »Bei einer Schuhfirma gearbeitet, zumindest hat er das allen erzählt. Aber erzählen kann er viel, sich irgendwas Stinknormales ausdenken. Schuhe, da fragt keiner nach, ist ja nicht so das prickelnde Thema. Und hier auf Gigha gibt er den Eigenbrötler, der keiner Fliege was zuleide tut. Aber wenn du mich fragst, ist dem alles zuzutrauen. Schaut aus wie ein Hobbit, aber das sind die Schlimmsten! Serienmörderhobbit. Ein-Hobbit-Killerarmee. Da würde keiner draufkommen, der ihn so rumstapfen sieht.«

Sie unterbrach kurz und trank einen Schluck Cola aus der Flasche, die immer neben dem Steuerstand klemmte, vom vielen Reden wurde ihr der Mund trocken. »Nicol wirkt ganz harmlos. Im Gegensatz zu diesem Typen aus Glasgow, der sich vergangenes Jahr in dem alten Farmhaus bei Kinerarach eingemietet hat. Snodgrass, das ist doch sein Name, oder? Bei dem ist es genau andersherum. Mit seiner Augenklappe sieht der aus wie ein Schwerverbrecher, aber im Pub ist er immer die Freundlichkeit in Person – falls ihn mal einer anspricht, von sich aus redet er ja mit niemandem. Sitzt den ganzen Abend still in einer Ecke und beobachtet alles, als müsste er sich jeden von uns genau einprägen. Und wenn er genug davon hat, kritzelt er irgendwelche Sachen auf die Papierservietten. Oder er zieht ein Buch aus der Jackentasche und liest darin.«

Stuart machte ein Zeichen mit Daumen und Zeigefinger, während er immer noch mit dem Fernglas zum Ufer blickte.

»Stimmt, ein dünnes Buch, nicht so ein dicker Wälzer, wie ich sie mir gern vorknöpfe. Snodgrass liest dünne Bücher, die haben keine bunten Umschläge oder so, die Bücher sind nur blau oder grün, das ist alles. Und es sind richtige Bücher, mit festem Einband. Minutenlang kann dieser Mann auf eine Seite starren, ohne umzublättern. Keine Ahnung, was er da sieht. Oder ob er wirklich liest, was da geschrieben steht, und nicht nur das Papier und die Buchstaben fixiert und darauf wartet, dass sie sich irgendwann auflösen und dann etwas anderes sichtbar wird, etwas Verborgenes, Besonderes, das nur für ihn bestimmt ist.«

Jessie dachte noch eine Weile über ihre Worte nach. Meist sprudelten sie unkontrolliert aus ihr heraus, sie sagte etwas und vergaß es gleich wieder. Doch manchmal stellte sie im Nachhinein fest, dass eine besondere Formulierung dabei gewesen war, eine Beobachtung, die sich von dem üblichen Geplapper abhob.

Plötzlich fuhr sie hoch. »He, was soll das?«

Stuart hatte sie in die Seite geknufft. Er wies zum Palm Tree Beach und gab ihr das Fernglas.

Sie nahm es unwirsch entgegen und schaute hindurch. Stuart stellte sich dicht hinter sie und legte die Hände seitlich an ihren Kopf, links und rechts, als wollte er eine Art Gedankenübertragung versuchen.

»Das gefällt mir.« Jessie presste sich mit dem Rücken an ihn. »Was wird das? Ein Quickie? Damit ich endlich aufhöre zu quatschen? Oder meinst du, wir sollten es mal auf See probieren? Gar keine schlechte Idee ... Mit deiner Regenhose wird das aber schwierig, mein Großer.«

Stuart schaute an sich hinunter. Er trug nicht nur eine dicke Regenhose mit Trägern, sondern komplettes Regenzeug. Das war wasserdicht bis zum Hals, es war wie eine Rüstung, aus der kam man nicht so schnell heraus, um ... Was faselte sie da?

Er dirigierte ihren Kopf in die Richtung, in die sie blicken sollte. »Bodn«, sagte er.

Sie suchte den Boden ab. Erst den Strand in dem ihr von Stuart angegebenen Segment, dann die dahinter liegende Böschung. Es dauerte eine Weile, bis sie das Ende des Teleskops bemerkte. Umgeben von Hornklee, Spitzwegerich, allerlei Gräsern und Farnen, die im torfdurchsetzten Muschelsand wurzelten, war da eine Art gläsernes Auge zu sehen.

Das Objektiv eines Fernrohrs.

Jessie staunte. Wieder einmal. Es gehörte einiges dazu, so ein winziges Detail aus dieser Entfernung zu entdecken. Es war, als seien Stuarts andere Sinne durch sein Sprachhandicap geschärft worden.

»Scheiße, wer ist das?«, stieß sie hervor und erschauderte. Unter diesem Blick, der ohne Zweifel auf sie gerichtet war, fühlte sie sich entblößt. Identifiziert.

Stuart kurbelte am Steuerrad. Langsam kam der Bug der *Western Star* herum, dann legte sich der Rumpf in die Strömung. Der Motor half ein wenig nach, vom Strand aus war das bestimmt nicht zu hören. Als der Abstand zur Küste auf eine halbe Meile angewachsen war, konnte es Stuart riskieren, mehr Speed zu geben. Mit Volldampf fuhr er hinaus aufs Meer.

7

Thin Lizzy fraß Gras. Sie hob den Kopf und käute wieder. Dann senkte sie den Kopf und fraß Gras. Dann hob sie den Kopf und käute wieder. Schaute nach rechts, nach links und wieder geradeaus. Beobachtete. Meditierte. Das war so ihr Tag.

Zwischendurch produzierte sie einen dinosauriermäßigen Kuhfladen. Doch sie horchte auch in sich hinein, auf den Klang ihrer Blähungen. Die reinste Musik war das. Vier Mägen, vor allem der Pansen, erzeugten einen ganz individuellen Sound. Manchmal hörte es sich an wie die berühmte Konzert-Ouvertüre von Mendelssohn-Bartholdy, »Die Hebriden«.

Das Stück war bei einem Abend für Liebhaber der klassischen Musik in der Gigha Village Hall abgespielt worden, auf einer Stereoanlage, denn ein ganzes Orchester verirrte sich in der Regel nicht auf die Insel. Lizzy hatte draußen neben der Village Hall gestanden, einer eher deprimierenden Baracke für allerlei Aktivitäten der Gemeinde, und gelauscht. Val und Phyllis waren da gewesen, Craig, der Postbote, sogar Nicol, ihr besonderer Freund. Mal was anderes als die üblichen Dudelsack-Aufführungen. Lizzy hatte sich »Die Hebriden« gut eingeprägt. Seither stieß sie auf der Weide Methangas aus, wenn bei der Ouvertüre die Bläser einsetzten.

Das bedeutete: Sie furzte. Das konnte sie gut, im Takt und durchaus melodiös. Sie hielt sich für eine furchtbar kultivierte Kuh.

Sommers wie winters stand sie auf den Weiden von Gigha, bei Wind und Wetter, Sonnenschein, Regen und Hagel, sogar im Sturm, der lüftete ihr Fell ordentlich durch. Als Hochlandrind war sie robust, brauchte keinen Stall, Zufütterung unerwünscht. Sie kam alleine klar. Lizzy ließ sich gern eine frische Brise um die weit ausladenden Hörner wehen, Hörner, die ein gutes Stück länger waren als die ihrer männlichen Artgenossen – tschakka! Niemand schrieb ihr vor, wohin sie zu gehen hatte, auch nicht Bauer McPhee. Und seit dem Vorfall mit dem Pferch und dem Pick-up-Truck, seiner amerikanischen Angeberkarre, erst recht nicht.

Lizzy fraß wieder Gras, am Palm Tree Beach, momentan der »Place to be« auf Gigha. Sie verstand etwas von der Welt, kriegte alles Wesentliche mit. Denn im Gegensatz zu den anderen Kühen, die allesamt eher einsilbig waren, konnten die meisten Menschen nicht das Maul halten. Da spitzte Lizzy immer die Ohren.

Besonders mochte sie es, wenn die Leute fluchten. Das verlieh ihrer Einstellung zum Leben, den Zeitläufen und allem, was Beine, Flügel oder sonst was besaß, bildhaften Ausdruck.

Als sie heute Morgen die Leiche in der Brandung bemerkt hatte, war ihr durch den Kopf geschossen: »Scheiß die Wand an!« Das hörte sie McPhee oft sagen, ein Ausruf der Verwunderung. Konnte respektvoll, aber auch abwertend gemeint sein. Lizzy fand die

Redewendung farbiger als das ewige »Was zum Teufel ...«.

Jetzt trabte sie zu Nicols Cottage hinüber und tat genau das: ihrem Innersten bildhaften Ausdruck verleihen. An einer Stelle, die noch einigermaßen weiß war.

Gar nicht so leicht. Sie ließ ihren Fladen nicht einfach fallen, sondern zielte ein bisschen und haute das Zeug waagerecht mit Hochdruck raus, dass es nur so spritzte.

Überraschung, Nicol! Ein kleiner Gruß von Vegetarierin zu Vegetarier.

Eine ausgefeilte Technik. Lizzy hatte sie sich von der Hofkatze abgeschaut, die stand immer voll unter Strom und pisste in alle Himmelsrichtungen. Sollte sich mal einer Stresstherapie unterziehen.

Jetzt unschuldig weitertrotten und so tun, als sei nichts gewesen. Das war ihre Spezialität. Sie sah aus wie ein vierbeiniger Teddybär von der Größe eines Containers. Sie hatte empfindsame Augen, mit denen sie die Touristen bezauberte, wenn nicht gerade die Fellzotteln ihres Ponys darüber hingen. Bei so jemandem galt die Unschuldsvermutung.

Lizzy ging gern auf Wanderschaft, dadurch kam sie ganz schön auf der Insel herum. Sie hatte einen Haufen Action in sich für eine Kuh. Und sie war neugierig wie ein Affe.

Beispielsweise beobachtete sie Stuart und Jessie in ihrem Fischerhäuschen. Wenn es dunkel wurde, stellte sie sich vors Schlafzimmerfenster und glotzte nach drinnen. Dort war ständig was geboten. Stuart und Jessie paarten sich täglich, und zwar mehrmals hintereinander, meistens im Bett und auf jeweils unterschiedliche Weise, vermutlich, damit ihnen nicht langweilig wurde. Und schlichtweg, weil sie es konnten, die beiden gelenkigen jungen Hüpfer. Sie waren füreinander geschaffen, das konnte Lizzy deutlich sehen, hören und auch spüren. Trotz ihres dicken Fells und ihrer zumeist schlechten Laune besaß sie erstaunlich viel Einfühlungsvermögen, worüber sich niemand mehr wunderte als Lizzy selbst. Wo sie das wohl herhatte?

Jessie sagte ihrem Stuart jedenfalls ganz oft, wie sehr sie ihn liebte und wie toll er (gerade gewesen) sei, und das war nicht geflunkert, sondern ehrlich gemeint. Jessie war in Stuart total verschossen, bedingungslos. Und Stuart in Jessie. Lizzy fand das süß. Kam ja nicht gerade häufig vor, unter Tieren nicht, und unter Menschen schon gleich gar nicht.

Jessie sagte Stuart auch, dass es mit der Erfüllung ihres gemeinsamen Kinderwunsches schon irgendwann klappen würde. Wegen des Geldes sollten sie sich keine Gedanken machen. Wenn es so weit sei, würden sie sich schon etwas einfallen lassen, um über die Runden zu kommen. Sie bräuchten nur Geduld und müssten es immer wieder probieren.

Das machte Lizzy sentimental. So ein Kalb war etwas Wunderbares. Vor einiger Zeit hatte sie mal eins gehabt. Die Zeugung war zwar wenig erfreulich gewesen, Sex mit einem unbekannten neuen Stier, auf Kommando, und der Bauer hatte dabei auch noch zugeschaut. Doch nach dem Kalben konnte sie gar nicht mehr aufhören, das nasse, spillerige Ding abzuschlecken, es zu säugen und ihm alles zu zeigen. Ein Euter voll Glück, von früh bis spät.

»Bowie« hatte sie das Kalb genannt, einen kleinen Stier. Der Bauer hatte ihr Bowie dann weggenommen und ihn auf dem Festland verkauft. Tagelang war Lizzy laut muhend auf der Insel umhergeirrt, bis sie es kapiert hatte. McPhee war ein Hornochse, ein Hühnerficker, ein Schweinepriester. Wenigstens ließ er sie seither in Ruhe. Aber irgendwann würde Lizzy erneut an der Reihe sein in Sachen Zucht, da machte sie sich keine Illusionen. Weil sie keinen Macker in ihrem Kreuz duldete, zumindest keinen von den dämlichen Kerlen der Herde, lief es wohl auf künstliche Besamung hinaus. Der Bauer sollte es ruhig versuchen mit dieser schrecklichen Apparatur ... Ein gemeiner, genau kalkulierter Tritt. Wie ihm wohl ein gebrochenes Bein gefallen würde?

Irgendwann ging sogar Stuart und Jessie die Puste aus, oder Lizzy verlor das Interesse und trottete weiter, weg von dem Fischerhäuschen, die Küste entlang. Das hatte sie auch in der vergangenen Nacht getan und war zum Fähranleger hinuntergestampft. Nahebei befanden sich die Marina von Gigha, der Landungssteg und die Moorings, an denen Segelboote festmachten.

Vor dem Sturm war die Sicht noch ganz gut gewesen, Mondlicht leckte an den Wellen und verwandelte die Wasseroberfläche in tausend Spiegel. Und endlich war mal was passiert.

Der Typ, dessen Leiche morgens am Strand angeschwemmt worden war, mit Kilt und all diesem Schottenkram, der hatte Streit gehabt. Da waren keine Nettigkeiten ausgetauscht worden, oh nein, da flogen die Fäuste, es war bitterer Ernst gewesen. Lizzy hatte sofort geahnt, dass einer von beiden demnächst die Grätsche machen würde. Als trüge er ein unsichtbares Zeichen auf der Stirn: zur Schlachtung freigegeben.

Menschen konnten ziemliche Monster sein.

Kühe wurden voll unterschätzt.

Lizzy stieg die Böschung des Palm Tree Beach hoch, um den Überblick zu behalten.

Sie blieb wachsam. Käute wieder. Den Appetit ließ sie sich ganz gewiss nicht verderben.

Das Gras war heute saftig. Für Februar.

8

Thunfisch-Sandwich mit hausgemachter Mayonnaise. Craig saß im Gigha Hotel der kleinen Ortschaft Ardminish und tat so, als hätte er Mittagspause. Eigentlich musste er sonntags nicht arbeiten, er folgte bloß seiner Routine. Dieser Sonntag war schon jetzt voller Höhen und Tiefen. Vielleicht der Anfang eines neuen Lebens.

Eines neuen Lebens im Gefängnis. Wenn er Pech hatte.

Seine tägliche Tour hatte sich anders gestaltet als gewöhnlich. Nach seinem Tagebucheintrag und dem Brief an Phyllis – inklusive sofortiger Zustellung – war er auf der gesamten Insel unterwegs gewesen. Überall hatte er nach gestrandeten oder havarierten Segelbooten Ausschau gehalten. Ohne Erfolg. Nur die noch vom nächtlichen Sturm bewegte See, mehr war da draußen nicht zu sehen gewesen. Als wollte das Meer alles zudecken, was geschehen war.

Craig machte sich Vorwürfe. Was war bloß in ihn gefahren letzte Nacht?

Eifersucht? Beschützerinstinkt? Blinde Wut?

Von allem ein bisschen, vermutete er.

Ausnahmsweise hatte er nicht bei sich zu Hause in Tarbert auf der Halbinsel Kintyre geschlafen. Wenn es sonst spät wurde und er die letzte Fähre zum Festland um kurz nach 17 Uhr davondampfen ließ, etwa um am Samstagabend im Pub an einem Dartturnier teilzunehmen, übernachtete er bei einem seiner Mitspieler. Auf den Inseln war man in dieser Beziehung hilfsbereit, und Craig galt als pflegeleichter Gast.

Doch in der vergangenen Nacht war es nicht nur spät, sondern sehr spät geworden. Deshalb hatte er die Decke von der Ladefläche gezerrt und es sich in seinem Postauto mehr schlecht als recht bequem gemacht. Und da er auch keine Gelegenheit gehabt hatte, sich einen Lunch zu besorgen, saß er im Diningroom des Gigha Hotels und ließ sich das Thunfisch-Sandwich schmecken. Der Haarkranz unter seiner frühen Halbglatze war verstrubbelt und machte nicht viel her. Deshalb trug er eine Wollmütze.

Im Diningroom befanden sich noch andere Gäste: ein englisch wirkendes und auch so sprechendes Touristenpaar mittleren Alters, das trotz der Jahreszeit Urlaub auf den Hebriden machte und mit einem riesigen Krabbensalat beschäftigt war; und die übliche Kollektion von Inselbewohnern, die bei einer Portion Fritten oder einem Steak Pie ein wenig Abwechslung suchten. Im Winter war es oft nicht leicht auszuhalten in den eigenen vier Wänden.

Wie Phyllis wohl seinen letzten Brief aufgenommen hatte? Sie hatte noch nie auf seine Mitteilungen reagiert, zumindest nicht verbal, das war nicht ihre Art. Doch wenn sie ihn an den Küchentisch bat und über Unverfängliches plauderte, das stets wechselhafte Wetter an der Küste oder neue Designs für die Töpferei, gab sie ihm mit kleinen Gesten zu verstehen, dass sie ihr besonderes Verhältnis sehr wohl zu schätzen wusste. Ein Briefe schreibender Postbote – das war kurios. Phyllis fand es wohl ganz reizvoll. Das Unausgesprochene, das da stumm zwischen ihnen stand und sie zugleich auf romantisch taktvolle Weise verband, behielt seine Magie nur dann, wenn man es unausgesprochen ließ.

Aber jetzt? War er zu weit gegangen?

»Magst du noch einen Nachtisch?«, fragte Gerry und räumte den Teller ab. »Wir haben einen Toffee Pudding, den kann ich empfehlen. Warm, mit Vanilleeis.«

»Das klebrige Ding empfiehlst du jedes Mal.«

»Weil es gut ist. Klebrig gut. Außerdem haben wir zurzeit nichts anderes.«

»Danke, nein.«

Gerry hielt Craigs Teller in der linken Hand, machte aber keine Anstalten zu gehen. Er schien zu schwanken, sichtlich angeschlagen von der vergangenen Nacht. Das hatte Seltenheitswert: ein Barkeeper mit Hangover.

Gerrys verfilzte Dreadlocks bildeten einen eigenwilligen Kontrast zu den kahl rasierten Seiten seines Schädels. Er behauptete, mit so einer Frisur seien schon die alten Skoten – oder waren's die Pikten? – herumgelaufen. Eigentlich hieß er Gerasim und stammte aus Litauen. Seit seiner Schulzeit in Oban fühlte sich Gerry aber schottischer als ein Haggis.

»Hast du McKechnie heute schon gesehen?«, fragte er.

»Den Schauspieler?«

»Ist nicht zum Frühstück gekommen. Obwohl er jeden Morgen hier aufkreuzt, seit er mit seinem Boot unten in der Ardminish Bay festgemacht hat.«

»Vielleicht frühstückt er an Bord?«, schlug Craig vor.

»Nie im Leben. Der ist es gewohnt, bedient zu werden. Kann mir nicht vorstellen, dass er sich selber hinstellt und in der Kombüse Eier mit Speck brutzelt.«

»Auf seinen Segeltörns rund um den Globus ... Da bleibt ihm nichts anderes übrig, als sich selbst zu versorgen.«

»Du weißt, was ich meine. McKechnie kommandiert gern Leute herum, nach Gutsherrenart, das ist dem in Fleisch und Blut übergegangen. Er ist so ein Typ, für den persönliche Diener erfunden worden sind. Ohne so einen Vollzeitsklaven könnte der gar nicht überleben. Kennst du diese alte Fernsehserie ›Jeeves and Wooster‹?« Gerry stellte den Teller wieder auf den Tisch und setzte sich Craig gegenüber. »Da geht es um einen Butler, der sich um einen reichen Schnösel kümmert ...«

Das englische Touristenpaar machte sich bemerkbar und wollte Nachtisch bestellen. Ob man noch zweimal Sticky Toffee Pudding bekommen könne?

Gerry winkte ab. »Der ist alle!« Zu Craig gewandt, fuhr er fort: »Aber wenn McKechnie wirklich so unselbstständig wäre und an Luxus gewöhnt, dass man ihm den Arsch hinterherträgt und so weiter ... Warum hat er dann kein Zimmer hier im Hotel genommen?«

»Er übernachtet immer auf dem Boot, dafür ist er bekannt«, erwiderte Craig. »Das ist er seinem Ruf schuldig. ›Sailing Jimmy‹, so nennen sie ihn doch bei der BBC.«

»Hart am Wind ist er gestern gesegelt, das stimmt.« Gerry stieß ein verkatertes Lachen aus. »Der hat gesoffen wie ein Fisch. Diese Schauspieler vertragen mehr, als man für möglich hält.«

»Gehört wahrscheinlich zur Jobbeschreibung.«

»Aber er war spendabel, das muss man sagen. Gab eine Lokalrunde nach der anderen aus. ›Trinkst du einen mit, Gerry? Einer geht noch, Gerry!‹ Natürlich hab ich mitgetrunken, und nicht nur einen. Kommt ja nicht alle Tage vor, dass Sir McKechnie höchstselbst die Isle of Gigha zum Drehort seines nächsten Films machen will. Mann, das war historisch!«

»Ja, der ganze Pub hing an seinen Lippen.« Weiter wagte sich Craig nicht vor.

»Er hat sogar schon bestimmte Locations im Auge. Zum Beispiel den Palm Tree Beach im Norden, der hat's ihm angetan, keine Ahnung, warum. Wegen der Einsamkeit vielleicht. Obwohl ich ein paar Leute kenne, die da etwas dagegen haben könnten.«

Ein Räuspern ertönte.

»Vorhin haben wir Sie sagen hören, der Toffee Pudding sei sehr empfehlenswert«, versuchten es die Engländer erneut. »Den hätten wir jetzt gerne.«

»Schon gut, immer mit der Ruhe. Mal sehen, ob noch einer da ist.«

Die Frau, Typ Bulldogge mit rosa Schleifchen an den

Ohren, so ein Schoßhund, der auf Verdacht sofort zuschnappt, widersprach: »Aber gerade meinten Sie noch …«

»Manchmal sind diese Puddings schneller alle, als man schauen kann. Die verdunsten irgendwie.«

»Verdunsten? Wie kann denn ein Pudding verdunsten?«

Gerry überlegte. Das fiel ihm echt schwer. »Wenn er lange genug an der Luft ist?«

»Sie reden Blödsinn.«

»Hat übrigens verdammt viele Kalorien.«

Die Frau lachte gekünstelt. »Das macht nichts. Wir sind im Urlaub.« Sie zögerte und richtete sich im Sitzen auf, um schlanker zu wirken in ihrer viel zu engen Fleecejacke. »Oder war das eine Anspielung?«

Missmutig stemmte sich Gerry hoch. Das hatte er eigentlich so lange wie möglich hinauszögern wollen. Beim Aufstehen wurde er seekrank.

»Mehr Bewegung täte Ihnen auch ganz gut!«, schob sie nach.

Gerry brummte etwas auf Gälisch, das er bei einem Geschichtenabend im Pub aufgeschnappt hatte, in Richtung der nervigen Gäste und schlurfte davon. Craigs leeren Teller ließ er stehen, den hatte er schon wieder vergessen. Beim Hinausgehen stieß er gegen den Türrahmen. Er fluchte herzhaft, dann setzte er seinen Schlingerkurs fort.

»Ist der junge Mann immer so unhöflich?«, wollte die Frau wissen.

Dem Akzent nach kam sie aus dem Süden, vielleicht

aus Lincolnshire oder Norfolk, das war schwer zu sagen. Craig schwieg. Er mochte jetzt lieber keine Unterhaltung mit diesen Leuten anfangen. Vielmehr überlegte er fieberhaft, was er Gerry sagen durfte und was nicht. Er musste höllisch aufpassen. Keinesfalls konnte er ihn nach dem Verbleib von McKechnies Segelboot fragen, das würde Verdacht erregen. Scheinbar in Gedanken versunken, holte er das Tagebuch aus seiner rot-blauen Royal-Mail-Jacke und schlug es an der Stelle auf, wo sich der letzte Eintrag befand. Er strich die Seite glatt.

»Haben Sie mich gehört?« Die Frau war offenbar hartnäckig. »Der Service ist grauenhaft.«

»Tragen Sie's mit Fassung«, sagte Craig.

Die Frau schnaubte, wusste aber auf die Schnelle nichts zu erwidern.

Er angelte einen Bleistift aus der Brusttasche seines Flanellhemds und begann zu zeichnen: Phyllis, wie er sie am Morgen gesehen hatte, vom Küchenfenster zu ihm hinausblickend, während Val den Brief in Empfang genommen hatte.

Immer war es Val, der er seine Briefe überreichte, vermutlich gefiel ihr die Rolle als Türsteherin, als diejenige der beiden Schwestern, die über das Anwesen wachte und entschied, wem sie Zugang gewährte. Meistens bat sie ihn herein und forderte ihn auf, neben dem Kamin Platz zu nehmen und sich in einem zerschlissenen Ohrensessel, der eigens für ihn reserviert schien, ein wenig aufzuwärmen.

Heute nicht. Val hatte angespannt gewirkt, allem Anschein nach mit den Gedanken woanders, wie jemand, der noch etwas Wichtiges erledigen musste.

Phyllis hatte nur dagestanden und gelächelt. Hatte ihn, Craig, durchs Fenster angelächelt, so als habe sie seine Ankunft vorausgeahnt und als wüsste sie bereits, was in seinem Brief stand. Geduldig, ein wenig träumerisch, wie so oft, und … liebevoll. Ihm fiel kein anderes Wort dafür ein. Etwas leuchtete in ihr, es leuchtete sogar durch die Fensterscheiben hindurch. Er wünschte sich, dass irgendwann auch er ein bisschen leuchten würde, in ihrem Schein.

Dieses Lächeln wollte er festhalten.

Mit dem Kopf fing er an. Er skizzierte die Umrisse. Phyllis war ein gutes Stück älter als er, aber das war ihm egal, und er hoffte, ihr auch.

Gerry kam zurück. Er gähnte und setzte sich kommentarlos wieder zu Craig. Kein »Ihr Pudding kommt sofort« oder dergleichen, nicht einmal ein die Bestellung bestätigendes Nicken.

Die Frau fand das gar nicht gut. »Was für ein Benehmen! Ist das die berühmte schottische Gastfreundschaft? Wenn wir hier weiter so behandelt werden, stelle ich eine Rezension ins Internet, die sich gewaschen hat!«

»Tun Sie das unbedingt! Im Internet steht eh eine Menge Mist. Auf ein bisschen mehr kommt's da nicht mehr an.«

»Sie werden schon sehen!«

Gerry zuckte mit den Schultern. »Alles, was Sie glücklich macht.«

»Wir sind hier unerwünscht!«, zischte die Frau und erhob sich indigniert. »Komm, Bob!«

Ihr Mann machte Anstalten zu widersprechen, besann sich jedoch eines Besseren. »Natürlich, Pat.« Er legte eine – zuvor wohl genau abgezählte – Geldsumme auf den Tisch. Im Gigha Hotel wurde nicht am Tresen bezahlt, wenigstens in dieser Hinsicht versuchte man, mit der Zeit zu gehen und sich an internationale Gepflogenheiten anzupassen. Die beiden verließen den Diningroom genau in dem Moment, als ein neuer Gast hereinkam. Ein Gast mit Augenklappe.

Die Frau erschrak und wich ihm mit einem abschätzigen Blick aus. »Leute laufen hier herum ...«, raunte sie ihrem Mann zu, der nur noch nach draußen wollte.

Die Bewohner von Gigha, die das Ganze wie eine Reality-TV-Show verfolgt hatten, nickten Gerry zu. Wer keine Geduld mitbrachte, war bei dem Jungen untendurch. Das sollte sich doch bis nach England herumgesprochen haben. Mehr gab es zu dieser kleinen Szene nicht zu sagen. Um genau zu sein, gab es dazu überhaupt nichts zu sagen. Schweigen konnte hier jeder gut.

»Glückwunsch, Craig!«, sagte Gerry. »Du hast gerade einen Toffee Pudding gewonnen! Und dazu trinken wir einen Stütz-Whisky. Den brauche ich jetzt. Dringend.«

»Ich mag nichts Süßes«, wandte Craig ein. »Und den Sticky Toffee Pudding schon gar nicht.«

»Vielleicht möchte ihn Mister Snodgrass probieren.«

Gerry wandte sich dem neuen Gast zu. »Ein Dessert für Sie! Geht aufs Haus.«

»Da sage ich nicht Nein«, gab Hynch zurück und trat sich den Sand des Palm Tree Beach von den Stiefeln.

»Aber vorher machen Sie bitte noch schnell diese Idioten unschädlich, die gerade rausgegangen sind. Bevor die noch eine 1-Sterne-Rezension über das Hotel schreiben. Wir haben schon genug miese Einträge.«

»Wie ärgerlich.«

»Irgendwas finden diese Trolle immer zum Herummäkeln, und sei's das schlechte Wetter. Da steht dann: Das Hotel hat unsere Erwartungen voll erfüllt, freundliches Personal, gemütliche Zimmer. Aber es hat dauernd geregnet.«

Hynch ging auf Gerrys Humor ein. »Sie möchten diese beiden … Zielobjekte also vom Erdboden getilgt sehen, verstehe ich das richtig?«

»Ja, für einen Sticky Toffee Pudding.«

»Das wären dann zwei Auftragsmorde für ein Dessert.« Hynch tat so, als würde er abwägen, ob sich die Sache lohnte.

»Sie kriegen noch eine Extrakugel Vanilleeis dazu.«

»Einverstanden.« Er drehte auf dem Absatz um und nahm ein Steakmesser von einem der freien Tische. »Die kommen nicht weit.«

Gerry prustete los. »Wollen Sie die Engländer mit unserem guten Besteck aufschlitzen?«

»Sie würden es gar nicht spüren. Zwei rasche Schnitte …« Hynch machte eine Bewegung mit dem Daumen quer über die Kehle. Dann prüfte er die Schneide des Messers. Sie war ausreichend scharf.

»Ist das Ihr Ernst?«

»Natürlich, ich tu alles für einen Toffee Pudding.«

Schallendes Gelächter rundum.

»Sie sind echt für einen Spaß zu haben«, sagte Gerry.

Hynch mimte Enttäuschung. »Das war nur Spaß?«

9

Tatsächlich hatte Hynch heute schon jede Menge Spaß gehabt. Ein Gag schien förmlich den anderen zu jagen. Die Standuhr im Diningroom zeigte 12.20 Uhr. Vor einer halben Stunde hatte er seinen Unterstand am Palm Tree Beach verlassen. Entertainment pur war das gewesen, unfreiwillige Komik. Der Hobbit hatte sich selbst übertroffen. Auch Hynch war schon gezwungen gewesen, Leichen zu vergraben, zuletzt unter eher tragischen Umständen, daran dachte er ungern zurück. Einer der Vorzüge, raus aus dem Geschäft zu sein, bestand darin, dass er über Nicols Lachnummer jetzt schmunzeln konnte. Ihn ging das alles nichts mehr an.

Er setzte sich an den kleinen Tisch in der Ecke und brachte ein Haiku zu Papier. Die ersten beiden Zeilen hatten sich in seinem Kopf bereits geformt. Nur für die Schlusszeile war ihm bisher nicht Passendes eingefallen. Doch wie so oft schrieb das Leben die besten Pointen:

Im Morgengrauen
Ein toter Mann verschwindet.
Klebriger Pudding!

Ja, Hynch verfasste Gedichte. Ein weiteres seiner Steckenpferde neben der Vogelbeobachtung. Irgendwie musste er die sich gnadenlos aneinanderreihenden Tage ja ausfüllen – und auch die Nächte. Er schlief schlecht. Seine ehemaligen Opfer pflegten ihm vor dem Dahindämmern zu erscheinen wie Leute, die an der Bushaltestelle Schlange standen, um mitgenommen zu werden. Im Traum fuhr er dann tatsächlich einen Bus. Er hielt bei den Wartenden und betätigte den Türöffner. Jeder dieser Bastarde hatte ein anderes Problem: Ob das Ticket gültig sei, welche Stationen er anfahre und so weiter. Es dauerte eine Ewigkeit, bis alle eingestiegen waren. Wenn es dann endlich weitergehen konnte und Hynch den ersten Gang einlegte, wachte er auf.

Wurde er das jemals wieder los?

Und was bedeutete dieser Bus-Scheiß?

Er begutachtete sein Haiku. Da war noch Luft nach oben. Gar nicht so einfach, diese Dichterei. Es gab zwar wenig zu beachten, drei Zeilen musste ein Haiku haben und insgesamt siebzehn Silben: fünf in der ersten Zeile, sieben in der zweiten und wieder fünf in der dritten. Einfache Regeln, hatte er anfangs gedacht. Doch es kam auch auf den Rhythmus an. Und natürlich auf die richtigen Wörter. Gute Haikus wirkten zeitlos und abgeklärt, waren Momentaufnahmen, doch zugleich allgemeingültig, als wüsste der Verfasser genau, worauf es im Leben ankam. Die alten Japaner hatten das draufgehabt, schon vor Jahrhunderten.

Hynch hatte es nicht drauf, das musste er sich immer

wieder eingestehen. Er war nach all den Jahren als Soldat, Söldner und Auftragskiller nicht einmal in der Lage, die Stimmung eines Augenblicks festzuhalten. Seine Ironie, die ihm das Leben und den ganzen Rest in ein erträgliches Licht tauchte, machte alles kaputt.

Er blickte zu Craig, dem Postboten, hinüber. Der dichtete nicht, er zeichnete.

Auch eine Möglichkeit, sich zu beschäftigen. Einen Zugang zu den Dingen da draußen zu bekommen. Und zu sich selbst, sofern das möglich war.

Gerry brachte ihm den Toffee Pudding. Mit zwei Kugeln Vanilleeis.

Das Zeug klebte wie Hölle.

10

11.45 Uhr. Nicol wischte sich den Schweiß von der Stirn. Er war äußerst zufrieden mit sich. Die Leiche, inzwischen deutlich ramponierter als zum Zeitpunkt ihrer Anschwemmung, verweste jetzt ein Stockwerk tiefer, unbelästigt von ihrem Totengräber und fressfreudigen Schalentieren.

Bevor er den verhassten Körper in die Grube befördert hatte, war Nicol noch einmal in sich gegangen und hatte eine Bahn altes Segeltuch geopfert, um den Toten darin einzuwickeln, ein bisschen wie bei einer Seebestattung. Viel half das zwar nicht gegen Sandflöhe, Aaskäfer und die Maden diverser Fliegenarten. Doch es fühlte sich besser an, als die Leiche einfach so, wie sie war, zu verscharren. Nach einem abschließenden Schaufelklopfer hatte Nicol noch ein paar würdige Worte gefunden: »Lass dich hier nie wieder blicken! Ende und aus!«

Er bewunderte sein Werk. Die Stelle am Strand, die er als letzte Ruhestätte für die schottische Schauspielerlegende ausgewählt hatte, war ideal. Sie lag ein gutes Stück oberhalb der Wasserlinie, hinreichend weit vom Meer entfernt, um nicht von der nächsten Springflut ausgewaschen zu werden. Zugleich war der Boden weich genug, sodass Nicol keine Spitzhacke benötigt hatte. Er verteilte Kieselsteine und Braunalgen auf dem Grab, zur Tarnung. Fertig. Dann brachte er die Schaufel ins Bootshaus zurück.

Der Palm Tree Beach sah wieder aus wie eh und je. Schon bald, nach dem nächsten Regenschauer, würde sich der dunkle Fleck auf dem Boden seiner Umgebung angleichen. Niemandem würde etwas auffallen.

Er stapfte zu seinem Cottage. Seine Füße sahen aus wie die Klauen eines Maulwurfs. Seine Kniegelenke wie auch sein Rücken machten sich auf schmerzhafte Weise bemerkbar, die Schaufelei forderte ihren Tribut.

Jetzt hatte er sich eine große Portion Käsemaccheroni verdient. Nicol beschloss, gleich zwei Dosen zu öffnen. Aufgrund der ungewohnten Buddelei schob er mächtig Kohldampf.

Ein Mann musste essen!

An der Tür blickte er sich noch einmal um und vergewisserte sich, dass er bei seiner ungewöhnlichen Müllbeseitigung keine Zuschauer gehabt hatte. Die Bucht wirkte menschenleer. Nur weit im Norden auf See, mit bloßem Auge kaum zu erkennen, bemerkte er die Silhouette eines Schiffes.

Für die Islay-Fähre war es zu klein. Er tippte auf ein Fischerboot, vielleicht die *Western Star* von Stuart Whillock. An und für sich ein ganz akzeptabler Kutter, praktisch für die Gewässer rund um Gigha, obwohl Nicol als eingefleischter Segelfan über Schiffe mit reinem Motorantrieb die Nase rümpfte. Einen Diesel anwerfen und den Hebel auf »volle Kraft voraus« stellen, das konnte jede Hohlbirne. Aber sich nur mithilfe des Windes fortzubewegen wie seit Anbeginn der Seefahrt, das war etwas völlig anderes. Hatten die Langboote von Erik dem Roten und von Leif Eriksson einen Motor besessen? Never ever. Na ja, sie hatten Ruderer gehabt.

Eines Tages würde er selbst Segel setzen und der Welt beweisen, wozu ein einzelner, zu allem entschlossener, barfüßiger Mann fähig war. Mit einem eigenhändig, nach historischen Vorbildern gebauten Boot. Nicht mit einem gekauften, wie McKechnie dem Vernehmen nach eines besessen hatte, dieser Leichtmatrose. Weltumsegler? Weltumwichser!

Während Nicol also an die großen Seefahrer dachte, zu denen er sich gewiss bald zählen durfte, sobald er mit seinem Boot fertig war und es zu Wasser lassen konnte, betrat er sein Cottage. Es war tatsächlich nur eine Hütte, bestehend aus einem Wohnraum und einer improvisierten Küchenecke, einem winzigen Schlafzimmer, kaum mehr als ein Alkoven, und einem desolaten, eiskalten, nicht ganz ungefährlichen Bad mit WC.

Mehr brauchte er nicht, meinte er, und verbot es sich, an seine topmoderne, mit Gewinn verkaufte Eigentumswohnung in Milton Keynes zurückzudenken: sauber, unpersönlich, schimmel- und ungezieferfrei wie ein Babypopo.

In dem Cottage roch es eher nach Ziegenpopo.

Man konnte nicht alles haben. Downshifting, das war seine Devise. Bye-bye, Karriere! Nie mehr endlose Meetings, bei denen er Aufmerksamkeit oder zumindest eine Art Wachzustand hatte heucheln müssen.

Nie mehr ein überquellendes Postfach mit E-Mails seiner Untergebenen, sorry, »Mitarbeiter«, die alle, sogar die dämlichsten, beantwortet werden mussten. Nie mehr dieses absurde, obligatorische Work-out nach der Arbeit – Nicol, Sie sind ein Vorbild! – auf firmeneigenen Laufbändern, den Blick starr auf ein Meer von Flachdächern und Industriekomplexen gerichtet, mit Baumwolle im Kopf und Wackersteinen im Bauch. Kein noch so fettes Managergehalt hatte ihm das versüßen können. Für nichts in der Welt würde er die dicken, ewig beschlagenen Sprossenfenster des Häuschens auf Gigha wieder gegen die transparenten, täglich gereinigten Fensterfronten seines früheren Bürogebäudes eintauschen, eine Art Schaukasten für alle, die hinaus- und hineingingen oder daran vorbeifuhren. Dagegen konnte Nicol in dem Cottage er selbst sein. Ganz er selbst. Vielleicht zum ersten Mal in seinem Leben.

Am meisten Platz nahm ein klobiger Eichentisch ein, den er auf einem Kirchenbasar erstanden hatte. Um ihn herum standen drei unterschiedliche Stühle. Auf dem bequemsten, gut gepolsterten in der Nähe des offenen Kamins saß er in der Regel selbst. Auf dem zweitbequemsten stapelten sich Zeitungen und Segelmagazine. Und auf dem klapprigen mit einem losen Bein lagen Klamotten, die dringend eine Wäsche nötig hatten.

Heute saß Val auf dem bequemsten.

»Hey, Nicol. Wie geht's?«

11

Brich nicht vor Ehrfurcht zusammen!« Das wollte Val noch hinzusetzen, als Nicol bei ihrem Anblick erstarrte und kreidebleich wurde. Doch sie kam nicht mehr dazu. Der Hobbit kippte auf der Türschwelle um.

Sie stand auf, schob die Zeitungen und Segelmagazine beiseite und hievte den kleinen Mann, der aufgrund seines Bäuchleins weitaus schwerer war, als sie angenommen hatte, auf den zweitbequemsten Stuhl. Rettungssanitätergriff, sie war ja vom Fach. Es dauerte eine Weile, bis sie ihn in eine stabile Position bugsiert hatte. Dann suchte sie nach einem Muntermacher.

Auf keinem der windschiefen Regale im Raum stand etwas Alkoholisches. Auch im Küchenschrank fand sich nichts Brauchbares außer einer Dose Senfpulver. Aber wie sollte sie ihm das verabreichen? Durch die Nase in die Stirnhöhle pusten?

Es handelte sich um einen Notfall, also griff Val auf ihren Flachmann zurück, den sie stets bei sich trug, gefüllt mit einem anständigen Single Malt, Springbank aus Campbeltown. Whisky war hier das Mittel der Wahl.

Als ehemalige Krankenschwester kannte sie die Kniffe. Zwei Finger bohrten sich unsanft in Nicols Mund, dann rann *uisge beatha,* Wasser des Lebens, in seinen Schlund.

Schlucken, Husten. Spucken. Sich aufsetzen.

Nicol öffnete die Augen und war wieder online.

Val legte sofort nach. Die Phase, in der er noch desorientiert und verletzlich war, musste ausgenutzt werden. »Du steckst in der Scheiße, Nachbar, und zwar knietief. Barfuß ist das besonders unangenehm. Warum trägst du auch keine Gummistiefel?«

»Häh?«, fragte er benommen.

»Du hast Jim McKechnie verbuddelt! Du bist geliefert.«

So, das war erst mal genug.

Nicol lief rot an. Ob es an ihren Worten oder am Whisky lag, war schwer zu sagen. »McKechnies Leiche wurde angeschwemmt. Ich musste etwas tun.«

Er befeuchtete die Lippen, kratzte sich am Hinterkopf.

Val stand neben ihm und legte ihm einen Arm auf die Schulter. Sie war kein Unmensch. Nach der Peitsche kam das Zuckerbrot.

Er schaute zu ihr auf wie ein dementer Mops. Plötzlich entriss er ihr den Flachmann und schüttete den Inhalt in sich hinein, als gäb's kein Morgen.

Val ließ ihn trinken. Nicol hatte heute sicher nicht das große Los gezogen. Sie hätte nicht mit ihm tauschen mögen.

Nach ein paar weiteren Schlucken setzte er den Flachmann ab und gab ihn Val mit einer Miene zurück, als sei dies das Mindeste gewesen, was sie für ihn hatte tun können. Das stimmte ja auch.

Seine Tür war selten verschlossen, kaum jemand

sperrte auf Gigha ab. Es kam sogar ziemlich häufig vor, dass man wie selbstverständlich das Haus eines anderen Insulaners betrat, etwa um vor einem Unwetter Schutz zu suchen. Er selbst hatte das auch schon gemacht bei Val und Phyllis. Man bildete eine verschworene Gemeinschaft, wie es so schön hieß, stattete sich unangemeldete Besuche ab und half einander im Rahmen des Möglichen. Nicol wusste das zu schätzen, in Milton Keynes hatte er seine Wohnung jeden Abend mit drei Schlössern verriegelt. Und dass Val einen ungewöhnlichen Humor besaß und alles andere als zimperlich war, konnte durchaus von Nutzen sein.

Er beschwerte sich nicht, dass sie ihn erschreckt hatte. »Wie hast du's bemerkt?«, fragte er stattdessen.

»Bin zufällig vorbeigekommen. Phyllis und ich, wir haben unsere Tour etwas ausgeweitet. Sie ist gerade wieder ... woanders.«

»Verstehe.« Nicol lehnte sich zurück und ließ den Alkohol wirken. Seine eigener Whiskyvorrat war im Laufe des Winters stark geschrumpft. Er genoss es, das Brennen im Mund, das innere Feuer, den Geschmack nach Malz und Meer, nach Leben und Vergessen.

Und Val gönnte es ihm. Man konnte viel Hämisches, Abfälliges, Ungerechtes über Nicol sagen, aber er wusste Bescheid über Phyllis und ihre Absenzen, auch wenn er sie nicht vollständig begriff. Noch nie hatte er sich darüber lustig gemacht.

»Hast du McKechnie mal reden hören?«, fragte Nicol. »Ist dir klar, was der auf Gigha aufziehen wollte?«

»Bin ihm nicht begegnet, seit er hier ankam.« Val zögerte. Aber Phyllis konnte Jim begegnet sein, hätte sie beinahe hinzugefügt, ließ es dann aber bleiben.

»Der wollte Gigha in ein einziges Filmset verwandeln! Vor allem meine Bucht. War gestern hier, spazierte unten am Strand herum, als gehörte ihm der ganze Krempel. Hat mir gedroht, seine Kontakte zu dem adligen Landbesitzer spielen zu lassen, damit mir der Pachtvertrag aufgekündigt wird.«

Sein Hobbitgesicht wurde wieder mopsartig. Mit einem Schlag ins Orkische. »Dem ging es einfach nur darum, mich loszuwerden. Ich hab gestört.«

»Hat er dir kein Angebot gemacht?«, wollte Val wissen.

»Schon. 3000 Pfund für eine Woche Dreharbeiten. Meinte, er sei in Spendierlaune.«

»Tatsächlich?«

»Ich hab ihm gesagt, er soll sich verpissen.«

»Warum hast du nicht verhandelt? Ich hab mal gehört, dass man eine schöne Stange Geld verdienen kann, wenn man sein Eigenheim oder was auch immer an Filmleute vermietet. 3000 Pfund klingt nach eher wenig – für eine ganze Bucht.«

»Weil er ein knausriger alter Sack war, unser Sailing Jimmy. Ich brauch diese Leute nicht, ich pfeif auf ihr Geld. Warum soll ich da groß verhandeln?«

»Wahrscheinlich hätte ich's genauso gemacht«, räumte Val ein.

»Der hat auf meine Füße geschaut und mich nicht für voll genommen. Barfußgänger, Spinner, macht nur Ärger, so in der Art. Aber dann, und das war das Schlimmste, ist er einfach, ohne zu fragen, ins Bootshaus reingegangen.«

»Einfach so?«

»Weißt du, was er gesagt hat? Lächerlicher Kahn, wird niemals fertig, schwimmt wie ein Stein. *Das* hat der große Einhandsegler gesagt. Über mein Lebenswerk, auch wenn's noch nicht fertig ist. Am liebsten hätte ich ihn gleich an Ort und Stelle totgeschlagen.«

»Er hat dein Boot beleidigt?«

»Der wusste genau, wie er mich treffen konnte.«

»Langsam verstehe ich, warum du so sauer auf ihn bist. Wann war das?«

»Gestern Vormittag, gegen elf. Er hatte ein paar Leute bei sich, Filmmenschen, mit einem Campingbus. Die haben die Lichtverhältnisse gecheckt, Sichtachsen, Perspektiven und all so was, den Untergrund für die Kameras, für Schienen, Kräne, schwenkbare Plattformen.«

»Du kennst dich ja voll aus.«

»Jedes Wort hab ich mir gemerkt von diesem technischen Gelaber. Die Kerle dachten, sie hätten es mit einem Einfaltspinsel zu tun. Sie haben ihre Messungen vorgenommen und mich überhaupt nicht beachtet. Als einer aufs Dach klettern wollte, habe ich ihm mit meinem Wanderstab den Weg verstellt und gedroht, ihm eine zu verpassen. Irgendwann sind sie dann wieder verschwunden.«

»Und was hat McKechnie getan?«

»Ist zu den Twin Beaches gewandert. Zu euch.«

»Bist du sicher?« Sie horchte auf.

»Ich kann die Himmelsrichtungen noch auseinanderhalten, Val. Er ist die Anhöhe hochgestiefelt und dann zu eurer Bucht weitergegangen. Ich nahm an, dass er sich nach einem anderen Drehort umsieht, nach einer Alternative, dass er euch vielleicht ein ähnliches Angebot macht. Gib mir bitte noch mal deinen Whisky!«

»Du hattest mehr als genug!«

»Ach, komm!«

»Von mir aus.«

Val holte den Flachmann wieder aus der Jacke. Doch bevor sie ihn weitergab, nahm sie selbst einen gehörigen Schluck.

Der Whisky rann ihr durch die Kehle, und sein Geschmack war ihr so vertraut wie eine alte Freundin, die man schon von Weitem wiedererkennt. Eine Freundin, der man alles anvertraut, die einem aber auch viel Ärger bereiten kann, wenn sie zu lange zu Besuch bleibt. In letzter Zeit hatte Val dem Wasser des Lebens oft und reichlich zugesprochen. Um die Erinnerungen zum Schweigen zu bringen. Aber am nächsten Morgen waren sie erneut da gewesen, aus jeder Ecke kamen sie angekrochen.

Val legte den Kopf in den Nacken. Jetzt brauchte sie eine kleine Auszeit. Und Nicol wohl auch, so wie er sie mit seinen wässrigen Augen ansah, in der Hoffnung, man könnte die Zeit zurückdrehen und alles wäre wieder wie zuvor.

Kinderglaube.

»Ich muss nachdenken«, sagte Val.

12

Na gut, sie wusste jetzt mit Sicherheit, dass McKechnie zur Töpferei gekommen war, zumindest, dass er es vorgehabt hatte. Dort hatte er vermutlich Phyllis angetroffen, während sie, Val, gerade am Brennofen zugange gewesen war. Gestern hatte sie eine große Charge für den Brand fertig gemacht, das Bestücken des holzbefeuerten Ofens war eine Wissenschaft für sich. Und Phyllis hatte sich im Büro um den üblichen Papierkram gekümmert. Rechnungen, Lieferscheine, Packzettel. Dabei musste es dann zu einer Begegnung mit Jim gekommen sein, vermutlich zu einer einschneidenden, traumatischen nach all den Jahren. Prompt war Phyllis wieder in einen ihrer Zustände verfallen, eine Form der Katatonie, wie es in der Fachsprache der Psychologen hieß.

Bislang hatte meist ein winziger Anlass ausgereicht, um Phyllis in ihre dreitägigen Wachträume zu versetzen. Oft etwas, das mit dem Jahr 1987 zusammenhing, wie ein Popsong im Radio aus dieser Zeit, »Open Your Heart« von Madonna oder auch »Walk Like an Egyptian« von den Bangles, das wurde immer noch häufig gespielt. Und natürlich ein Film mit McKechnie, der im Fernsehen lief.

Dieses Mal schien der Anlass jedoch weitaus gravierender gewesen zu sein. Phyllis war Jim in Fleisch und Blut begegnet, unvermittelt, wahrscheinlich hatte er an der Haustür geklopft, Phyllis hatte geöffnet, und da hatte er dann in voller Größe vor ihr gestanden. Ein Wiedersehen nach drei Jahrzehnten, ohne Vorwarnung, quasi aus dem Nichts – das musste Phyllis wie ein Blitzschlag getroffen haben. Wie es wohl abgelaufen war? Hatten die beiden sich unterhalten, Small Talk gemacht, einander verlegen gemustert? Oder waren sie sich einfach nur stumm in die Arme gefallen, überwältigt von der Macht des Augenblicks?

Als Val mit dem Einräumen des Brennofens fertig gewesen war, hatte sie eine Pause eingelegt und war durch die Werkstatt ins Haus zurückgegangen. Dort hatte Phyllis auf dem Ohrensessel gesessen, in der nur allzu bekannten Verfassung, unerreichbar, entrückt. Nichts hatte auf einen Besuch hingedeutet, keine Spur von McKechnie.

Val war routiniert wie immer damit umgegangen, es war ja nicht zu ändern. Therapien verschiedenster Art hatten nie auch nur das Geringste bewirkt.

Nachts hatte sich Phyllis jedoch im Bett hin- und hergeworfen, das war ungewöhnlich in diesem Zustand. Und nach dem Erwachen am Morgen hatte sie ein paarmal zum Sprechen angesetzt, so etwas kam während eines solchen Flashbacks sonst nie vor. Beim Frühstück hatte sie dann plötzlich eine völlig starre Haltung eingenommen, ließ sich nicht füttern und später nur mit Mühe ankleiden. Umso aktiver waren ihre Augen gewesen. Unentwegt waren sie hierhin und dorthin geirrt, ohne etwas Bestimmtes zu fokussieren. Es war, als hätten sich die Empfindungen und Ereignisse in ihrem Inneren überschlagen, als wären ihre Erinnerungen aufgewühlt worden und hätten einen Ausweg gesucht. Doch zugleich drang von außen rein gar nichts mehr zu Phyllis durch.

Aus diesem Grund war Val mit ihr zum Strand aufgebrochen. Das hatte oft einen heilsamen, halbwegs normalisierenden Effekt. Bei dem Spaziergang hatte sich das Muster aber wiederholt. Phasen der Erregung, in denen Phyllis ausschritt wie mit Siebenmeilenstiefeln, wechselten mit der Unfähigkeit, ohne die Hilfe ihrer Schwester weiterzulaufen.

Val hatte sich das nicht erklären können und es als seltsame Laune der Psyche abgetan. Denn als Phyllis an den Twin Beaches auf ihrer Lieblingsdecke Platz genommen hatte und endlich zur Ruhe gekommen war, schien alles wieder einigermaßen im Lot zu sein.

Inzwischen wusste sie es besser. Nichts war im Lot. Und dafür trug Jim McKechnie die Verantwortung.

Was, wenn Phyllis nicht mehr zurückkehrte aus dem Reich ihrer Erinnerungen?, fragte sich Val. Wenn sie dauerhaft abwesend blieb, gefangen in ihrer körperlosen Zwischenwelt? Für den Rest ihres Lebens? So etwas kam vor. Es gab Menschen, bei denen sich derlei Zustände verfestigten. Val kannte eine Reihe entsprechender Fallgeschichten. Die meisten endeten in der klinischen Psychiatrie.

»Alles in Ordnung?«, fragte Nicol. »Fertig mit Nachdenken?«

Val zwang sich, ihm wieder ihre Aufmerksamkeit zu schenken. Sie musste die Probleme Schritt für Schritt angehen. Um Phyllis würde sie sich später kümmern. »Tut mir leid«, gab sie zurück. »Wo waren wir stehen geblieben?«

»Was mache ich denn jetzt? Du hast gesagt, ich bin geliefert. Warum? Gehst du zu den Bullen?«

»Ich hab dir dabei zugeschaut, wie du die Leiche verbuddelt hast. Das war ein schlechter Witz. Du hättest eine viel tiefere Grube ausheben müssen.«

»So? Seit wann bist du Expertin im Entsorgen von Leichen?«

»Die McPhees die Straße runter, die haben einen Rottweiler, weißt du doch. Wenn der das Aas wittert, gräbt er Jimmy wieder aus, so schnell schaust du gar nicht. Dieses Vieh ist ein Kraftpaket.«

»An den hab ich gar nicht gedacht.«

»Und so nah an deinem Cottage? Hast du deinen Verstand verloren? Ein richtiger Sturm, mehr als das laue Lüftchen vergangene Nacht, dann ist da unten eine Brandung, die so richtig aufräumt.«

»Hab ich hier noch nie erlebt.«

»Du bist auch noch nicht lange auf der Insel. Sagt dir der Sturm Henry etwas? Oder Abigail?«

»Da war was in den Nachrichten ...«

»Schon morgen könnte es hier voll abgehen«, erklärte Val. »Dann krachen Brecher auf den Strand, die könnten dein Häuschen einfach so wegspülen.«

»Hör auf, mir Angst einzujagen!«

»Jedenfalls darf die Leiche nicht hierbleiben.«

»Moment mal ...« Allmählich begriff Nicol. »Heißt das, du hältst dicht? Keine Bullen?«

»Die haben hier nichts zu suchen. Außerdem wissen wir ja noch gar nicht, wie McKechnie überhaupt zu Tode kam.«

»Stimmt.«

»Irgendwie finden wir das schon noch heraus. Ein paar mehr Informationen wären nicht schlecht. Wo er zuletzt lebend gesehen worden ist und so weiter. Aber vorher müssen wir die Leiche wieder ausbuddeln.«

»Wieder ... ausbuddeln? Das ist nicht dein Ernst.«

»Ich helfe dir«, sagte Val. »Gemeinsam geht es doppelt so schnell.«

Nicols Rücken und seine Kniegelenke meldeten starke Zweifel an. Die Arme und der Nacken auch. »Weißt du, wie ich mich fühle? Wie durch den Wolf gedreht. Ich bin im Arsch.«

»Du bist bald richtig im Arsch – und zwar im Knast. Überleg doch mal! Irgendwann wird McKechnie als vermisst gemeldet werden. Und diese Filmleute wissen, dass du Streit mit ihm hattest ... Für die bist du der barfüßige Irre mit dem Wanderstab. Der Möchtegern-Gandalf. ›Du kannst nicht vorbei!‹ Wie bei dem Kampf mit dem Balrog.«

»In Moria. Das war großes Kino, die beste Szene überhaupt.«

»Ja, genau. So was prägt sich ein.«

»Dann ... kommen die Bullen zu mir«, dämmerte es ihm.

»Höchstwahrscheinlich. Bis dahin bleibt uns aber

noch ein wenig Zeit. Zwei, drei Tage vielleicht. Schwer zu sagen, wann die Polizei hier aufkreuzt.«

»Bestimmt haben die Spürhunde dabei.« Nicol dachte wohl an den Rottweiler der McPhees. Diese Bemerkung schien Eindruck bei ihm hinterlassen zu haben.

»Schön, dass der Groschen gefallen ist.«

Er gab ihr den geleerten Flachmann zurück. Plötzlich schob sich eine Wolke des Misstrauens über sein Gesicht. »Warum hilfst du mir überhaupt?«

»Ich habe meine Gründe, okay?«

»Ist es wegen McKechnie? Hat er dir irgendwas getan?«

»Sagen wir so: Er ist ein Meister darin, das Leben anderer Leute aus dem Gleichgewicht zu bringen. Mein Mitleid hält sich in Grenzen.«

»Verstehe.« Das schien Nicol vorerst zu reichen. »Und was stellen wir mit der Leiche an, nachdem wir sie – wie sagt man? – exhumiert haben?«

Val rieb sich die Hände. Es war furchtbar klamm in dem Cottage. Sie saß zwar dicht neben dem offenen Kamin, doch der war im Augenblick nur ein schwarzes muffiges Loch in der Wand. Kein wärmendes Kohlefeuer, das Kälte und Feuchtigkeit vertrieb. »Ich hab schon eine Idee ... Zuerst bringen wir McKechnie in die Töpferei.«

Schwerfällig erhob er sich. Die Aussicht, dass die Leiche bald aus seiner Bucht verschwand, schien ihn zu motivieren. »Also dann.«

»Hast du eine Schaufel übrig?« Sie blieb sitzen. »Oder einen Spaten?«

»Ist alles im Bootshaus.«

»Wir brauchen noch etwas zum Transport. Ein großer Gummisack wäre genau das Richtige. Oder eine lange Kiste.«

»Klar, ich habe immer ein paar Särge auf Vorrat.« Er kicherte albern, doch als er Vals ungnädige Miene bemerkte, riss er sich zusammen. »Ich habe ihn doch in Segeltuch eingewickelt.«

»Wie in Butterbrotpapier, das habe ich gesehen. Weiß nicht, ob das reicht.«

»Zur Not könnte ich Sailing Jimmy in das Segeltuch einnähen.«

»Einnähen?«

»So hat man das früher gemacht, wenn jemand auf See gestorben ist. Man nähte den Toten in Segeltuch ein, beschwerte das Ganze mit einer Kanonenkugel oder einem großen Stein und dann ... über Bord mit ihm.«

»Du kannst nähen?«, fragte sie ungläubig.

»Natürlich. Die Segel für mein Boot sind zum Teil schon fertig.« Er zeigte ihr seine Hände, die nicht besser aussahen als seine Füße: unförmige, von Narben, Schwielen und Schrammen übersäte Klumpen. »Macht halt eine Menge Arbeit.«

»Warum kaufst du die Segel nicht einfach? Du hast doch was auf der hohen Kante.«

»Es muss authentisch sein.«

»Manchmal überraschst du mich, Nicol.«

Vor Stolz schien er ein paar Fuß zu wachsen. »Keine halben Sachen, nicht bei meinem Boot. Wenn man weiß, wie es geht, ist das alles keine Hexerei. Zeit hab ich ja genug.«

»Du und dein Boot ... Das ist die große Liebe, oder?«

»Absolut! Für jemand anderen ist da kaum Platz.« Er schaute sie ein wenig länger an als unter wohlgesinnten Nachbarn üblich. »Tut mir leid. Falls du dir Hoffnungen gemacht hast.«

Bedeutungsvolles Schweigen.

Oje! Val hob die Hände wie ein ertappter Ladendieb. Man durfte Hardcore-Junggesellen nicht widersprechen – und ihnen keinesfalls ihre Illusionen rauben. Sie und Nicol, das entwickelte sich gerade zu einer höchst seltsamen Zweckgemeinschaft. Wenn sie ehrlich zu sich selbst war, wurde er ihr sogar ein bisschen sympathisch. »Ich denke, darüber werde ich hinwegkommen.«

»Ein Mann braucht eben eine Aufgabe, eine Mission.«

»Selbstverständlich!«, beeilte sie sich zu versichern. »Aufgaben sind ... wichtig! Missionen erst recht!«

»Genau.«

»Ohne ... was wären wir da?«

Nicol überlegte, er suchte nach Worten. »Verzicht hat die großen Seefahrer nur entschlossener gemacht. Diese kalte, alles verzehrende Einsamkeit auf dem Ozean zu ertragen – das vermögen nur wenige!«

»Ganz wenige!«

Er nickte. »Doch jetzt müssen wir eine andere Mission erfüllen. Womit wollen wir die Leiche denn in eure Töpferei verfrachten? Mein Twingo ist dafür zu klein.«

»Guter Einwand«, sagte Val, dankbar für den Themenwechsel. »Wir nehmen unseren Lieferwagen.«

»Der wäre perfekt.«

Sie warf einen Blick auf ihre Armbanduhr. 12.15 Uhr. »Dann hole ich ihn – möglichst schnell.« Sie sprang auf, wodurch sie Nicol um Haupteslänge überragte. Val war deutlich größer als er. »Fang schon mal an mit der Buddelei! In einer Stunde bin ich wieder da.«

Sie drückte sich an ihm vorbei, gab ihm dabei einen freundschaftlichen Klaps auf die Wange und öffnete die Tür.

»Moment ...«, versuchte er es.

»Du schaffst das, großer Seefahrer!«

»Schon, aber ...«

»Nach Phyllis muss ich auf dem Weg auch dringend sehen. Die sitzt immer noch auf ihrer Lieblingsdecke und träumt. Ich nehme sie mit, sonst unterkühlt sie noch.«

»Ach so ... okay.«

»Wir sehen uns.«

Bevor er es sich anders überlegen konnte, verließ sie das Cottage und marschierte Richtung Twin Beaches. Nach den ersten hundert Metern blickte sie zurück zu seinem Häuschen. Nicol zeigte sich nicht in der Tür. Bestimmt musste er die neuerliche Wendung dieses Wohin-the-fuck-mit-Jim-McKechnie?-Tänzchens erst mithilfe einer Dose Käsemaccheroni verarbeiten.

Der Wind hatte zugenommen, der Himmel wurde dunkler, obwohl erst Mittag war. Bald konnte erneut ein Unwetter aufziehen, vielleicht war der Sturm der vergangenen Nacht nur ein Vorbote gewesen.

Val hielt sich ein Stück oberhalb des Strandes am

Rande der zum Meer hin abfallenden Böschung und ging querfeldein. Das Grab von McKechnie mied sie. Darüber unbedacht hinwegzuspazieren, brachte bestimmt Unglück. Was für ein Mistkerl! Verursachte Ärger bis über den Tod hinaus.

Dann machte sie eine merkwürdige Entdeckung. An einer Stelle abseits des Trampelpfades war der Untergrund ... hohl.

»Himmel!« Ihr Wanderstiefel stieß kaum auf Widerstand, fast wäre sie eingesackt. Instinktiv verlagerte sie ihr Gewicht und ließ sich zur Seite gegen die Böschung kippen.

Nachdem sie sich wieder aufgerappelt hatte, untersuchte sie den Boden. Eine Art Grasmatte, mit ein paar Latten verstärkt, bedeckte ... eine Grube.

Scheiße, waren hier noch mehr Leichen versteckt?

Es war kein Grab. Nur eine Art Unterschlupf, ein Loch, säuberlich ausgestochen und mit Brettern befestigt, damit die Wände nicht einsanken, quadratisch. Auf halber Höhe befand sich eine Stufe, die wohl als Sitzgelegenheit diente.

Was, zum Teufel, hatte es damit auf sich?

Snodgrass, fiel ihr ein, dieser Typ aus Glasgow. Der Vogelbeobachter. Hatte er sich hier ein getarntes Versteck gebaut? Das Loch sah benutzt aus, als sei es erst vor Kurzem verlassen worden.

Was hatte Snodgrass an diesem Morgen alles gesehen, das er besser nicht gesehen hätte?

Val deckte die Grasmatte wieder über die Grube, sorgfältig, damit alles so wirkte wie zuvor. Möglicherweise hatte Nicol außer ihr einen weiteren Zuschauer gehabt, einen potenziellen Zeugen. Der sich absichtlich nicht zu erkennen gegeben hatte.

Gar nicht gut.

Sie setzte ihren Weg fort. Es dauerte nur ein paar Minuten, die kleine, steinige Anhöhe zu überwinden. Aber was Val an den Twin Beaches vorfand, war bedeutend schlechter als gar nicht gut.

Phyllis' Lieblingsdecke lag noch da. Phyllis war weg.

13

Die *Western Star* näherte sich An Dubh Sgeir. Nur etwa drei Meter ragte diese Ansammlung dunkler Felsen aus dem Wasser – auf einer Länge von knapp zweihundert Metern. Die Riffe sahen aus wie die Rücken riesiger, durchs Wasser pflügender Wale. Von Nordwest anlaufende Wellen prallten machtvoll dagegen und zerstoben in Gischtfontänen.

Stuart umrundete An Dubh Sgeir in weitem Bogen, bis der Kutter durch die Felsen verdeckt und von der Küste aus nicht mehr zu sehen war, auch mit einem Fernglas nicht. Er drosselte den Motor und fuhr vorsichtig weiter. Zwar kannte er die Gewässer wie seine Westentasche, und die See war bei abflauendem Wind nur mäßig bewegt. Aber es barg immer Gefahren, sich in der Nähe von An Dubh Sgeir aufzuhalten, geschweige denn, sich in dieses Labyrinth hineinzubegeben. Die Strömung war hier häufig unberechenbar, vor allem wenn Ebbe und Flut einander ablösten, was bald der Fall sein würde. Und die Riffe bereiteten selbst erfahrenen Skippern Albträume. Viele von ihnen befanden sich dicht unter der Wasseroberfläche. Sie konnten die Unterseite eines Schiffes von vorne bis hinten aufschlitzen, sodass es binnen Minuten unterging.

Jessie stand vorn im Bug und hielt Ausschau nach

solchen Rumpfkillern. Das Meer nördlich von Gigha war zwar nur 30 Meter tief, aber wenn die *Western Star* absoff, spielte es im Grunde keine Rolle, ob sie auf 30, 300 oder 3000 Meter sank. Sie wären so oder so gearscht.

An einer geschützten, schwer zugänglichen Stelle brachte Stuart den Anker aus. Die Motorgeräusche erstarben. Vor ihnen lag das Wrack.

Sie hatten es mithilfe mehrerer starker Leinen längsseits am größten Felsen von An Dubh Sgeir festgemacht und mit ein paar Fendern gesichert, eine schwierige Arbeit im ersten Tageslicht, als der Seegang noch stärker gewesen war. Doch Jessie, die gut klettern konnte, war auf dem Brocken herumgeturnt wie eine Bergziege, hatte die Leinen um geeignete Felsvorsprünge geschlungen und sie mit doppelten Knoten gesichert.

Das Wrack lag tief im Wasser, es war zur Hälfte vollgelaufen. Der Mast fehlte, sein abgebrochener Stumpf ragte noch aus dem Rumpf. Die restlichen Teile, ebenso Baum, Stagen und Wanten, befanden sich in einem heillosen Gewirr provisorisch befestigt auf dem Deck. Jede einkommende Welle schwappte über den Bug. Dort stand in kunstvoller, handgemalter Schrift der Name der Holzjacht: *Highlander*.

Jessie machte sich bereit. Sie schlüpfte aus ihrem Overall. Darunter trug sie einen Neoprenanzug und wasserdichte Unterwäsche, an den Füßen Neoprenschuhe. Sie legte den Gürtel mit dem Tauchermesser an, das sie sonst für die Kelpernte benutzte, stülpte sich die Anzugshaube über und schnallte eine Taucherbrille an die dafür vorgesehene Schlaufe, sodass sie an ihrem Hinterkopf baumelte. Dann machte sie das kleine Schlauchboot los, das auf der Luke ihres Kutters gelegen hatte, und bugsierte es über das Schanzkleid. Stuart verließ das Steuerhaus und half ihr dabei.

Das Schlauchboot war kaum mehr als ein Spielzeug für Kinder. Bei ihren knappen Finanzen konnten sie sich kein besseres leisten. Zum Kelpfischen brauchte man eh kein Beiboot. Doch für das, was sie jetzt vorhatten, schon.

»Wer war das bloß? Wer legt sich mit einem Fernrohr auf die Lauer? In einer getarnten Grube, die er wahrscheinlich eigens dafür angelegt hat?«

Sie dachte immer noch laut über ihre Beobachtungen am Palm Tree Beach nach. Versuchte, sich das gläserne Auge zu erklären.

Stuart ahmte einen Kuckuck nach.

»Meinst du Hynch, diesen Bücherwurm? Der Vögel beobachtet? Den hab ich erst gestern wieder im Pub gesehen.«

Stuart machte wieder den Scheibenwischer, mehrmals, er drehte sich dabei hin und her.

»Schon klar, jeder von denen ist plemplem. Hynch, Nicol, Val, Phyllis – Leute vom Festland halt, die sind nicht wie wir. Sogar Craig, der Postbote, der ist auch ein bisschen plemplem. Aber so ein Unterstand, den man erst mal aufwendig bauen muss ... Das hat Methode.«

Jessie überlegte. Ihre Fantasie, die sich mit ihrem

Mundwerk stets ein Wettrennen lieferte, schipperte gerade munter drauflos. In unbekannte Gewässer.

»Was, wenn am Palm Tree Beach Drogen angelandet werden? Wenn dieses Zeug, oder was es sonst noch an illegalem Frachtgut gibt, über Gigha nach Schottland importiert wird?« Sie reckte einen Zeigefinger in die Luft. »Dann ist der Typ in der Grube ein Krimineller, der kontrolliert, ob für seine Kumpane die Luft rein ist. Eine Art Scout, verstehst du, ein Kundschafter?«

Nach einer dramatischen Pause fuhr sie fort: »Oder er ist ein Drogenfahnder! Der geduldig wartet und seine Kollegen verständigt, wenn ein dicker Fisch am Haken hängt.«

Stuart hatte sich an Jessies blühende Fantasie gewöhnt. Sie dachte immer einen oder mehr Schritte voraus und ins Blaue hinein. Sein Fall war das nicht. Er setzte sich mit Problemen erst auseinander, wenn sie direkt vor ihm Gestalt annahmen, mit realen Problemen, keinen imaginären. Mit Gewitterwolken am Horizont zum Beispiel. Einem Typen in der Kneipe, der Jessie belästigte. Oder der entmasteten, leckgeschlagenen Jacht. Er hatte die *Highlander* zuerst bemerkt an diesem frischen, vom nächtlichen Sturm blank polierten Morgen, auf einem Wogenkamm, in der Dünung rollend, antriebslos, ein Spielball der Elemente. Und ohne Besatzung, wie sich nach einer raschen Überprüfung herausgestellt hatte, nachdem sie längsseits gegangen waren. Ein Geisterschiff.

Jessie stieg über das Schanzkleid, kletterte auf den

Trittleisten an der Bordwand hinunter und ließ sich in das Schlauchboot fallen.

Stuart reichte ihr ein Paddel und einen wasserdurchlässigen Sack, wie ihn Muscheltaucher verwenden. Eigentlich war es nur ein Wäschebeutel aus Mesh.

»Wie auch immer … Was da am Strand vor sich ging, kann uns erst mal egal sein. Die Leiche, Nicol und Val, das Loch im Boden – sollen die das unter sich ausmachen.« Sie versuchte, nicht weiter zu spekulieren und sich auf die Aufgabe zu konzentrieren, die vor ihr lag. »Wenn sich jemand meldet, dem die *Highlander* gehört, überlegen wir uns, wie es weitergeht. Bis dahin … ist sie unser.«

Als habe sie seine Gedanken gelesen, dachte Stuart. Das kam häufig vor und war einer der Gründe, warum er seine Jessie so sehr liebte. »Pss uff!«, rief er.

Sie warf ihm eine Kusshand zu. »Immer, Sweetheart!«

Er blieb auf der *Western Star*. Der Kutter war ihre Existenzgrundlage. Stuart musste ihn in Position halten und verhindern, dass er gegen die Felsen des An Dubh Sgeir gedrückt wurde oder sonst wie Schaden nahm. Sie befanden sich ja nicht in einer sicheren Bucht, sondern im Atlantik, inmitten eines Mauls aus Felsenzähnen. Es würde die *Western Star* trotz des Ankers nur allzu bereitwillig verschlingen, wenn es Hunger hatte – oder einfach nur, um nicht aus der Übung zu kommen.

Mit gemischten Gefühlen verfolgte Stuart, wie Jessie zur Jacht hinüberpaddelte.

Sie stellte sich geschickt an und legte die kurze Strecke von ein paar Bootslängen im Handumdrehen zurück. Dann machte sie das Schlauchboot an einer Klampe fest und ging an Bord. Sie musste sich gar nicht hochhieven, weil die *Highlander* wie ein vollgesogenes Stück Treibholz im Wasser lag.

Jetzt kam der schwierige Teil. Unter Deck.

Stuarts Vorfahren waren Strandpiraten gewesen, Wrackräuber. Kein sonderlich ehrbarer Broterwerb, aber weitverbreitet auf den Inseln in früherer Zeit, als es noch keine Leuchttürme, keine Seenotrettung und keinen Telegrafen gegeben hatte. Als Schiffsunglücke noch gut gehütete Geheimnisse gewesen waren, Insiderwissen. Einen havarierten Frachter zu plündern, der auf einem Riff festsaß und von der Brandung nach und nach auseinandergenommen wurde, hatte damals nicht unbedingt als Verbrechen gegolten. Vielmehr war es eine Gelegenheit gewesen, die man nutzen musste, verursacht – oder begünstigt – durch höhere Gewalt. Ein Geschenk des Schicksals. Die See nahm, und sie gab. Ein ewiger Kreislauf.

Nur blöd im Fall von Überlebenden, Schiffbrüchigen.

Doch die *Highlander* war verlassen gewesen. Als Stuart den Kutter längsseits gebracht hatte, hatte der gebrochene Mast mitsamt Takelage noch außenbords gehangen, gegen den Rumpf geschlagen und ein übles Leck in der hölzernen Beplankung verursacht. Die Jacht hatte bedenklich gekrängt und zu kentern gedroht.

Ein unerfahrener Segler hätte alle Leinen gekappt,

um den Mast so schnell wie möglich loszuwerden. Manchmal war das durchaus sinnvoll, denn der Mast wirkte wie ein Treibanker. Er zog und zerrte an der *Highlander,* zwang sie in eine gefährliche Schräglage. Doch es war besser, ruhig Blut zu bewahren und nur so viel stehendes und laufendes Gut zu kappen wie unbedingt erforderlich, vor allem auf hoher See, wenn es weit bis zur rettenden Küste war und sich aus den Überbleibseln des Mastes eventuell ein Notrigg errichten ließ.

Stuart und Jessie hatten die leckgeschlagene Jacht zunächst in Schlepp genommen und zum An Dubh Sgeir befördert. Das Riff lag der Fundstelle am nächsten, außerdem war es ein gutes Versteck, eine Art Zwischenlager, bis sie wussten, was es mit dem Geisterschiff auf sich hatte. Diesen Fang sollte ihnen niemand streitig machen. Sie hatten das Leck notdürftig geflickt und eine Sperrholzplatte von außen an den Rumpf genagelt, mit einem nassen Handtuch als Dichtung darunter. Die Elektropumpe der *Highlander* war unbrauchbar, die Batterie stand unter Wasser. Aber mit einer Handlenzpumpe von der *Western Star* hatten sie die Jacht zumindest davor bewahrt, vollständig vollzulaufen.

Jessie öffnete das geteilte Schott, quasi die Haustür des Bootes, und stieg in die Kajüte hinunter. Die Dichtung hielt, stellte sie fest. Das Wasser ging ihr bis knapp unter die Brust, das war besser, als sie erwartet hatte.

»Mal sehen, was hier zu holen ist«, murmelte sie.

14

Durch die schmalen, langen Bullaugen an den Seiten der Jacht fiel ein wenig Licht herein. Jessie watete vorsichtig voran und versuchte, sich zu orientieren.

Allerlei Gegenstände trieben umher, eine Spülbürste, Kissen, leere Plastikflaschen, ein Wasserkocher, ein verpacktes Toastbrot. Linker Hand war die Kombüse, dann kam der Wohnbereich mit einem halbkreisförmigen Sofa und einem im Boden verschraubten Tisch. Das konnte Jessie ertasten und auch erahnen, die meisten Jachten waren ähnlich aufgebaut. Rechts an Steuerbord befanden sich eine Reihe Hängeschränke und der Arbeitsplatz des Skippers, vermutlich mit einem unbrauchbar gewordenen Notebook, allerlei Navigationsinstrumenten und einem Bildschirm für das Radar. Alles stand unter Wasser.

Es gab drei Türen. Eine führte zur Toilette mit einer Nasszelle und einem Waschbecken. Die anderen beiden waren interessanter. Dahinter mussten die Kabinen liegen, eine an achtern, das war normalerweise die Eignerkabine direkt neben dem Niedergang, und eine vorne im Bug, wo weniger Platz war, die Gästekabine.

Etwa 40 Fuß war die *Highlander* lang, ziemlich geräumig, fand Jessie, repräsentativ, aber nicht protzig. Ein Boot, das man mithilfe der Technik durchaus noch allein segeln konnte. Das allgegenwärtige Tropenholz und die Messingbeschläge erinnerten an den Luxus vergangener Zeiten. Ein echtes Schmuckstück, schade drum. Es wäre nur mit erheblichem Aufwand wieder flottzukriegen.

Ein bisschen fühlte sie sich wie eine Diebin, als sie begann, nach Wertsachen zu suchen. Aber nach internationalem Seerecht galt die Jacht als herrenlos. Und herrenlose, aufgegebene Schiffe durfte der Finder behalten. Theoretisch.

Jessie hatte sich am Vormittag, bevor sie erneut zum An Dubh Sgeir ausgefahren waren, schlaugemacht. Das Problem war: Ab wann galt ein Schiff offiziell als »aufgegeben«? Wenn niemand mehr an Bord war? Das konnte viele Ursachen haben. Vielleicht hatte der Skipper das Boot absichtlich verlassen, in Seenot, weil er annahm, die Lage sei aussichtslos. Dann gehörte die *Highlander* höchstwahrscheinlich Stuart und ihr, da gab es kein Vertun. Was aber, wenn der Skipper unfreiwillig über Bord gespült worden war und sich schwimmend oder sonst wie an Land gerettet hatte? War die Jacht in einem solchen Fall Eigentum des Erstbesten, der sich ihrer bemächtigte? Sozusagen Freiwild? Das konnte doch nicht sein. Sonst würden bei Segelunfällen in Küstennähe die Boote ziemlich schnell den Besitzer wechseln. Kam ja nicht selten vor, dass ein Skipper mal ins Wasser fiel.

Jessie durchsuchte zuerst die Kombüse, öffnete allerlei Küchenschränke, schaute in Teedosen und ähnlichen Behältern nach. Irgendwie hatte sie starke Zweifel daran, dass sie die *Highlander* einfach behalten durften. Bestimmt kannten die Anwälte des Eigners tausend juristische Winkelzüge, um ihnen die Jacht abspenstig zu machen. So lief es doch immer! Leute wie Stuart und sie gingen leer aus, wenn sie meinten, endlich einmal den Hauptgewinn gezogen zu haben. Sie hatten zwar Anspruch auf einen Bergelohn, das zumindest stand außer Frage. Aber selbst um den würden sie garantiert ewig streiten müssen. Einen Anwalt konnten sie sich nicht leisten, und die Versicherung hatte auch noch ein Wörtchen mitzureden.

In einer Plastikbox, auf der »Mehl« stand, entdeckte Jessie zumindest einen Trostpreis: Scheine und Münzen im Wert von etwa 70 Pfund, die Kaffeekasse. »Na, dafür hat sich der Aufwand doch gelohnt!«, stieß sie spöttisch hervor. Sie steckte die Box in den Wäschebeutel und suchte weiter.

Inzwischen war das Wasser im Boot kaum merklich gestiegen. Richtung Bug war der Pegel höher, auch weil dort das Leck lag. Deshalb suchte Jessie zuerst in der Gästekabine weiter.

Große Entdeckungen ließen sich hier nicht machen. Die Kabine war bewohnt, darauf deuteten allerlei Kleidungsstücke im Schrank hin, vorwiegend buntes Segel- und Outdoorzeug sowie eine Reihe persönlicher Gegenstände in den Schubladen neben dem Bett, ein Kopfhörer, Tabletten und dergleichen. Jessie musste mehrmals tief Luft holen und untertauchen, um das herauszufinden. Ansonsten stieß sie nur auf etwas, womit sie auf einer Segeljacht nicht gerechnet hatte: einen

Alukoffer, der sich als professioneller Schminkkoffer erwies, so ein Riesenteil zum Auseinanderklappen. Das lohnte sich nicht mitzunehmen, der Inhalt war durch das Meerwasser ohnehin ruiniert.

Sie watete zurück in den Wohnbereich und wollte abschließend zur Eignerkabine am hinteren Ende des Bootes, achtern neben dem Niedergang, durch den sie rasch wieder nach oben gelangen konnte. Wenn es noch etwas zu holen gab, dachte sie, dann dort.

Da bemerkte sie ein Bild an der Zwischenwand, in einem schweren Metallrahmen. Es hing über dem Sofa an einer Stelle, die jedem Besucher sofort auffallen musste – nur Jessie hatte es nach einem flüchtigen Blick als wertlos abgehakt und ignoriert. Doch es war alles andere als wertlos, allerdings im übertragenen Sinn.

Das Bild war ein Titelblatt der Zeitschrift »Vanity Fair«. Es zeigte einen gut aussehenden älteren Herrn mit grau meliertem Vollbart und einer Kapitänsmütze auf dem Kopf. Er stand hinter dem Steuerrad eines Segelschiffes und blickte versonnen in die Weite. Der Mann wirkte distinguiert, aber auch abenteuerlich, verführerisch. Er zog eine Augenbraue hoch, das verlieh ihm eine schelmische und zugleich kritische Note. Dazu lächelte er gewinnend – die Pose eines Hollywoodstars.

»Jim McKechnie«, stand darunter, und, in größeren Lettern, »Sexiest Scotsman Alive«. Einer, der praktisch jede Frau und nicht wenige Männer herumkriegen konnte und der sich dessen durchaus bewusst war. Dem die Sympathien nur so zuflogen.

Das war doch dieser Schauspieler, der gestern so angegeben und Lokalrunden geschmissen hatte, fiel es Jessie ein. Sie war ohne Stuart auf ein schnelles Pint im Pub gewesen, um mit dem Hotelmanager einen Termin für ihren nächsten Auftritt zu vereinbaren. Daher hatte sie das fröhliche Treiben nur am Rande verfolgt – und weil McKechnie von den meisten anderen Gästen völlig umlagert gewesen war. Er hatte sich am Tresen durch sämtliche Whiskys der Hebriden getrunken, mit seinen Einhand-Segeltörns geprahlt und viele neue Freunde gewonnen. Angeblich plante er, auf Gigha einen Film zu drehen. Zu diesem Zweck hatte er, wie er lautstark verkündete, bereits mögliche Drehorte ins Auge gefasst und bestimmte Strandabschnitte in Begleitung einer Technikercrew vom Festland besichtigt.

Als er zur Toilette gewankt war, hatte er Jessie kurz zugenickt. Es war so ein Nicken des Einverständnisses, keine Anmachtour. Du auch hier? Schön, dich zu sehen! Das hatte ihr gefallen. War ja nicht selbstverständlich, dass sich jemand von seinem Bekanntheitsgrad mit den Einheimischen gemein machte. Jessie kannte seine Filme kaum. Mit fortschreitendem Alter hatte er sich auf Literaturverfilmungen und feinsinnige Komödien verlegt. Bei dem Schund, den sie sich für gewöhnlich ansah, spielte einer wie McKechnie nicht mit. Aber sie verstand, warum er so beliebt war.

Dann gehörte die *Highlander* wohl ihm. Der Bootsname passte. Das »Vanity-Fair«-Titelblatt hatte er aus Eitelkeit aufgehängt – war ja auch schmeichelhaft, so etwas hob man natürlich auf und wollte es auch zeigen. Der Schminkkoffer komplettierte Jessies Eindruck. Schauspieler wurden andauernd fotografiert. McKechnie musste stets darauf gefasst sein und sein Äußeres entsprechend in Schuss halten. Das war er sich und seinem Ruf als Nationalheld schuldig.

Ihr Stuart, dachte sie, würde auch einen guten Schauspieler abgeben. Wenn es nur nach dem Aussehen ginge. Mit Actionstars à la Chris Hemsworth oder Channing Tatum konnte er locker mithalten. Die Kamera würde ihn bestimmt lieben. Nur viel Text dürfte Stuart nicht haben, am besten überhaupt keinen. In der Stummfilmzeit wäre er ein Star gewesen.

Allmählich kroch Jessie die Kälte des Wassers in die Knochen, trotz des Neoprenanzugs und der Thermounterwäsche. Sie schwamm mehr zur Eignerkabine, als dass sie watete. Währenddessen fragte sie sich, was in der Sturmnacht wohl vorgefallen war. Warum hatte McKechnie die Jacht verlassen? War er von den schwierigen Wetterbedingungen überfordert gewesen? Möglich. Aber warum war er nachts überhaupt in See gestochen? Und warum hatte er keinen Notruf abgesetzt? Vielleicht der Alkohol. Im Pub hatte er ja ziemlich gebechert, da wurde man schon mal übermütig und traf falsche Entscheidungen. Lebensverkürzende Entscheidungen.

Allem Anschein nach stimmte Jessies Annahme, die sie ihrem Liebsten spontan unterbreitet hatte, als sie vorhin die Leiche am Strand gesehen hatte: Der Skipper der *Highlander* war – unter welchen Umständen auch immer – ertrunken und morgens am Palm Tree angespült worden. Jim McKechnie, der Mann auf dem Foto im Bilderrahmen, war tot!

Ein Verlust für Schottland. Ein Verlust für die Filmindustrie. Und Pech für McKechnie.

Kein Grund zu jubeln. Möglicherweise aber ein Gewinn für Stuart und sie.

Inzwischen war das Boot weiter vollgelaufen, die Eignerkabine lag fast vollständig unter Wasser. Sie hätten die Handlenzpumpe noch einmal einsetzen müssen, aber dafür war es jetzt zu spät. Jessie stülpte die Taucherbrille über.

Das Bett war deutlich größer als in der Gästekabine. Auch hier ein gut gefüllter Kleiderschrank, unter anderem mit schottischen Kilts, Jacketts, Rüschenhemden. Brauchten Schauspieler so viele Klamotten?

Jessie konzentrierte sich auf die Stauräume. Viel Luft blieb nicht mehr, ein halber Meter vielleicht zwischen der Wasseroberfläche und der Decke. Sie musste sich auf die Zehenspitzen stellen, um überhaupt noch Atem schöpfen zu können. Eine Wracktaucherausrüstung wäre jetzt nicht verkehrt gewesen, Druckluftflasche, Atemgerät. Aber das konnten sie sich nicht leisten.

Sie tauchte. Mehrmals.

Stieß auf Bücher und DVDs. Auf Whiskyflaschen und irgendwelche Filmtrophäen. Auf jede Menge Schuhe, eine ganze Sammlung. Alles nutzloser Kram.

In einem Stauraum unter dem Bett wurde sie schließlich fündig.

50-Pfund-Noten, soweit das im trüben Wasser zu erkennen war, in Plastikfolie eingeschweißt. Und zwar mehrere Ballen davon!

Der Hauptgewinn, so viel war sicher.

Das mussten mindestens ... Keine Ahnung, wie viel das war!

Vor Überraschung atmete sie aus. Große Luftblasen stiegen empor.

Dann geschah das, was Jessie insgeheim befürchtet hatte. Als sie wieder Luft holen wollte, sackte die *Highlander* weg. Trotz der Sicherung mithilfe der Leinen.

Es war wie in einem Fahrstuhl. Einem langsamen Fahrstuhl. Aber er fuhr. Nach unten.

15

Keine Käsemaccheroni, dieses Festmahl musste noch warten. Stattdessen öffnete Nicol eine Dose Baked Beans, das Zeug schmeckte auch kalt. Keine Zeit für aufwendige Kochaktionen. Er löffelte die Pampe in sich hinein, rülpste und genehmigte sich einen großen Schluck Whisky aus seinen Privatbeständen. Unter einer Bodendiele hatte er eine ziemlich gute Flasche Glen Scotia in Fassstärke versteckt – mehr vor sich selbst als vor Gästen wie Val. Dann ging er zum Bootshaus hinunter, um seine Schaufel zu holen.

Mit ihm konnte man es ja machen. Mit Nicol, dem Langmütigen, Nicol, dem Zen-Meister, Nicol, dem Barfüßigen. Du schaffst das, hatte Val gesagt und noch ein paar Komplimente darübergestreut. Durchschaubar.

Aber sie hatte ihm auch die Wange getätschelt. Nicht auf die Art, wie man einem Kind die Wange tätschelt, sondern intimer, mehr so gestreichelt. Sie wusste, wie sie ihn kriegen konnte. Und obwohl er sich natürlich ganz dem Bau seines Bootes verschrieben hatte, gefiel ihm die Vorstellung, dass Val, die Knallharte, Val, die Whiskylady, Val, der Good-and-bad-Cop in einer Person, zumindest so tat, als sei sie an ihm interessiert. Sein Vorschlag, McKechnie in Segeltuch einzunähen, musste sie beeindruckt haben. Tja, Handwerk hatte eben goldenen Boden. Wenn er bloß früher geahnt hätte, dass sie auf so etwas stand! Mit Frauen kannte er sich nicht aus.

Manchmal war seine selbst gewählte Einsamkeit schwer zu ertragen. Dann wünschte er sich jemanden, mit dem er seine Käsemaccheroni und ein paar andere Sachen teilen konnte. Val gab es zwar bestimmt nur im Doppelpack mit Phyllis, doch man musste ja nicht gleich zusammenziehen. Gelegentliche Besuche wären zum Beispiel ein Anfang.

Nicol war also hinreichend motiviert, als er begann, die Leiche wieder auszubuddeln. Der Boden war noch relativ locker, er kam zügig voran.

»Kleine Planänderung, Jimmy-Boy«, keuchte er. »Wir finden ein besseres Plätzchen für dich. Du willst doch nicht, dass dich der Rottweiler ausgräbt und über den Strand verteilt. Wie sähe das denn aus?«

Er ackerte weiter, das Meer im Rücken. Schaufelladung für Schaufelladung landete auf einem stetig wachsenden Haufen.

»Du musst nur irgendwie verschwinden, und zwar so, dass du nicht bei der erstbesten Gelegenheit wieder auftauchst. Endgültig, verstehst du?«

Nicols Wirbelsäule protestierte, seine Schultern schmerzten, und die Arme fühlten sich so an, als wollten sie gleich abfallen.

»Wie wär's mit einer Feuerbestattung? Val heizt ihren Brennofen hoch, das Ding wird bestimmt über tausend Grad heiß. Außer ein paar Eimern Asche bleibt nichts von dir übrig. Wir verstreuen dich auf Phyllis'

Rosenbeeten, dann gibst du auch noch einen guten Dünger ab. Würde dir das gefallen?«

McKechnie schwieg. Er war keine besonders gesprächige Leiche. Außerdem lag noch eine Schicht Erde auf ihm drauf.

»Okay, ob Val ihren guten Ofen dafür zur Verfügung stellt, ist fraglich«, fuhr Nicol fort. »Was ginge denn noch? Ein Säurebad wie bei der Mafia? Das würde unser Problem doch lösen, auflösen gewissermaßen.« Er lachte über sein Wortspiel. »Wenn wir das in meiner Badewanne machen würden, wäre danach endlich mal der Abfluss frei. Aber ob ich dann noch jemals ein Bad darin nehmen könnte? Ich weiß nicht so recht ... Und wo kriegen wir auf Gigha überhaupt Säure in ausreichender Menge her?«

Er richtete sich auf und blickte sich um. Der Strand war menschenleer wie erwartet. Doch auf der Anhöhe, die sich am westlichen Ende des Palm Tree Beach erhob, stand jemand und schaute zu ihm herunter. Mitten im Scheißfebruar.

Dauernd kamen heute Schaulustige vorbei, es ging zu wie in einem Taubenschlag. Passierte denn sonst nichts Interessantes auf Gigha? Konnte man hier nicht einmal in Ruhe eine Leiche ein- und wieder ausgraben?

Zum Glück war es nur die Godzilla-Kuh. Sie sonderte sich oft von der Herde ab und streifte am Rande der Bucht umher.

»Tag, Lizzy!«, rief Nicol ihr zu. »Alles klar bei dir? Wie ist das Gras heute?«

Thin Lizzy starrte ihn bewegungslos an.

»Wenn du mir helfen willst, tu dir keinen Zwang an! Ich hab noch einen Spaten übrig!«

Sie rührte sich nicht.

»Keinen Bock? Kann ich dir nicht verdenken. Aber glotz bitte nicht so!«

Lizzy ließ sich nicht beirren. Sie glotzte. Und schnaubte einmal, wie um zu sagen: »Mach ich dich nervös?«

»Das ist deine Superheldenfähigkeit, wie? Leute in den Wahnsinn starren. Ich weiß, du kannst stundenlang so weitermachen. Mir doch egal!«

Nicol wandte sich wieder der Buddelei zu. Diese Kuh hatte echt einen an der Klatsche. Doch er mochte sie. Aus irgendeinem Grund trieb sie sich besonders gern in seiner Bucht herum. Genoss die Aussicht von der Anhöhe, trottete zu seinem Cottage und auch mal zum Strand hinunter, schaute ihm beim Aufsammeln des Treibguts zu. Und sie schiss überallhin, auf die schmale Zufahrt, auf die Trampelpfade, auf seine bevorzugten Picknickplätze. Das war so ihre Vorstellung eines gelungenen Spaziergangs am Palm Tree Beach. Jeder ihrer Fladen war wie ein Souvenir, auf dem »Lizzy was here« stand. Wahrscheinlich eine Art Sympathiebekundung, denn Nicol redete immer mit ihr, wenn er sie traf. Kommunikation zwischen den Spezies. Er fand das wichtig.

Kühe waren von der Intelligenz her zwischen Hunden und Katzen angesiedelt – falls das etwas zu bedeuten hatte. Sie besaßen ein Langzeitgedächtnis und waren in der Lage zu trauern, zum Beispiel um ein Kalb, das ihnen weggenommen wurde. Sie konnten weinen. Und sie waren Vegetarier wie er, im Grunde Veganer. Hin und wieder hatte er den Eindruck, dass Thin Lizzy verstand, was er sagte. Ihre Augen bekamen dann einen merkwürdigen Glanz, als würde mehr durch ihren Zottelkopf sickern als Probleme bei der Futtersuche. Lizzys Augen wurden lebendig, als wüsste die Kuh Dinge, die über den begrenzten Horizont der Menschen weit hinausgingen. Irgendwie wirkte sie … weise.

Endlich, die Schaufel traf auf etwas Festes – vermutlich auf McKechnies arroganten Dickschädel. Nicol legte ein Stück Segeltuch frei, in das die Leiche eingewickelt war. Das Tuch war mit dunkler Erde bedeckt gewesen, doch das ursprüngliche Weiß stach noch deutlich hervor.

»Hello again, Arschloch!«, sagte er und hielt inne.

Er schaute hoch. Inzwischen stand er bis zum Bauch in der Grube.

Sein Blick fiel auf ein Paar Wanderstiefel. Funkelnagelneue Wanderstiefel, von einer großen Discount-Kette. Nett anzuschauen, aber mies verarbeitet. Er war zwar in Frührente, aber immer noch Schuhexperte.

Die Wanderstiefel gehörten einer Frau, die Nicol auf Gigha noch nie gesehen hatte. Mittleres Alter, rosiges, zu stark geschminktes Gesicht, rundlich, was nach seinem Dafürhalten kein Fehler war, ganz im Gegenteil, er war ja selbst ein bisschen drall. Die Frau trug jedoch außerdem eine auffallend neue, pinkfarbene Outdoorjacke und musterte ihn argwöhnisch wie eine Lehrerin, die einen Schüler beim Rauchen erwischt. Bald sollte sich zeigen, dass ihre Stimme von einer unangenehmen Schrillheit war – wie noch einiges sonst.

»Was machen Sie da?«, fragte sie mit englischem Akzent.

»Wonach sieht es denn aus?«, erwiderte er im Dialekt der schottischen Westküste oder was er dafür hielt, verstümmelte Unmutslaute mit ein paar spärlichen Vokalen. Zugleich stellte er einen Fuß auf das verräterische Segeltuch und setzte sein mürrischstes, abschreckendstes Gesicht auf. Damit verscheuchte er im Sommer unliebsame Touristen. Die hielten ihn dann für einen authentischen Schotten.

»Wollen Sie etwas vergraben?«

»Nein!«

»Oder etwas ausgraben?«

»Hab ich was verpasst, oder geht Sie das irgendwas an?«

»Ich kam zufällig vorbei und –«

»Dann können Sie auch gleich wieder verschwinden.«

»Aber –«

»Nichts ›aber‹. Auf Wiedersehen!«

»Meine Güte, sind Sie ein Rüpel!«, entrüstete sich die Frau. »Ist heute der Tag des ungehobelten Benehmens? Im Hotel wurden wir schon angeschnauzt. Und jetzt das! Willkommen auf Gigha.«

»Sie stehen auf meinem Land.« Streng genommen stimmte das nicht, weil Nicol nur Pächter war, aber das konnte die Störenfriedin ja nicht wissen.

»Oh, tut mir furchtbar leid!«, gab diese ironisch zurück, blieb aber, wo sie war. »Was werden Sie jetzt tun? Mich erschießen?«

»In diesem Punkt verstehen wir hier draußen keinen Spaß«, sagte er grimmig und hob die Schaufel ein wenig.

»Was soll das heißen?«

»Auf den Inseln gibt es andauernd Tote. So ein Unglück ist schnell passiert …«

Jetzt ging die Frau doch ein paar Schritte auf Abstand. »Ich glaube, ich habe mich verhört!« Sie schaute sich Hilfe suchend um. »Bob! Wo bist du, Bob? Dieser … Eingeborene ist einfach unmöglich! Man muss hier ja um Leib und Leben fürchten!«

Wie aus dem Nichts tauchte Bob auf. Er kam vom Strand, deshalb hatte Nicol ihn nicht bemerkt. Bob trug das gleiche Outfit wie seine Begleiterin, nur in Blau. Er wirkte wie ein Mann, der sich grundsätzlich eher im Hintergrund hielt, blass, schmal, beflissen, vielleicht ein Verwaltungsbeamter. Um seinen Hals hing eine große Digitalkamera.

»Was ist los, Pat?«

»Was los ist, Bob? Ich stelle eine harmlose Frage, und der Mann rastet aus. Der bringt jeden um, der seinen Grund und Boden betritt. Er hat mir mit der Schaufel gedroht.«

»Immer mit der Ruhe, sicher hat er es nicht so gemeint.« Bob ging diese Floskel so gelangweilt und routiniert von den Lippen, als sähe er sich gezwungen, sie mehrmals täglich anzuwenden. Offenbar war er es gewohnt, dass seine Frau mit Fremden aneinandergeriet.

»Guten Tag, Sir«, sagte er verbindlich. »Wie geht es Ihnen?«

»Wie es ihm geht?«, widersprach sie. »Der ist imstande, mir etwas anzutun!«

»Dir etwas antun? Ich glaube nicht, Pat. Niemand will dir etwas antun.«

»Warum unternimmst du nichts?«

Bob seufzte. Zum einen war er nicht der Typ, der etwas unternahm. Und zum anderen schien er Pats Reaktion für maßlos übertrieben zu halten, das war allen Anwesenden einschließlich Thin Lizzy klar. Doch als er Nicol, der immer noch in der Grube stand, genauer betrachtete, erwachte seine Skepsis. »Sie sind ja barfuß!«

»Was dagegen?«, blaffte Nicol.

»Barfuß?« Pat wagte sich wieder näher heran, strich die Wölbungen ihrer pinkfarbenen Jacke glatt und beugte sich vor. »Hilfe, das stimmt! Aus welcher Höhle ist der denn gekrochen?« Sie schnüffelte vor Nicols Nase herum, frech, geradezu dreist. »Nach Whisky stinkt er auch! Also, ich habe ja mit vielem gerechnet, als es hieß, Schottland im Winter, das wird bestimmt unvergesslich, aber jetzt bin ich platt. Los, mach ein Foto von diesem Prachtexemplar!«

Bob tat nichts dergleichen, dafür war er wohl zu vorsichtig und auch nicht unverschämt genug im Gegensatz zu Pat, die obendrein die enervierende Angewohnheit besaß, alles, was er sagte, zu wiederholen und immer noch eins draufzusetzen. Aber er war jetzt ernsthaft interessiert an dem Mann in der Grube.

»Entschuldigen Sie, meine Frau ist manchmal ein

bisschen forsch«, begann er und probierte einen Neustart mit der Allerweltseröffnung: »Wundervoller Tag heute, nicht wahr?« Nach der üblichen kurzen Pause setzte er hinzu: »Was machen Sie da, wenn ich fragen darf?«

Nicol rotzte demonstrativ auf den Boden. Jetzt musste *er* etwas unternehmen. Die Bärbeißiger-Schotte-Nummer war nach hinten losgegangen, dadurch hatte er nur die Neugier der beiden auf sich gezogen. Vermutlich waren Pat und Bob die einzigen Touristen, die sich derzeit auf Gigha herumtrieben, und sie besichtigten gerade seine Bucht. Irgendeine Story musste er ihnen auftischen, damit sie nicht noch misstrauischer wurden.

»Ich lege ein Gemüsebeet an, wenn Sie es unbedingt wissen wollen.«

»Ein Gemüsebeet?«, wiederholte Pat ungläubig. »Was soll denn hier wachsen?«

»Ich grabe nichts ein oder aus, ich grabe um. Den Machair.«

»Machair?«

»Das ist eine besonders fruchtbare Bodenschicht aus Muschelsand und Torf. Mineralreich. Kommt nur auf den Inseln vor.«

»Wirklich?«, sagte Bob. »Das wusste ich ja gar nicht.«

»Hat was mit dem Säuregehalt des Torfs und den basischen Eigenschaften der Sedimente zu tun«, erklärte Nicol, »das gleicht sich aus.« Er hörte sich schon an wie ein verdammter Touristenguide. »Im Frühling blühen auf den Wiesen hinter dem Meer jede Menge Wildblumen, überall in der Nähe des Strands. Primeln, Knabenkraut, Lichtnelken, Blauglöckchen …«

»Und was wollen Sie hier anbauen?«, fragte Pat kritisch. »Von Blumen wird man nicht satt.«

»Brokkoli.« Das war das Erste, was Nicol einfiel. Er hasste Brokkoli, und Gartenarbeit war auch nicht sein Fall. Aber das mit dem Machair entsprach der Wahrheit. »Kennen Sie nicht den berühmten Gigha-Brokkoli?«, schwindelte er.

»Im Hotel wurde der nicht angeboten. Was für ein schrecklicher Laden!«

»Ist ja auch nicht die Jahreszeit.«

»Siehst du, Pat«, meinte Bob, »der Mann wird gesprächig. Danke, dass Sie uns so nett Auskunft geben.«

»Erst seit du da bist!«, wandte Pat ein.

»Wir sind aus dem Süden, müssen Sie wissen. Meine Frau hält gerne einen kleinen Plausch.«

»Schon okay«, brummte Nicol. »Ich gehe übrigens immer barfuß. Das ist viel gesünder, als Schuhe zu tragen. Es härtet ab. Sollten Sie auch mal probieren.«

»Immer?«, wunderte sich Bob. »Auch auf Schnee und Eis?«

»Immer.«

»Sie sind ein echtes Original.«

Je länger er auf McKechnie herumstand und die Leiche unter seinen Sohlen spürte, desto mulmiger wurde Nicol zumute. Zwischendurch hielt er immer wieder Ausschau nach Val. Allmählich musste sie doch zurückkommen und ihn von diesem Paar des Grauens erlösen. Einstweilen hatte er nur bemerkt, dass Thin

Lizzy langsam von der Anhöhe heruntertrabte. Wenn sie wollte, konnte diese Kuh unglaublich schnell sein. Dann sah sie aus wie eine wandelnde Abrissbirne, ein Hochgeschwindigkeitszug auf vier Zottelbeinen und mit gefährlich langen Hörnern, bei deren Anblick jedem Torero die Familienjuwelen einschrumpeln würden. Momentan war sie eher in Zeitlupe unterwegs.

»Jedenfalls ist das alles hochinteressant«, sagte Bob und hob seine Kamera. »Stört es Sie, wenn ich ein Foto schieße?«

»Von mir?«

»Zur Erinnerung.«

»Muss das sein?«

»Nun kommen Sie schon!«

»Ich bin hier am Arbeiten«, widersprach Nicol und wollte schon auf seine Persönlichkeitsrechte pochen, aber das wäre bestimmt verdächtig. Dummerweise konnte er auch nicht einfach weglaufen, sonst würden die beiden todsicher entdecken, was er zu verbergen hatte.

Bob ließ nicht locker. »Seien Sie doch nicht so.«

Nicol nickte unwillig, und schon simulierte die Elektronik der Digitalkamera ein Klickgeräusch. Die Aufnahme war im Kasten. Eine Aufnahme, die ihn bei der Exhumierung einer Leiche zeigte.

Schöne Scheiße.

»Sogar Ihre Füße sind mit drauf«, sagte Bob zufrieden, als er das Bild auf dem Display betrachtete. »Vielen Dank, das ist furchtbar nett von Ihnen.«

»War's das jetzt?«

»Wir sind übrigens erst seit heute Morgen auf der Insel. Im Hotel haben wir gehört, dass Jim McKechnie sich auf Gigha befindet und nach geeigneten Schauplätzen für seinen neuen Film umsieht. McKechnie, der berühmte Schauspieler! Wir sind Riesenfans! Kennen Sie ihn?«

Ich steh auf ihn beziehungsweise *auf ihm,* dachte Nicol, hielt aber die Klappe. Diese Begegnung wurde immer unangenehmer. Aus den Augenwinkeln sah er, dass Lizzy auf etwa dreißig Meter herangekommen war. Sie schien schneller zu werden.

»Angeblich soll McKechnie den Palm Tree Beach im Norden als Location favorisieren«, sagte Bob. »Das ist doch hier, oder?«

»Jaaa.«

»Und? Ist er heute schon aufgetaucht?«

Mausetot ist er aufgetaucht, ja. Nicol kam ins Schwitzen. »Weiß nicht, von wem Sie reden«, sagte er schnell. »Wer soll das sein? McCall? McCray? Wie war der Name noch mal?«

»McKechnie!«, schaltete sich Pat ein, die das Gespräch mit Ungeduld verfolgt hatte. Jetzt war sie wieder an der Reihe. »*Das* ist ein Mann! Seine Filme sind legendär. ›Jagd auf den Silberfisch‹ habe ich mindestens zehnmal angeschaut, dafür hätte er einen Oscar kriegen müssen. Er hat die Welt umsegelt, ganz allein! Das soll ihm mal jemand nachmachen! Wegen Jim sind wir überhaupt hier hochgefahren, an diesen erbärmlichen Strand, in der Hoffnung, ihm zufällig über den Weg zu laufen. Oder haben Sie gedacht, dass ich mich ernsthaft für Ihr Gemüsebeet interessiere? Gegen diesen Giganten sind Sie ... ein verschrobener Gnom!«

Bob versuchte gar nicht mehr, seine Frau zu beschwichtigen. Offenbar war sie im Angriffsmodus.

Da war sie nicht die Einzige. Thin Lizzy hatte Fahrt aufgenommen. Nicol sah die Hochlandkuh heranstürmen. Sie senkte ihren riesigen Kopf, sodass die Hörner nach vorn zeigten. Ihr Fell flatterte im Wind wie die Fahnen der schottischen Clans in der Schlacht von Bannockburn 1314, als die Engländer ausnahmsweise einmal besiegt worden waren. Es war ein erhebender und zugleich entsetzlicher Anblick.

Pat kehrte Lizzy den Rücken zu und bemerkte nichts von dem nahenden Unheil. Bis zur letzten Sekunde war unklar, was die Kuh genau vorhatte: Pats Allerwertesten, der ein leichtes Ziel abgab, mit der Wucht eines Rammbocks treffen und die Frau in die Grube katapultieren? Sie einfach niedertrampeln? Oder elegant mit den Hörnern aufspießen?

16

Bob riss seine Frau geistesgegenwärtig zur Seite und warf sie zu Boden. Möglicherweise ein Fehler, den sich der arme Mann noch ein Leben lang vorwerfen würde, dachte Nicol. Er selbst duckte sich in die Grube, und Lizzy sprang geradezu athletisch über McKechnies vorläufige Ruhestätte hinweg. Daraufhin legte sie eine Vollbremsung hin. Ihre Hufe, eigentlich ihre Klauen, gruben sich in den Muschelsand.

Bob rappelte sich hoch und half Pat beim Aufstehen. Sie wollte ihren Mann schon zusammenstauchen, weil er sie so unsanft zu Fall gebracht hatte, erfasste dann aber die Lage.

»Dieses ... Mistvieh!«, presste sie hervor. »Das war ein Anschlag! Von hinten!«

»Vielleicht ein Statement zur schottischen Unabhängigkeitsbewegung?«, witzelte Bob, um die Situation zu entschärfen, erreichte damit aber das Gegenteil.

»Was fällt dir ein! Ich könnte tot sein!«

»Uns ist doch nichts passiert. Reg dich ab.«

Lizzy drehte sich zu ihnen um. Sie schnaufte schwer, ihre Flanken bebten. Sammelte sie Kraft für eine zweite Attacke?

Nicol streckte seinen Kopf aus der Grube. Und lachte sich kaputt.

»Gehört dieses Ungeheuer etwa Ihnen?«, zischte Pat.

»Nein, zum Glück nicht. Aber ich kenne diese Kuh.«

»Eine Kuh? Ist das kein Stier?«

»Sehen Sie da irgendwo einen Pimmel? Bei Hochlandrindern ist der stark ausgeprägt. Den kann man trotz des Fells gut erkennen. Wenn man weiß, wo der Hammer hängt, wie man so sagt.« Das mit dem Pimmel und dem Hammer war zwar ziemlich billig, und sexistisch dazu. Doch Nicol wollte Pat aus der Reserve locken und ein wenig veräppeln, damit sie endlich beleidigt abdampfte.

»Sie sind ein Ferkel!«, sagte sie.

Darauf hatte Nicol gewartet. »*Ich* trage keine Jacke in Schweinchenrosa. Normalerweise ist diese Kuh die Friedfertigkeit in Person. Aber Leuchtfarben machen sie verrückt.«

»Leuchtfarben?«

»Vor allem Pink. Es ist wegen Ihrer Jacke.«

Lizzy scharrte mit den Hufen respektive Klauen. Sie senkte wieder den Kopf.

Bevor seine Frau erneut loslegen konnte, setzte sich Bob in Bewegung. »Hör auf zu schimpfen, wir verschwinden. Und zieh sofort die Jacke aus!«

Ausnahmsweise tat Pat, wie ihr geheißen. »Willst du diese Kuh nicht zur Rechenschaft ziehen?« Im Gehen faltete sie die Jacke zusammen. »Wir müssen den Besitzer ausfindig machen!«

»Komm jetzt!«

Unter Pats fortgesetztem Gezeter suchten die beiden das Weite. Im Laufschritt steuerten sie die Straße an, die auf der Anhöhe über dem Strand endete, dort stand vermutlich ihr Mietwagen. Kurz darauf war das Geräusch eines anspringenden Motors zu hören, jemand gab Gas. Bob und Pat machten sich dünne.

Inzwischen war Lizzy weitergetrottet, als sei nichts geschehen. Sie untersuchte ein Büschel Strandhafer auf Fressbarkeit. Hin und wieder warf sie Nicol einen verstohlenen Blick zu, als wüsste sie, dass sie zu weit gegangen war. Ein wenig Stolz lag aber auch darin.

»Du möchtest gelobt werden? Gut gemacht!«

Lizzy blinzelte. Dann kam sie langsam näher. Betont langsam, so schien es Nicol. Damit er sich nicht bedroht fühlte?

Vorerst kletterte er nicht aus der Grube, dort war er sicher. »Hast du gemerkt? Ich habe deinen Namen nicht genannt. Für diese Touristen bist du nur irgendeine Kuh. Von den anderen aus der Herde können die dich nicht unterscheiden – falls Pat Ärger macht und bei McPhee nachfragt.«

Lizzy stapfte bis zum Rand der Grube und schaute hinein. Sie blähte die Nüstern.

Nicol wagte es. Zum ersten Mal. Er kraulte sie oben auf dem Kopf zwischen den Hörnern und verwuschelte ihren Pony, dessen Fransen ihr über die Augen hingen.

Sie muhte leise.

»Hätte nicht gedacht, dass wir beide uns mal so nah kommen.« Er kraulte sie am Hals. »Wir verstehen uns, nicht wahr?«

Sie reckte ihren Monsterkopf hoch, damit Nicol besser rankam. Muhte erneut. Wohlig.

Nicol umarmte sie und klopfte ihr auf die Schultern. »Du bist die Beste! In dir steckt ja eine Killerin, das hätte ich gar nicht gedacht. Und du hast genau im richtigen Moment losgelegt. Sehr viel länger hätte ich die Quälgeister nicht hinhalten können.«

Lizzy schwenkte die Hörner und schüttelte Nicol ab – genug geknutscht, sollte das wohl heißen. Dann kackte sie neben die Grube. Der ungewohnte Galopp schien ihre Verdauung in Aufruhr versetzt zu haben.

Nicol nahm es als Liebesbeweis. Wenigstens hatte sie nicht *in* die Grube gekackt. Vermutlich aus Feingefühl.

Ein erneutes Motorengeräusch beendete ihre Zweisamkeit. Es war ein Lieferwagen, der so nah wie möglich an Nicols Cottage heranfuhr. »Gigha Pottery« stand auf der Seitenwand.

17

Val stieg aus und kam zum Strand heruntergelaufen. Sie hatte es eilig, wirkte besorgt. Ihre dunklen, leicht angegrauten Locken wogten im Wind.

Eigentlich ein schöner – und Nicol überaus willkommener Anblick. Er kletterte aus der Grube und wartete, bis Val bei ihm angelangt war. Ein offenes Grab sollte man nicht unbeaufsichtigt lassen.

»Ich hab überall nach Phyllis gesucht«, begann sie außer Atem. »An den Twin Beaches, am Weg zu unserem Haus, unten am Wasser. Nichts! Sie ist wie vom Erdboden verschluckt!«

»Kann gar nicht sein.«

»Wenn ich's doch sage! Verdammt, Nicol, sie war heute komplett durcheinander wegen McKechnie!«

»Warum denn das?«

»Ich weiß nicht, ob ich das verraten darf, aber ... Phyllis und McKechnie hatten mal was miteinander«, platzte es aus Val heraus. »Vor langer Zeit, 1987.«

»Wow!« Nicol blieb die Spucke weg.

»Ja, genau, sie war damals 17 und er schon um einiges älter, Mitte 30. Was genau damals in Edinburgh passiert ist, hab ich nie herausgefunden. Das ist Phyllis' süßes Geheimnis, wie sie es gerne ausdrückt. Ein paar überdrehte Tage werden es gewesen sein, jedenfalls schmachtet sie den Kerl immer noch an, auf ihre Weise. Zur gleichen Zeit sind damals unsere Eltern bei einem Schiffsunglück gestorben, in Belgien. Und das hat Phyllis nicht verkraftet, diese Gleichzeitigkeit. Dass Mum und Dad ertranken, während sie gerade mit McKechnie im siebten Himmel war. Deshalb bekommt sie ihre Zustände. Zumindest ist das meine Interpretation.«

Er schwieg angesichts dieser Flut persönlicher Mitteilungen. Tragischer Mitteilungen, auf die er nicht gefasst gewesen war.

»Bisschen viel auf einmal? Tut mir leid, aber das alles geht mir dauernd durch den Kopf, und jetzt sprudelt es einfach heraus.«

»Ist schon okay.« Er deutete eine Umarmung an. Bestimmt brauchte Val das jetzt.

Val brauchte es. Sie presste ihn an sich, machte sich ein wenig kleiner, um die Körpergröße auszugleichen. »Was bin ich bloß für eine Schwester?«, redete sie weiter. »Warum hab ich nicht besser auf Phyllis aufgepasst? Ich bin doch der einzige Mensch, den sie hat.« Unterdrücktes Schluchzen.

»Das sind ... besondere Umstände«, versuchte es Nicol. »Unvorhersehbar. Mach dir keine Vorwürfe.«

»Und gestern kam McKechnie in die Töpferei und ist ihr nach all den Jahren unvermittelt begegnet. Ich war nicht dabei, aber so muss es gewesen sein, denn danach war sie ganz verändert, stand völlig neben sich. Die Erinnerungen kamen hoch, verstehst du?«

»Vielleicht auch gute Erinnerungen. Das muss nicht zwingend etwas Schlechtes bedeuten.«

Val löste sich von ihm. »Danke, aber –«

»Die Insel ist nicht besonders groß. Phyllis irrt vielleicht irgendwo umher, aber sie ist ja nicht blind oder so. Ihr passiert schon nichts.«

»Meinst du?«

»Wir finden sie wieder. Auf einer Weide oder an der Straße. Sie geht nicht verloren.«

»Dummheiten wird sie schon keine machen ...«

»Nicht mehr als du und ich«, wiegelte Nicol ab. Er ließ unausgesprochen, welche Dummheiten Val andeutete. Ins Wasser gehen vielleicht? Das hielt er für abwegig. Die jüngsten Ereignisse schienen Phyllis zwar aus der Bahn geworfen zu haben, und sonderbar war sie schon, seit er sie kennengelernt hatte. Aber von ihrer Grundeinstellung her wirkte sie positiv. Positiver als Val, die sich in Ironie und Sarkasmus flüchtete – wenn sie sich nicht gerade für alles und jeden verantwortlich fühlte und mit ihrem schlechten Gewissen rang.

Rein äußerlich war Phyllis ein Duplikat ihrer Schwester, nicht ganz so groß, aber ähnlich solide gebaut und mit Locken, schwärzer als die Nacht. Auch Val sah gut aus, keine Frage, aber Phyllis war hübsch. Richtig hübsch, da passte alles, fand Nicol, ein offenes, stets gebräuntes Gesicht voller Lachfalten, ihre unbekümmerte, naive Art. Wenn sie ansprechbar war, zeigte sie sich optimistisch und geistvoll. Deshalb wunderte er sich auch immer, dass es keinen Partner oder keine Partnerin in ihrem Leben gab. An den seltenen Abenden, an denen Phyllis zusammen mit Val in den Pub ging, konnte sie sich vor Avancen kaum retten – höflichen

Avancen, alle hatten Respekt vor den Zwillingen. Und Phyllis tanzte gern. Sobald Stuart und Jessie aufspielten, hüpfte sie ausgelassen herum und steckte damit Männer und Frauen ihres Alters und auch die Jüngeren an. Craig, der Postbote, hatte ein Auge auf sie geworfen, war aber zu schüchtern zum Tanzen.

»Alles in Ordnung?«, fragte Val.

»Absolut. Ich musste nur verarbeiten, was du mir alles –«

»Du riechst nach Kuh.«

»Das ist eine andere Geschichte.«

»Erzähl!«

»Thin Lizzy hat mir den Arsch gerettet.« Mit dem Kopf wies er hinüber zu seiner neuen Freundin, die das Gespräch aufmerksam zu verfolgen schien und dabei gedankenvoll wiederkäute. Sie war blitzgescheit. Mittlerweile hielt er Lizzy für den Einstein unter den Hochlandrindern. Oder die Madame Curie?

»Neugierige Touristen«, fuhr er fort. »Sind plötzlich so aufgetaucht. Wollten wissen, was ich hier mit der Schaufel mache. Lizzy hat sie vertrieben.« Er lachte. »Das hättest du sehen müssen!«

»Diese Touristen sind mir in einem Mietwagen entgegengekommen«, sagte Val. »Zu blöd, um auf der schmalen Straße auszuweichen.«

»Pat und Bob. Aufdringlich ist für die beiden noch eine Untertreibung.«

»Und?«

Nicol trat einen Schritt zur Seite – ohne in Lizzys Sympathiefladen zu treten – und wies auf die Grube.

»Falls du es vergessen hast: Ich sollte McKechnie wieder an die frische Luft befördern. Wobei du mir eigentlich helfen wollest.«

Val überlegte, sichtlich hin- und hergerissen.

»Wir finden Phyllis, keine Sorge!«, beruhigte er sie. »Aber zuerst muss die Leiche weg. Wir waren uns doch einig, dass sie auf keinen Fall hierbleiben darf.«

»Stimmt«, räumte Val ein. »Aber es muss schnell gehen!«

»Du hattest so eine Idee ... Hat die irgendwas mit eurem Brennofen zu tun?«

»Geht's dir noch gut? In unserem Brennofen?«

»Kann man den nicht auch als Krematorium nutzen?«

»Weißt du, wie der danach aussieht? Ich hab dich eigentlich für sensibel gehalten.«

»Sorry, war nur so ein Gedanke.« Nicol lächelte. Mit dieser Reaktion hatte er gerechnet. Das mit dem Brennofen hatte er nur vorgeschlagen, damit Val wieder auf Kurs kam. Er nahm die Schaufel in die Hand und schaute Val fragend an. »Was machen wir jetzt mit der Leiche?«

»Erst mal ganz ausgraben.«

»Und dann? Zerstückeln? Zerhäckseln? An irgendwelche Tiere verfüttern?«

»Bist du noch ganz dicht? Kaum lässt man dich für ein Stündchen alleine, schon schnappst du über.«

»Ich hatte genug Zeit für konstruktive Überlegungen.«

»Wohl eher für destruktiven Bullshit. Zerstückeln ...

Und wer soll das machen? Du? Mit einer Kettensäge? Du kippst doch schon aus den Latschen, wenn –«

»Ich habe gar keine Latschen.« Er deutete auf seine bloßen Füße.

»Auch noch klugscheißen, was?«

Nicol grinste. Val war wieder die Alte.

»Erst bringen wir McKechnie im Lieferwagen zur Töpferei«, erklärte sie. »Unten am Ufer gibt es bei uns eine kleine Anlegestelle. Wir befördern McKechnie wieder aufs Meer hinaus, dorthin, wo er hergekommen ist. An einer möglichst tiefen Stelle versenken wir ihn im Atlantik, mit einem großen Gewicht an den Füßen, auf dass er nie wieder irgendjemandem Probleme bereitet.«

»Schön und gut, aber hast du auch ein Boot?«

»Na klar. Du bist der Einzige auf Gigha, der kein Boot hat.«

»Echt?«, fragte er ehrlich überrascht.

»Jeder hat hier ein Boot. Weißt du immer noch nicht, was es heißt, auf einer Insel zu leben?«

»Aber ich *baue* ein Boot.«

»Das zählt nicht – und es nützt uns momentan wenig, oder?«

»Stimmt, Boss.«

»Warum nicht gleich so?« Sie zwinkerte ihm zu.

Erst hatte Val ihm ihr Vertrauen in Bezug auf Phyllis geschenkt. Dann hatte sie ihn umarmt. Und jetzt dieses Zwinkern. Heute musste Nicols Glückstag sein. Glückstag mit Todesfall.

Also buddelten sie McKechnie vollständig aus. Val bekam den Spaten, es ging recht flott voran. Nach nur zehn Minuten hatten sie es geschafft. Nicol meinte, er könne die Leiche später immer noch in das Segeltuch einnähen. Rasch holte er die dafür nötigen Utensilien aus dem Bootshaus. Vorerst blieb der Körper nur fest in das Tuch eingewickelt, für den Transport musste das reichen.

Die Todesstarre hatte inzwischen eingesetzt, McKechnie war steif wie ein alter Kühlschrank. Er leckte auch wie einer, irgendwo tropfte Wasser – oder eine andere Flüssigkeit – heraus. Sie blickten sich um, ob die Luft rein war. Dann trugen sie das Paket zum Lieferwagen.

»Wenn einer nicht ganz dicht ist, dann bist du das, alter Knabe«, sagte Nicol.

Val hatte McKechnie an den Füßen gepackt. »Aber mach dir nichts draus, Jim. Ich war Krankenschwester. Aus Menschen läuft alles Mögliche heraus, ob sie noch leben oder schon tot sind. Da stellst du keine Ausnahme dar.«

Sie legten ihn kurz ab. Val kleidete die Ladefläche des Vans mit Plastikfolie aus, davon hatte sie immer ein paar Packungen dabei. Wenn sie Töpferton nach Gigha transportierte, machte das jede Menge Dreck.

»Nicht gerade angenehm, mit einer Leiche zu hantieren«, sagte Nicol. »Ich meine, irgendwo muss man ja anpacken.«

»Der spürt nichts mehr.« Val, die Pragmatische. »Und er riecht noch nicht, das finde ich ganz angenehm. Frische Erde und leicht fischig, fällt kaum auf. Leider könnte sich das bald ändern.«

Zusammen hievten sie den eingewickelten McKechnie mit den Füßen voran in den Wagen. Er passte gerade so hinein. Klappe zu. Fertig.

»Nichts wie weg!« Val setzte sich ans Steuer, Nicol nahm neben ihr Platz. Sie wendete umständlich, dann fuhr sie los.

Es ging bergauf. McKechnies Kopf prallte von innen gegen die Heckklappe.

Es war kein schönes Geräusch.

Val und Nicol blickten einander an.

»Drück drauf!«, sagte er in der Annahme, dass niemand sie beobachtete.

18

Niemand außer Lizzy.

Als der Lieferwagen verschwunden war, lenkte sie ihre Schritte zu der offenen Grube.

Warum hatten Nicol und Val das Loch nicht wieder zugeschaufelt? Hatte das einen besonderen Grund? Nicht, dass noch ein Unfall passierte!

Glücklicherweise hatte sie die Gefahrenstelle mit einem Haufen Scheiße markiert. Wenn es sonst schon keiner tat!

Ob sie heute noch jemanden mit ihren Hörnern durchbohren durfte? Darauf hatte sie jetzt richtig Lust. Die Angst in den Augen von Pat und Bob, das hatte ihr gefallen.

Nicol hatte ihr Komplimente gemacht! Das war nett. Und er hatte sie umarmt – womit sie nun gar nicht umzugehen wusste. Nicol war doch in Val verliebt! Seine Pheromonausdünstungen ließen keine andere Interpretation zu. Warum fing er dann noch etwas mit ihr, Lizzy, an?

Okay, sie hatte es zugelassen. Gehörten ja immer zwei dazu. Schmeichelhaft. Künftig würde sie ihm bedeuten, solche Annäherungsversuche zu unterlassen. Ein Tritt ins Hinterteil? Würde er das verstehen? Oder ein freundlicher Rempler?

Lizzy war sich stets etwas unsicher in der Wahl ihrer Mittel.

Andererseits ... Nicols Pheromonproduktion konnte ja auch ihr und nicht Val gelten. Wer wusste schon, was in so einem Männchen genau vorging, biochemisch betrachtet? Vielleicht stand Nicol ja auch auf sie beide, auf Val und Lizzy? Auf Val, die Gebieterin, und Lizzy, seine Fladenkönigin? Beziehungen waren komplex im 21. Jahrhundert. Schwierig, da den Überblick zu behalten, wenn man solo unterwegs war. Sie kannte einen Ochsen, der trotz Kastration noch Restgefühle hatte und offen war in alle Richtungen.

Lizzy fand, für sie war es an der Zeit, etwas toleranter zu werden. Wer war sie, den Stab darüber zu brechen, wer mit wem etwas anfing und warum?

Und wo gab es an diesem Strand etwas zu fressen?

Fragen über Fragen.

19

Die *Western Star* dümpelte im Wasser und zerrte an der Ankerkette. Bald erreichte die Flut den Höchststand, dann setzte die Ebbe ein. In der Nähe des An Dubh Sgeir war das eine heikle Angelegenheit. Stuart würde den Anker einholen, den Motor anwerfen und den Einfluss der Strömungen ausgleichen müssen, damit der Kutter nicht nähere Bekanntschaft mit den Felsen machte.

Wie Jessie in der *Highlander* wohl vorankam? Durch die schmalen, länglichen Bullaugen war wenig zu erkennen.

Eigentlich war er ziemlich gut im Warten. Als Sohn eines Fischers lag ihm das im Blut. Er richtete sich nach den Gezeiten, die an der schottischen Westküste überaus stark waren, nach dem wechselhaften Wetter, nach den Lichtverhältnissen und vielem mehr. Einfach drauflostuckern, das ging gar nicht. An manchen Herbst- oder Wintertagen konnten sie überhaupt nicht auslaufen und mussten im Hafen bleiben. Seinem phlegmatischen Naturell kam das durchaus entgegen.

Anders Jessie. So viel Tatendrang, so viel Energie. Stets ging sie voran, und er folgte ihr. Jetzt war sie drüben auf der *Highlander*. Seit einer halben Stunde schon.

Er befand sich in Sicherheit. Sie begab sich in Gefahr.

Diese Aufgabenverteilung hatte einen Grund. Stuart konnte nicht schwimmen.

Viele Fischer konnten das nicht, in früheren Zeiten und auch in der Gegenwart. Es hatte etwas mit Aberglauben zu tun. Ein Fischer musste nur dann schwimmen können, wenn er Schiffbruch erlitt, und den wollte man ja tunlichst vermeiden, davor verschloss man die Augen wie ein Kind, das sich bei einer Bedrohung die Hände vors Gesicht schlägt in der Annahme, die Bedrohung verschwände dann.

Zum Glück stammte Jessie nicht aus einer Fischerfamilie. Ihre Eltern waren Kleinbauern gewesen, bis sie ihren Hof aufgegeben hatten und in die Nähe von Glasgow gezogen waren. Jessie war auf Gigha geblieben, um Stuart zu heiraten. Eigentlich hatten sie beide unverzüglich eine Familie gründen wollen.

Die Dünung wurde stärker. Sollte er den Anker schon einholen? Die *Western Star* brauchte Bewegungsfreiheit. Wie es Jessie in dieser vollgelaufenen Jacht ging, die jederzeit zu einer tödlichen Falle werden konnte, stellte er sich lieber nicht vor. Eingezwängt in diesem Wrack, noch dazu am An Dubh Sgeir, ohne eine vernünftige Ausrüstung, wie Amateure ... Warum hatten sie dieses Risiko auf sich genommen?

Weil sie mutig war. Auch deshalb liebte er sie so sehr. Jessie vermittelte ihm das Gefühl, unverwundbar zu sein. Unsinkbar. Mit so jemandem an der Seite konnte man getrost durchs Leben gehen. Und das taten sie ja auch, dem Kelp sei Dank. Reich würden sie damit nie werden, das war Stuart klar. Selbst wenn sie die Braunalgen eigenhändig verarbeiteten und Seife und Cremes herstellten, wie Jessie es vorschwebte, reichte es vermutlich gerade so hin. Sie brauchten ja nicht viel.

Doch Jessie machte sich auch Vorwürfe. Weil es nicht klappte mit dem Kinderkriegen.

Dabei konnte es genauso gut an ihm liegen. Beim Arzt waren sie deshalb noch nicht gewesen, zu teuer. Es war also völlig unklar, ob einer von ihnen unfruchtbar war oder ob es andere Gründe gab.

Jedes Mal, wenn Jessie wieder ihre Tage bekam, schien sie danach ihre Bemühungen zu verdoppeln, im Bett, bei der Arbeit auf See und zu Hause. Stuart machte kein großes Ding daraus, ganz im Gegenteil, er versuchte, Jessie zu beruhigen, meinte, sie hätten alle Zeit der Welt, sie dürften sich nur nicht selbst unter Druck setzen.

Aber wenn er in ihrem Fischerhäuschen umherging, beschlich ihn das Gefühl, dass etwas fehlte. In einem Zimmer unter dem Dach standen Möbel seiner Eltern, nur ein paar, Stuart konnte sich nicht davon trennen. Ein Kleiderschrank mit alten Klamotten, eine Kommode. Und zwei Betten, die hatten Val und Phyllis ihnen zur Hochzeit geschenkt, »für den bald zu erwartenden Nachwuchs«.

Sie hätten dieses Geschenk nicht annehmen dürfen, auch wenn es gut gemeint war. Dadurch hatten sie das Schicksal herausgefordert. So ähnlich wie ein Fischer, der sich eine Badehose kaufte.

Blöder Vergleich.

Stuart wurde aus seinen Gedanken gerissen. Er schreckte hoch. Und erstarrte.

Die *Highlander* sackte weg.

Die Jacht sank, ganz langsam, notdürftig gehalten von den Leinen, die an den Felsen festgemacht waren. Aber sie sank. Das bedeutete, Jessie blieb nicht mehr viel Zeit. Überhaupt keine.

Dem Anker mit der Winsch mehr Kette geben? Dann den Kutter längsseits zur *Highlander* bringen und hinüberspringen? Dafür müsste er erst einmal den Motor starten.

Das dauerte alles viel zu lang.

Große Blasen drangen aus dem Niedergang, der Rest der Atemluft entwich aus dem Rumpf.

Stuart überlegte nicht mehr. Er setzte einen Bootsstiefel auf die Bordwand, stieß sich mit voller Kraft ab und sprang ins Wasser.

Der Schwung beförderte ihn schon mal ein Stück in Richtung der *Highlander,* das war gut. Er schluckte sofort Wasser, als er eintauchte, das war schlecht.

Er trug dickes, wetterfestes Regenzeug, deshalb saugte sich seine Kleidung wenigstens nicht sofort voll und wurde nicht noch schwerer, als sie ohnehin schon war. Im Gegenteil, die unter den Regensachen eingeschlossene Luft verstärkte den Auftrieb.

Er kam wieder hoch. Hustend und spuckend versuchte er eine Art Hundepaddel.

Er musste sich nur schnell genug bewegen, das war seine Taktik.

Und nicht in Panik verfallen.

Eine Welle schwappte über seinen Kopf hinweg. Er schluckte wieder Wasser und schüttelte sich die nassen Haare aus dem Gesicht.

Nur noch ein paar Meter.

Dann kam die Angst unterzugehen. Dass ihn eine unbekannte Macht in die Tiefe zog, unaufhaltsam, ganz egal, wie sehr er sich anstrengte.

Die Zeit dehnte sich. Es war nur eine lähmende Sekunde, doch sie fühlte sich viel länger an. Währenddessen sagte er sich, dass diese Angst in Wirklichkeit gar nicht seine Angst war. Sie musste zu jemand anderem gehören, zu irgendeinem Typen hinter oder neben ihm, der mit der nächsten Welle weggespült würde hinaus in den Ozean.

Der andere verschwand so schnell, wie er gekommen war.

Außerdem gab es keine Angst auf dieser Welt, die Stuart von seiner Jessie trennen konnte.

Er paddelte weiter, gleichmäßig, ließ seine Gliedmaßen arbeiten wie die Kolben des Schiffsmotors. Irgendwie schaffte er es, die Reling der *Highlander* zu erreichen und sich an Bord zu wälzen.

Das Deck stand schon unter Wasser, sein Gewicht machte die Jacht noch ein bisschen schwerer. Er kam auf die Beine, stolperte ein paar Schritte voran und riss das Schott zum Niedergang auf.

Jessie fiel ihm entgegen.

Wie klein sie war! Eine Handvoll Frau. In Neopren.

Ein Zucken durchlief sie. Er zog sie an den Schultern aus dem vollgelaufenen Rumpf, streifte ihr die Taucherbrille ab und presste sie reflexartig an sich, unfähig, auch nur einen Laut der Erleichterung von sich zu geben. Der stumme Stuart.

In seiner Umarmung würgte Jessie einen Schwall Wasser hervor. Sie hustete einmal und sog dann keuchend Luft ein.

»Wir …«, stieß sie hervor, »wir sind …«

Er ließ sie herunter und hielt sie fest, bis sie alleine stehen konnte.

Jessie rang weiter nach Atem und nach Worten. Anscheinend hatte sie viel zu erzählen. Eine Art Paket war ihr aus den Armen gerutscht, als Stuart sie aus dem Niedergang gezerrt hatte. Sie hob es auf und krächzte: »Wir sind reich, Baby!«

20

Plötzlich hörte die *Highlander* auf zu sinken. Sie war nur ein paar Fuß abgesackt, die Leinen schienen wieder zu halten. Aber wie lange noch? Vielleicht drang durch das provisorisch abgedichtete Leck inzwischen mehr Wasser ein. Oder sie hatten ein anderes übersehen, das schwerer zugänglich war. Jedenfalls verhielt sich die Jacht unberechenbar, und auf die Vertäuung konnten sie sich nicht verlassen.

Doch angesichts ihrer Beute kamen Jessie diese Probleme zweitrangig vor. Nachdem sie sich einigermaßen erholt hatte und mit dem lästigen Wasserspucken fertig war, legte sie los, sie konnte es kaum erwarten.

»Das sind alles 50-Pfund-Noten!« Sie wies auf den Ballen. »Und da unten gibt es noch mehr davon! Mindestens drei oder vier dieser Pakete.«

Stuart konnte es nicht glauben. Ein Haufen Geld, gebündelt und wasserdicht verpackt. »Mhr?«, gelang es ihm hervorzubringen.

»Ja, unter dem Bett der Eignerkabine! McKechnie hat da ein kleines Vermögen gebunkert. Jim McKechnie, der Schauspieler. Dem gehört die *Highlander*. Der tote Mann am Palm Tree Beach ... Das muss er gewesen sein. Im schweren Wetter über Bord gegangen, wie ich es mir gedacht habe. Der Sturm hat die Leiche wahrscheinlich an den Strand gespült, im Laufe der Nacht, von Islay her. Irre, oder?«

Seine Miene blieb skeptisch.

»Was meinst du, wie viel Kohle in diesem Ballen ist? 20 000? 30 000? Das dürfen wir behalten, das ist legal! Bestimmt! Alles in allem werden das an die 100 000 sein, wenn nicht mehr. Heute haben wir den Jackpot geholt.«

Er fasste sie an der Schulter.

Jessie ignorierte ihn und pfriemelte die Taucherbrille zurecht. »Das Boot hat sich stabilisiert. Ich geh da jetzt wieder runter und hole den Rest.«

»Nein!« Stuarts Widerspruch kam klar und deutlich.

»Doch! McKechnie ist ein Promi, irgendwann suchen sie nach ihm, die Seenotrettung aus Islay oder die Küstenwache. Keine Ahnung, warum die noch nicht aufgetaucht sind. Anscheinend hat er keinen Notruf abgesetzt, ist wohl nicht dazu gekommen. Oder das Funkgerät war schon ausgefallen. Umso besser für uns!«

Er schaute sie mahnend an. Man freute sich doch nicht über das Unglück eines anderen, schienen seine Miene und sein missbilligendes Kopfschütteln zu sagen.

Doch Jessie wischte seine Bedenken mit einer Handbewegung weg. »So oder so, viel Zeit für Sentimentalitäten bleibt uns nicht. Keine Ahnung, wie lange der Pott noch braucht, bis er endgültig absäuft – trotz der Leinen. Wir haben das Gewicht des Bootes unterschätzt. Kann auch sein, dass es kentert. Kommt auf den Seegang an.«

Sie setzte die Taucherbrille wieder auf und bereitete sich darauf vor, ein weiteres Mal in die *Highlander* hinabzusteigen.

Stuart versuchte, sie zurückzuhalten.

»Freu dich doch! Wir sind unsere Geldsorgen los.«

Er schloss sie in die Arme und schüttelte erneut den Kopf. Ihre Sicherheit schien ihm wichtiger zu sein als alles andere.

»Ach, Baby!« Jessie küsste ihn, lange und leidenschaftlich. Auf dem schwankenden Deck gab ihr das einen besonderen Kick, verstärkt durch das Adrenalin in ihren Adern. Was wäre sie bloß ohne ihren gutmütigen Riesen?

In einer Kusspause versuchte sie, es ihm zu erklären. »Ich weiß ja, dass du dich um mich sorgst. Aber weißt du auch, wie eine Frau tickt, die endlich ein Kind bekommen möchte? Diese Geldscheiße blockiert alles! Das nagt an mir, die ganze Zeit über. Andauernd frage ich mich, wie es mit uns weitergeht im nächsten Monat, im nächsten Jahr. Was ich tun kann, um unsere Situation zu verbessern, auf kurze Sicht und auf lange. Die Zukunft kommt mir vor wie ein leckes Schiff, wie dieses hier. Wir dichten ein Leck ab, doch die Dichtung hält nicht, oder ein neues Leck tut sich auf. Und das geht immer so weiter, der Kahn ist einfach nicht flottzukriegen. Aber mit genug Kohle hat es sich erledigt. Die Kohle ist die Zukunft.«

Sie hielt kurz inne, ließ die Worte wirken und fuhr fort: »Wenn ich mir keine Gedanken mehr darüber machen muss, ob wir uns ein Pint im Pub leisten können oder genug Sprit für die *Western Star,* dann wird es … einfacher. Dann löst sich etwas. Versteh das doch. Bitte!«

Er wirkte fast überzeugt.

»Und du bist bei mir. Du passt auf mich auf, mein Großer. Das gibt mir Kraft. Ich gehe nicht mehr Risiken ein als unbedingt nötig. Okay?«

Ihr fiel etwas ein.

»Für mich bist du sogar ins Wasser gesprungen. Hölle, das wird mir erst jetzt klar! Hast du dir urplötzlich das Schwimmen beigebracht oder was?«

Sie küsste ihn erneut. Wenn das so weiterging, würde sie ihn gleich an Ort und Stelle vernaschen. Während die Jacht unterging. *Titanic*-Gedanken.

Stuart löste sich von ihr und nickte.

Er war einverstanden.

»Danke, Schätzchen! Das wirst du nicht bereuen! *Wir* werden es nicht bereuen.«

Was so ein bisschen Zungenakrobatik doch bewirken konnte! Und Liebe, jede Menge davon. Jessie strahlte.

Sie schaute sich um. Der Himmel war unfreundlich, die Strömung stark, die Aussichten ungewiss – perfekt. Schottland konnte einem echt Mut machen.

Stuart klemmte ein Stück Treibgut in das Schott zum Niedergang, damit es offen blieb. Jessie holte mehrmals tief Luft und rief sich dabei in Erinnerung, wie sie möglichst schnell zur Eignerkabine gelangte, sie kannte ja den Weg.

Taucherbrille auf. Und los.

Es war fast ein Kinderspiel, die anderen Geldballen

zu bergen. Zumindest erschien es Jessie so mit ihren jungen Lungen. Sie wusste jetzt, wo sie suchen musste, wie sie sich zu bewegen hatte. Hin und wieder machte sie an Deck eine Pause. Es lief wie geschmiert. Bald war der Stauraum unter McKechnies Bett leer.

Fünf Ballen mit 50-Pfund-Noten lagen in ihrem kleinen Schlauchboot. Dafür hatte sie nicht länger als zehn, fünfzehn Minuten gebraucht.

Jetzt waren sie wirklich reich.

Sie verloren keine Zeit mehr und machten los.

Stuart ließ es sich nicht nehmen, zur *Western Star* zurückzupaddeln, damit Jessie sich ausruhen konnte. Das tat sie auch und überlegte im Stillen.

Woher stammte all das Geld? Bargeld. Das konnte doch nur aus dubiosen Quellen kommen, oder? Ein Notgroschen dürfte es wohl kaum gewesen sein, den bewahrte man in einem Bankschließfach oder zu Hause in einem Tresor auf, dachte sie, in Filmen kam das andauernd vor. Aber McKechnie hatte das Geld auf seiner Jacht gebunkert, damit musste es eine Bewandtnis haben. Auf einer hochseetauglichen Jacht, mit der man nicht nur die Küste entlangschipperte. Bevor die *Highlander* vor Gigha festgemacht hatte, konnte sie ohne Weiteres in Irland gewesen sein, auch in Island, sogar in Amerika, obwohl Letzteres unwahrscheinlich war.

Wie auch immer: Es mochte für Stuart und Jessie nach den Buchstaben des Gesetzes zwar legal sein, das Geld zu behalten, doch ob es auch auf legalem Weg erworben worden war, erschien fraglich. Und illegal erworbenes Geld hatte in der Regel einen Besitzer, dem es ursprünglich mal gehörte – und der es zurückhaben wollte. Das konnte Probleme aufwerfen.

Sie erreichten die *Western Star* und brachten ihre Beute an Bord. Stuart begann, alle fünf Ballen im Laderaum unter dem Steuerhaus zu verstauen. Dort befand sich eine große Kiste, die noch sein Vater dort aufgestellt und fest installiert hatte. Allerlei Schiffsbedarf und Ersatzteile für den Motor lagerten darin. Stuart räumte alles aus, und Jessie reichte ihm von oben Ballen für Ballen an.

Sie konnte dem Drang nicht widerstehen, zumindest den letzten Ballen mit ihrem Tauchermesser aufzuschlitzen. Vor Aufregung bebend, nahm sie ein Bündel 50-Pfund-Scheine heraus, löste die gelbe Banderole und ließ ihre Zukunft durch die Finger gleiten.

»Willst du auch mal?«

Stuart zögerte. Dann gab er nach und stieg ein paar Sprossen hoch. Im Gegensatz zu Jessie fasste er die Banknoten so an, als seien sie wertloses, nichtssagendes Papier, bedruckt mit Zeichen, die er nicht zu deuten wusste. Er hatte noch nie ein Verhältnis zu Geld gehabt, benutzte nicht einmal ein Portemonnaie. Was er im Alltag brauchte, stopfte er sich in die Hosentaschen.

Die Scheine waren relativ neu und stammten von der Bank of England. Sie zeigten die Queen in allerlei Rottönen.

»Geiles Gefühl, oder?«, fragte sie. »Haben wir jemals so viel in Händen gehalten?«

Er gab ihr das Geld mit einem Achselzucken zurück.

Sie fächerte die Scheine auf. »Sieh mal, die sind nicht

durchnummeriert. Das heißt, dass man sie vermutlich nicht zurückverfolgen kann.«

Er runzelte die Stirn.

»Gut für uns. Das ist Geld, auf das der Staat keinen Zugriff hat. Oder die Banken. Keiner außer uns beiden weiß, wo es sich gerade befindet. Und wenn wir es ausgeben, weiß niemand, woher wir es haben.«

Er nickte.

»Okay, lass uns das mal überschlagen.« Jessie rechnete laut, damit Stuart alles nachvollziehen konnte. »Das Bündel, das wir angebrochen haben, enthält 50 Scheine zu je 50 Pfund, das stand auf der Banderole. Zusammen macht das 2500 Pfund. Alles klar so weit?«

Er nickte.

»Das Bündel ist so dick wie mein Mittelfinger. Es stammt aus einem Pack mit zehn Bündeln, ich hab das nachgezählt. Ein Pack sind also 25 000 Pfund. So groß wie ein Bügeleisen.«

Er nickte erneut und lächelte dazu. Endlich begriff er! Sie musste es nur bildlich erklären.

»Jeder in Plastik eingeschweißte Ballen enthält acht Packs«, fuhr Jessie fort. »Macht 200 000 pro Ballen. Richtig?«

Er starrte sie an.

»Und wie viele Ballen haben wir aus der *Highlander* geborgen?«, fragte sie.

Stuart hielt eine Hand mit fünf ausgestreckten Fingern hoch.

»Fünf mal 200 000 sind wie viel?« Sie wartete nicht auf seine Antwort. »Eine Million!« Sie schrie es heraus.

»Eine verfickte, unfassbare Scheißmillion! Weißt du, wie viel Kelp wir dafür ernten müssten?« Sie presste die Geldscheine an sich. »Das war's. Wir sind frei!«

Er nahm ihr die Banknoten ab, vorsichtig, aber nachdrücklich, wie man einem kleinen Kind eine scharfe Schere oder ein Messer entwindet. Dann steckte er die Scheine zurück in den letzten Ballen und stopfte das Ding in die Kiste seines Vaters. Die war jetzt voll. Er schloss den Deckel mit einem Knall und kletterte hoch ins Steuerhaus. Schob Jessie, sie ihn eigentlich umarmen wollte, zur Seite und ging nach draußen. Blickte wild und zugleich argwöhnisch ringsumher, auf die Felsen und Riffe des An Dubh Sgeir, nach Gigha, nach Islay, in Richtung Festland.

Kein Boot, kein Mensch in Sichtweite. Ein bleierner Himmel, der Seegang war wieder stärker geworden. Keine Gefahr für die *Western Star,* aber die Bordwand der *Highlander* schrammte bereits gegen die Felsen, trotz der Fender. Das Wrack machte, was es wollte, entwickelte immer mehr Eigenleben.

»Entschuldige, Baby«, versuchte es Jessie kleinlaut. »Keine Angst, ich flippe nicht aus. Aber eine Million! Das verändert so einiges.«

Es veränderte vor allem ihr weiteres Vorgehen.

Nach ein wenig Palaver setzte sich diesmal Stuart durch. Wie hoch die Bergungsprämie für das Wrack der *Highlander* auch immer sein mochte – mit einer Million Pfund war das nicht aufzuwiegen. Sie mussten sich entscheiden. Alles, was Jessie wegen der Herkunft des Geldes durch den Kopf gegangen war, sah Stuart ähnlich oder düsterer. Dass es jemanden geben konnte, der von der Million wusste und über ihren Verbleib Nachforschungen anstellte. Wenn außerdem bekannt wurde, dass McKechnie unter mysteriösen Umständen ertrunken war, würde seine Jacht im Mittelpunkt des Interesses stehen, sie würde buchstäblich auseinandergenommen werden, inklusive ihrer – nicht ganz so ehrlichen – Finder Stuart und Jessie. Und vielleicht kamen Dinge über den Schauspieler ans Licht, die man ihm zu seinen Lebzeiten nicht zugetraut hatte? Dass er zum Beispiel mit Leuten Geschäfte gemacht hatte, die eine Million Pfund jetzt schmerzlich vermissten – oder die auf das Geld ungeduldig warteten?

Sie mussten die Jacht loswerden, davon war Stuart überzeugt. Auch um alle Spuren des Wrackraubes zu beseitigen. Viel war das Boot ohnehin nicht mehr wert, zu massiv der Wassereinbruch, die Schäden am Rigg, in der Bordwand und im Innenraum. Die Instandsetzung kostete allein schon ein Vermögen, vielleicht überstieg sie sogar den Wert des Bootes. Das lohnte sich nicht.

Jessie, die eigentlich nicht auf die Bergungsprämie verzichten wollte, lenkte ein. Solange die *Highlander* noch schwamm, war sie eine Bedrohung, das sah sie ein. Und alles, was ihren neuen Reichtum bedrohte, musste beseitigt werden.

Sollten sie die *Highlander* an Ort und Stelle versenken? Im Gewirr des An Dubh Sgeir? Sie auf ein Riff laufen lassen?

Zu unsicher.

Nein, sie mussten auf Nummer sicher gehen: die

Jacht erneut in Schlepp nehmen und auf hoher See versenken. Das barg zwar Risiken, auch für die *Western Star,* doch es schien ihnen die praktikabelste Lösung. Auf See entschied man sich immer für das Machbare, nicht für das Mögliche.

Stuart verdeutlichte Jessie, dass sie genug getan hatte. Jetzt war er an der Reihe. Er musste die Leinen der *Highlander* loswerfen und ein Schleppseil anbringen. Letzteres hatte er am Morgen schon einmal getan. Es war etwas umständlich, aber keine große Kunst. Die Knoten der unzuverlässigen Halteleinen, die Jessie mit ein paar Rundtörns um die Felsen geschlungen hatte, würde er versuchen zu lösen. Zur Not würde er sie einfach mit einem Hackbeil durchtrennen, sie hatten immer eines an Bord.

Er behielt seine nassen Klamotten an und ging an die Arbeit. Zuerst machte er das Schleppseil samt Fangleine am Heck der *Western Star* fest, und zwar an einem Rüsteisen, einer Art stabilem Bügel, wie er auch unter den Stoßstangen von Autos zum Abschleppen angebracht ist. Er benutzte dafür einen Palstek, das war ein weitverbreiteter Seemannsknoten, den man auf einfache Weise, nur durch Zug, lösen konnte.

Dann kam das Schlauchboot wieder zum Einsatz. Stuart nahm das Beil mit und fuhr erneut zur Jacht hinüber.

Jessie blieb im Steuerhaus des Kutters zurück und trank Cola. Das Geld im Laderaum unter ihren Füßen sorgte dafür, dass ihre Anspannung nicht nachließ. Und noch etwas anderes ließ ihr keine Ruhe.

Sie hatte ihrem Stuart etwas verschwiegen, ohne zu wissen, warum. Möglicherweise, um seine Bedenken bei der ganzen Sache nicht zu vergrößern.

In der *Highlander* hatte sie Hinweise auf mindestens zwei Personen entdeckt, die in letzter Zeit an Bord gewesen waren. In der Eignerkabine und in der Gästekabine. Hatte McKechnie Besuch gehabt, eventuell weiblichen aus dem Pub? Er konnte ja recht einnehmend sein, wie sie bei ihrem kurzen Zusammentreffen selbst festgestellt hatte. Da war er schon ziemlich betrunken gewesen. Aber wenn er zum Beispiel eine Frau auf sein Boot gebracht hatte, wäre sie wohl kaum getrennt von ihm in der Gästekabine verschwunden – es sei denn, McKechnie hätte geschnarcht.

Sie lachte und ließ sich den auffrischenden Wind um die Nase wehen. Was soll's, der Mann hatte ein erfülltes Leben gehabt. Davon ging sie zumindest aus. Die Menschen hatten ihn geliebt und bewundert. Er war auf dem Cover der »Vanity Fair« abgebildet gewesen. Wer konnte das schon von sich behaupten?

Dann kam ihr etwas anderes in den Sinn. Hatte McKechnie vielleicht eine Art Dauergast beherbergt? Obwohl er sich damit gebrüstet hatte, stets als Einhandsegler unterwegs zu sein? Die Klamotten im Kleiderschrank der Gästekabine deuteten darauf hin. Er konnte diesen Gast auch nur auf seinen letzten Törn mitgenommen haben, das wäre ebenso möglich. Oder es war jemand vom Film gewesen, ein Produzent oder Regisseur, der einfach nur bei ihm übernachtet hatte.

Was war aus diesem Gast geworden, nachdem –

oder bevor – McKechnie über Bord gegangen war? Auf welche Weise war McKechnie überhaupt über Bord gegangen? Hatte jemand nachgeholfen?

Dann wäre es kein Unfall gewesen, sondern Mord.

Jessie dachte an das getarnte Fernrohr, das sie am Strand entdeckt hatten. Dachte daran, wie ihr bewusst geworden war, dass sie beobachtet wurden. Wie nackt und ausgeliefert sie sich dabei gefühlt hatte.

Sie musste die Augen offen halten. Und sie musste es für zwei tun. Stuart sollte nichts davon erfahren.

Plötzlich bemerkte Jessie ein Ziehen im Unterleib. Auch das noch! Konnte sie jetzt gar nicht gebrauchen.

21

Phyllis nahm die Kapuze ihres Winterparkas ab und streckte den Daumen raus.

Das Auto wurde langsamer und hielt ein Stück vor ihr an. Es war azurblau lackiert, metallic. Sah richtig poppig aus, das gefiel ihr. Ein Mann, so um die 40, saß am Steuer, sichtlich überrascht. Aber er lächelte – im Gegensatz zu der Frau neben ihm, die angestrengt auf ihn einredete, woraufhin sein Lächeln erstarb.

Wahrscheinlich Spießer, dachte Phyllis. Sie malte sich den Dialog der beiden aus.

Mann: Warum nicht eine Anhalterin mitnehmen? – Frau: Wir haben keinen Platz im Auto! Soll sie den Bus nehmen! – Mann: Hier gibt es keinen Bus. Und auf der Rückbank ist Platz genug. – Frau: Das hätte sie sich vorher überlegen sollen. – Mann: Sei doch nicht so! – Frau: Du hältst nur an, weil sie ein blutjunges Ding ist. – Mann: Auch blutjunge Dinger brauchen eine Mitfahrgelegenheit. – Frau: Was du so Mitfahrgelegenheit nennst … Wahrscheinlich nimmst du jedes Flittchen mit, wenn du auf Geschäftsreise bist. – Mann: Du mit deinen grundlosen Verdächtigungen! – Frau: Die da hat Aids. Garantiert! – Mann: Wie ein Junkie schaut sie nicht aus. – Frau: Weiß man nie! – Mann: Ach was, wir nehmen sie jetzt mit. – Frau: Mach doch, was du willst!

Phyllis ging zum Fahrerfenster. Der Mann ließ die Scheibe herunterfahren. Elektrische Fensterheber – schien wohl eine Nobelkarre zu sein.

»Heya«, sagte sie. »Können Sie mich zum nächsten Pub mitnehmen?«

»Zum nächsten Pub?«, fragte der Mann. Er schien auf Wiederholungen zu stehen.

»Wenn's keine Umstände macht.«

»Auf Gigha gibt es keinen Pub!«, erwiderte die Frau neben dem Mann sauertöpfisch. »Und kein empfehlenswertes Restaurant! Definitiv nicht!«

»Sie meint wahrscheinlich den Pub im Hotel«, schaltete sich der Mann erklärend ein. »Da wollten wir doch eh wieder hin. Für den Nachmittagstee.«

»*Du* wolltest dahin! Mich kriegen keine zehn Pferde mehr in diesen Saftladen!«

»Sonst hat nichts offen im Winter.«

»Ohne mich.«

»Ich will keinen Streit anfangen, Liebes, aber lass es uns noch einmal versuchen. Vielleicht war Schichtwechsel, und dieser Gerry ist nach Hause gegangen.«

»Nach Hause gewankt, meinst du wohl!«

»Wir sind ein wenig auf der Insel herumgelaufen, hatten ordentlich Bewegung – und eine unheimliche Begegnung mit einem Hochlandrind. Wir haben uns was Warmes verdient.«

»Ich finde den Bauern, dem diese Kuh gehört!« Die Frau redete sich in Rage. »Und wenn es das Letzte ist, was ich tue! Du glaubst mir nicht? Das Mistvieh ist reif für den Metzger! Darauf kannst du Gift nehmen!«

»Vielleicht eine heiße Schokolade, die magst du doch?«

»Lass mich!«

»Nun komm schon!«

Die Frau zierte sich noch ein bisschen und schlüpfte dabei umständlich in eine pinkfarbene Outdoor-Jacke. Aber am Ende setzte sich der Mann durch – und sein Vorschlag mit der heißen Schokolade. Phyllis grinste.

Er wandte sich ihr zu. »Bin früher selbst viel per Anhalter gefahren. Als ich noch Student war. Steigen Sie ein!«

Das ließ sich Phyllis nicht zweimal sagen. Sie hatte schon gedacht, das hier würde nie aufhören.

Diese beiden Engländer waren ein echtes Traumpaar. Zwischen ihren Eltern wäre die Diskussion deutlich knapper verlaufen. Ach was, Mum und Dad hätten gar keine Worte gemacht. Ein Blickwechsel, fertig.

Ihre Eltern stritten sich nie, zumindest nicht vor Phyllis und Val. Mum fuhr, und Dad saß daneben und versuchte, die Straße durch die Glasbausteine seiner Brille und die Scheiben ihres alten Morris Marina zu erkennen. Anhalter nahmen sie immer mit. Immer. Egal, wen. Hatte was mit Lebenseinstellung zu tun, auch was mit Politik, Besitz teilen und so. Phyllis begann, diese Zusammenhänge allmählich zu begreifen.

Rasch ging sie um das Auto herum und öffnete die Tür. Auf der Rückbank lag nur eine Umhängetasche aus Lkw-Plane. Sie schob das hässliche Ding beiseite.

Die Sitze besaßen einen schwarzen Stoffbezug. Der gesamte Innenraum war dunkel gehalten und wirkte ausgesprochen edel, auch das Armaturenbrett vorne. Überall waren futuristische Leuchtanzeigen zu sehen wie in diesem Film »Zurück in die Zukunft«. Phyllis mochte Science-Fiction. Sie fühlte sich, als hätte sie eine Zeitreise unternommen.

Der Mann drehte sich zu ihr um. »Alles klar? Kann's losgehen?«

»Logisch. Hauen Sie rein!«

»Schnallen Sie sich bitte an?«

»Wie? Ach so, ja, okay.« Sie legte den Gurt an. Der Typ war wohl ein Sicherheitsfreak. Von ihren Freunden schnallte sich keiner an. In den altersschwachen Blechkübeln, die sie sich leisten konnten, gab es noch nicht mal Gurte.

»Ach ja, ich bin Bob. Und das ist Pat, meine Frau. Wir sind im Urlaub.«

»Phyllis. Danke, dass Sie mich mitnehmen.«

»Keine Ursache, Phyllis ... Schöner Name. Altgriechisch.«

Pat stöhnte wie ein Traktor, der gleich den Geist aufgab.

Der Wagen beschleunigte sanft, man hörte kaum ein Motorengeräusch.

In solchen Situationen machte Phyllis dem Fahrer immer ein Kompliment für sein tolles Auto, um Vertrauen aufzubauen. Dieses Mal war es durchaus ernst gemeint. »Eine schicke Kiste haben Sie da. Voll der Luxusschlitten.«

»Das ist ein ganz normaler Leihwagen«, wunderte sich Bob. »Untere Mittelklasse, nicht der Rede wert.«

»Läuft jedenfalls wie 'ne Eins.«

Pat prustete abfällig. Sie war eingeschnappt und schien beschlossen zu haben, sich nicht an der Unterhaltung zu beteiligen.

Aus den Lautsprechern drang Musik.

»Einen irren Sound haben Sie hier drin!«, sagte Phyllis. »Was ist das? Klingt wie Madonna.«

»Das müsste ›Frozen‹ sein, schon ein älterer Song.«

»Echt? Kenn ich gar nicht. ›Like a Virgin‹ find ich klasse.«

»Wow! Das ist ja schon ein Oldie.«

Ein Oldie? Phyllis wunderte sich. »Like a Virgin« war doch erst ein paar Jahre alt. Seltsam, was der Mann da von sich gab.

»Madonna sollte langsam über ein Karriereende nachdenken«, sagte Bob. »Ihre Konzerte werden immer peinlicher. Lack-und-Leder-Style, Augenklappe – das kauft ihr doch keiner mehr ab.«

Häh? Redeten sie von der gleichen Madonna? Phyllis bezweifelte stark, dass Bob von Popmusik auch nur die leiseste Ahnung hatte. Wahrscheinlich war er ein Jazz-Fan, der meinte, überall mitreden zu müssen.

»Ich stehe auf Nirvana«, verkündete er. »Kurt Cobain, der war eine Ausnahmeerscheinung. Viel zu früh gestorben.«

»Cool«, kommentierte Phyllis, ohne je von Nirvana gehört zu haben. War das eine Hippie-Band? Klang so.

Sie fuhren Richtung Süden und näherten sich einem hoch aufragenden Steinblock, eher einer Steinplatte, die in der Mitte wie gespalten schien. Bob bremste ab.

»Stonehenge!«, rief Phyllis.

»Nicht ganz. Das ist der Giant's Tooth, ein Menhir aus der Bronzezeit. Soll ich anhalten?«

»Gern.«

»Wir haben ihn doch schon fotografiert«, schaltete sich Pat gelangweilt ein. »Nicht besonders beeindruckend.«

Bob hielt trotzdem an. Der Giant's Tooth befand sich direkt neben ihnen, mit ausgestrecktem Arm konnte man ihn fast berühren. Er sah irgendwie angeknabbert aus.

»Uralt, oder?«, fragte Phyllis.

»Die Bronzezeit begann um circa 2200 vor Christus.«

»Gab's da überhaupt schon Menschen?«

»Natürlich. Wer hätte den Stein denn sonst errichten können?«

»Aliens?«, sagte Phyllis nur so zum Spaß. »Besucher von anderen Planeten?«

»Auch eine Möglichkeit.« Bob lächelte amüsiert. »Aber aus welchem Grund sollten die hier Menhire aufstellen? Da gibt es plausiblere Erklärungen.« Offenbar hatte er sich allerlei Wissen angelesen, und das musste jetzt unbedingt heraus. »Der Sage nach hatte ein Riese, der auf der Halbinsel Kintyre lebte, schreckliches Zahnweh. Er riss den schmerzenden Zahn aus und warf ihn weit von sich. Am Ende landete er auf Gigha.«

»Sieht wirklich wie ein Zahn aus ... so mit den Wurzeln nach oben.«

»Die gezackten Ränder hat die Witterung verursacht. Es heißt auch, der Giant's Tooth habe als Hinrichtungsstätte gedient. Im Mittelalter wurden hier Menschen gehängt.«

Bob musste Lehrer sein, voll der Erklärbär.

»Echt?«, fragte Phyllis. »Oder ist das wieder ein Märchen?«

»Ich kann es mir nicht richtig vorstellen, aber der Stein hat eine Art Einkerbung in der Mitte. Wenn man da ein Seil anbringt ... Die Leute sind erfindungsreich, wenn es darum geht, einander effektvoll umzubringen. Kommen Sie, wir springen kurz raus und schauen uns das Ding genauer an. Dauert nur eine Minute.«

»Warum nicht?«

Pat sah ihrem Mann verdutzt beim Aussteigen zu. Sie suchte nach einer passenden Bemerkung, aber irgendwie schien sie keine zu finden. »Werde ich auch mal gefragt?«, wollte sie schließlich wissen.

Phyllis schlug die Wagentür zu.

22

Der Himmel war so grau wie der Giant's Tooth und bis zum Horizont mit Wolken bedeckt. Irgendwo draußen über dem Atlantik grollte Donner. An einer Einmündung ein Stück weit die Straße runter stand ein Wegweiser mit der Aufschrift »Gigha Pottery, ½ mile«. Der Wind ließ ihn wackeln wie einen Lämmerschwanz.

Bob und Phyllis gingen um den Menhir herum und betrachteten ihn eingehend. Die Oberfläche des Steins war rau und von Moos und Flechten bedeckt. Aus unmittelbarer Nähe wirkte der Stein leicht schräg, als könnte er beim nächsten Gewitter umfallen.

»Kaum zu glauben, dass dieses Ding da schon seit so langer Zeit steht«, meinte Phyllis.

»Finde ich auch faszinierend. Es rückt die Relationen zurecht.« Bob kam in Fahrt. »Vor 3000 Jahren haben die Menschen begonnen, sich als Teil eines größeren Ganzen zu begreifen, astronomische Beobachtungen anzustellen, Kommunikation und Handel über weite Distanzen zu treiben. Mithilfe von Menhiren oder Steinkreisen wie Stonehenge wurden die Erntezyklen ermittelt und eine Art fester Kalender etabliert. Es war gewissermaßen der Startschuss für die Welt, wie wir sie heute kennen – mit allen Vorteilen und Nachteilen.« Ein Seitenblick zum Wagen, in dem Pat sitzen geblieben war und schmollte. »Meine Frau hat leider keinen Sinn für so etwas.«

»Sie ist einfach nur schlecht gelaunt«, gab Phyllis zurück. »Das vergeht bestimmt wieder.«

»Manchmal kann Pat ziemlich unhöflich sein. Zu ihrer Verteidigung muss ich sagen, dass uns vorhin am Palm Tree Beach ein Hochlandrind fast niedergetrampelt hätte. Eine etwas haarige Situation.«

»In Schottland ist das keine Seltenheit.«

»Wo kommen Sie her, wenn ich fragen darf? Nicht aus Gigha, oder? Ich weiß nicht, ob ich den Namen der Insel richtig ausspreche …«

»Edinburgh.«

»Tatsächlich? Wundervolle Stadt! Wir sind aus Colchester.«

»Nie gehört.«

»Das liegt in Essex. Wir haben den Flieger nach Glasgow genommen und einen Wagen gemietet. Und Sie? Mit dem Überlandbus unterwegs? Kleine Hometour?«

»Wenn's geht, trampe ich. Um Geld zu sparen.«

»Haben Sie kein Gepäck?«

»Brauch ich nicht. Ich will doch nur zum nächsten Pub.« Phyllis schaute ihn zweifelnd an. Was sollte die Bemerkung mit dem Gepäck? »Mein Freund wartet da«, setzte sie stolz hinzu. »Er ist Schauspieler.«

»Was Sie nicht sagen!«

»Wir kennen uns erst ein paar Tage. Jim ist älter als ich, aber nicht so alt wie Sie. Irgendwas dazwischen.«

Auf Bobs Gesicht erschien ein großes Fragezeichen.

»Ich weiß, was Sie denken. Vor Schauspielern soll man sich in Acht nehmen und so. Junge Hühner wie ich sind für die ein gefundenes Fressen.« Sie machte ein ernstes Gesicht. »Jim ist anders. Ein echter Gentleman, schon wie er sich ausdrückt. Ich liebe die Art, wie er Storys vom Film erzählt, so, als wäre das alles gar nicht frei erfunden, sondern als hätte er es selbst erlebt, das steckt an. Und das Grübchen an seinem Kinn mag ich auch. Wir sind total ineinander verschossen.«

Damit sollte klar geworden sein, dass sie nicht auf schwer verheiratete Kerle stand, dachte Phyllis. Nicht dass Bob noch auf falsche Gedanken kam. Sie entfernte sich vom Giant's Tooth und von der Straße und ging querfeldein durchs Heidegestrüpp. Mit ihren festen Wanderstiefeln war das kein Problem.

»Oh, da unten liegt ein Strand!« Sie deutete auf einen sichelförmigen, einsamen Sandstreifen – und wunderte sich, warum jetzt plötzlich ein Strand auf ihrem Weg zum Pub lag. War sie irgendwo falsch abgebogen? Aber der Portobello Beach sah völlig anders aus, lang gezogen, von allerlei Gebäuden und einer Promenade gesäumt, typisch für Edinburgh. Erst gestern war sie mit Jim dort noch Eis essen gewesen.

Die Gegend kam ihr ohnehin ziemlich fremd vor. War sie bei Cramond Beach gelandet? Phyllis stieg einen holprigen, von Heidebüscheln bedeckten Abhang hinunter. Bob folgte ihr. Sie plapperte weiter. »Meine Eltern haben Jim noch nicht kennengelernt. Sie sind gerade zu Besuch bei Verwandten auf dem Kontinent, zusammen mit Val, meiner Zwillingsschwester. Ich wünschte, sie wären jetzt alle hier, damit ich ihnen Jim vorstellen kann. Morgen wollen sie die Fähre in Zeebrugge nehmen.«

»Zeebrugge in Belgien?«, fragte Bob.

»Genau. Wir haben telefoniert. Sie haben Tickets für die *Herald of Free Enterprise*.«

»Der Name kommt mir bekannt vor.«

»Ich finde, langsam könnten die mal einen Tunnel unter dem Kanal hindurch bauen. Ende des Jahres wollen sie endlich damit anfangen. Wer's glaubt, wird selig! Und wenn, dauert das bestimmt eine Ewigkeit.«

Nach und nach wurde das Unterholz dichter und undurchdringlicher, sie kamen nicht weiter. Um den Sandstreifen zu erreichen, wäre der schmale Pfad besser gewesen, der ein bisschen oberhalb des Giant's Tooth verlief – wie inzwischen zu erkennen war.

»Ich fürchte, wir müssen umkehren«, sagte Bob.

Oben auf der einspurigen Straße fuhr ein Auto vorbei. Bei jeder Unebenheit hörte man ein dumpfes Geräusch, vermutlich war die Ladung verrutscht.

»Der schöne Strand!«, maulte Phyllis. »Da könnten wir jetzt Muscheln suchen. Jim liebt Muscheln und Strände. Er hat sogar ein Segelboot.«

Bob legte vorsichtig eine Hand auf ihre Schulter. »Ist Ihnen klar, wo wir sind?«

»In Schottland, an der Küste«, gab sie unwillig zurück. »Wo denn sonst?«

»Welches Jahr haben wir?«

»Wollen Sie mich verarschen?« Sie machte sich von ihm los.

»Ach, das ist nur eine Art ... Test. Ich glaube, ich habe meinen Kalender noch nicht umgestellt«, fuhr Bob fort und lachte gezwungen. »Da sind mir die Stonehenge-Leute wohl voraus. Also? Die Jahreszahl?«

Jetzt wusste es Phyllis mit Sicherheit: Bob war ein Lehrer. Einer von den verständnisvollen, die einen behandelten wie ein kleines Kind. »1987«, stieß sie hervor. »Zufrieden?«

Eine Weile sagte Bob nichts. Er schlug eine Hand vor den Mund und dachte krampfhaft nach.

»Was ist los? Falsche Antwort?«

»Nein, nein«, wehrte er ab.

»Sie unterrichten an der Schule, stimmt's?«

»Stimmt.«

»Was denn?«

»Geschichte.«

»Das hab ich mir gedacht!«, triumphierte Phyllis. »Kann es sein, dass Sie mehr in der Vergangenheit als in der Gegenwart leben? Weil Sie es so mit Jahreszahlen haben?«

»Berufskrankheit«, räumte er ein. »1987, okay ...«

»Was war das für ein Test?«, fragte sie, misstrauisch geworden. »Denken Sie etwa, dass ich kiffe? Seh ich so aus?«

»Überhaupt nicht. Wie alt sind Sie eigentlich?«

»17. In einem Monat werde ich 18.«

»Ist das Ihr Ernst?«

»Was wollen Sie sonst noch wissen? Meine Schuhgröße? Was spielt mein Alter überhaupt für eine Rolle? Meinen Sie, ich sei zu jung für einen älteren Mann?«

»Nein, es geht mich ja auch gar nichts an. Aber –«

»Haben Sie mir diesen Stein deshalb zeigen wollen? Um mich ungestört auszufragen?«

»Bitte ... ich will ... nur helfen.«

»Sie bringen mich ganz durcheinander.«

»Tut mir leid, das lag nicht in meiner Absicht.«

»Ich gehe jetzt zurück zur Straße«, erklärte Phyllis. »Fahren Sie ohne mich weiter. Ich finde schon jemanden, der mich mitnimmt.«

»Beruhigen Sie sich. Kein Grund, gleich davonzulaufen. Wir nehmen Sie natürlich weiterhin mit, wenn Sie das möchten. Zum Pub sind es noch mindestens zwei Meilen.« Bob nickte langsam, als habe er endlich etwas Wichtiges begriffen und wisse jetzt, was zu tun sei. »Es ist nur ... Ich rede gern mit jungen Leuten, einfach, um auf dem Laufenden zu bleiben und in Erfahrung zu bringen, wie man heute so tickt und was ich in den letzten Jahrzehnten verpasst habe. Unversehens halte ich dann Vorträge über die Bronzezeit oder was auch immer. Davon können meine Schüler ein Lied singen, glauben Sie mir. Als ich in Ihrem Alter war, fand ich das auch nervig.«

»Ist schon okay«, sagte sie.

»Wissen Sie was? Gehen Sie schon mal voraus, ich komme gleich nach. Der Ruf der Natur, verstehen Sie ...?« Er lächelte verlegen. »Ich muss mich erleichtern.«

»Also gut.« Phyllis setzte sich in Bewegung und ging

zum Auto zurück. »Aber machen Sie nicht zu lange«, scherzte sie. »Sonst frisst mich Pat bei lebendigem Leib auf.«

Sie stapfte den Abhang hoch. Hatte sie überreagiert? Bob war doch eigentlich ganz nett – aber auch merkwürdig. Als sie gesagt hatte, sie sei 17, wären ihm fast die Augen aus dem Kopf gefallen. Was hatte sich in seinem Gesicht nicht alles abgezeichnet! Erstaunen, Fassungslosigkeit und noch etwas anderes. Argwohn? Wie bei jemandem, in dem sich ein Verdacht regte. Sie kannte diesen Blick von irgendwoher.

Am Giant's Tooth blieb sie stehen und drehte sich um.

Bob hatte sich dem Meer zugewandt. Aber nicht, um zu pinkeln. Er hielt einen Apparat an sein Ohr. Das Ding sah aus wie ein Funkgerät. Er schien hineinzusprechen.

Was tat er da bloß?

Scheiße, vielleicht war Bob gar kein Lehrer, sondern ein Bulle! Er hielt sie für eine Ausreißerin und verständigte jetzt seine Kollegen. Deshalb die Fragerei. Darin hatte er wohl Übung.

Phyllis konnte nun auch seinen Blick zuordnen.

Nächte nach der Sperrstunde. Polizeikontrollen. Suche nach Minderjährigen, die allein unterwegs waren und nichts mehr auf der Straße verloren hatten.

Sie hasste es, kontrolliert zu werden. Und Enttäuschungen hasste sie noch mehr.

Dann passierte etwas in ihrem Kopf. Es fiel ihr schwer, klar zu denken. Alles wurde überlagert von dem drängenden Impuls, sich ihrer Umgebung zu entziehen und hinter sich zu lassen, was sie einengte.

Vor allem Bob. Leute wie Bob, die in jeder Situation eine Erklärung bei der Hand hatten. Und einen kostenlosen Ratschlag dazu – obwohl, kostenlos waren solche Ratschläge nie. Sie hatte Bobs übertrieben verständnisvolle Art, hinter der sich viel mehr zu verbergen schien, gründlich satt. Nur weg von hier.

Phyllis ging an dem Auto vorbei und war darauf gefasst, auf dem Beifahrersitz eine nölende, streitsüchtige Pat vorzufinden.

Doch der Sitz war leer. Niemand saß im Fahrerraum.

Sie schaute sich um. Keiner in Sicht. Bob war noch mit seinem Funkgerät beschäftigt.

Bestimmt wartete Jim jetzt schon eine ganze Weile im Pub. Was, wenn er annahm, sie hätte ihre Verabredung vergessen? Oder, schlimmer noch, dass sie es sich anders überlegt hätte und nach den letzten, sternschnuppenhaft schönen, irgendwie magischen Tagen, die wie im Traum vergangen waren, nichts mehr von ihm wissen wollte? Teenager waren sprunghaft und unbeständig, da bildete Phyllis keine Ausnahme. Ihren Freunden war das egal, die waren ja so ähnlich drauf wie sie. Aber Jim war zum Glück anders, reifer, zielgerichteter, das mochte sie ja so an ihm. Mit einer Göre, die ihn bei der ersten Gelegenheit sitzen ließ oder sich hoffnungslos verspätete, konnte er sicher nichts anfangen.

Phyllis brauchte dringend Hilfe. Zumindest das wurde ihr klar, während sie das schicke Auto betrachtete und die nach Süden führende Straße, wo der Pub liegen musste, Bob hatte es ja bestätigt.

Doch mit Val konnte sie nicht reden, die war in Belgien. Val, ihre große Stütze, immer schon. Val wüsste, was jetzt zu tun wäre. Warum war sie bloß mit den Eltern weggefahren? Sie hätten doch zusammen in Edinburgh bleiben können, die ganze Woche über. Stattdessen hatte Phyllis darauf bestanden, allein zurechtzukommen und die Wohnung zu hüten. Um zu beweisen, wie unabhängig sie bereits war.

Ohne Val in ihrer Nähe fühlte Phyllis sich ausgesetzt, als wäre sie von der Flut aufs Meer hinausgezogen worden und sähe nichts mehr um sich herum außer Wasser und Wellen. Ein entsetzlicher Anblick, entsetzlich grenzenlos. Das war tatsächlich einmal passiert unten in Berwick-upon-Tweed. Phyllis hatte sich zu weit in die Nordsee hinausgewagt, und Val hatte sie eingeholt und gerettet, mit dem Rettungsschwimmergriff. Val war viel stärker als sie. Überlebensfähiger.

Jim wartete nicht bis in alle Ewigkeit. Sie hatte noch nicht mal eine Telefonnummer von ihm, fiel ihr ein, oder eine Adresse, unter der sie ihn erreichen konnte.

Phyllis musste etwas unternehmen. Sie stieg in den Wagen und setzte sich hinters Steuer.

Puuh, das war jetzt echt Science-Fiction. Es gab zwar einen gut erkennbaren Tacho und einige andere Instrumente, deren Zweck sie ungefähr kannte, zusätzlich aber tausend Knöpfe und Schalter und alle möglichen Hebel am Lenkrad mit weiteren Schaltern. Sie traute sich nicht, etwas anzufassen.

Was würde Val jetzt tun?

Nachsehen, ob der Schlüssel im Zündschloss steckte.

Anstelle eines Zündschlosses war da aber nur ein großer Knopf, auf dem »Start/Stop« stand. Phyllis drückte darauf.

Nichts rührte sich.

Hm. In der Mittelkonsole lag ein kleiner schwarzer Kasten mit einem Anhänger vom Mietwagenverleih. Brauchte man den, um den Schlitten in Bewegung zu setzen? Oder nur, um den Wagen abzusperren, wegen der Symbole auf dem Ding, einem verriegelten und einem entriegelten Schloss?

Ihre Mum erklärte ihnen hin und wieder, wie das mit dem Autofahren ging, Val hatte bereits ihre ersten Fahrstunden absolviert, während Phyllis sich damit noch Zeit lassen wollte. Eine eiserne Regel war, das Kupplungspedal zu treten, egal, ob ein Gang eingelegt war, und dann erst den Motor anzulassen.

Sie betätigte die Kupplung und drückte erneut den Startknopf. Der Motor sprang an. Sie legte den ersten Gang ein und fuhr los, dann den zweiten. Aus irgendwelchen Gründen ging es plötzlich wie von allein. Als würde sich ihr Unterbewusstsein daran erinnern, wie alles funktionierte.

Val wäre jetzt stolz auf sie. Es kam Phyllis so vor, als habe sie noch am Morgen mit ihr gefrühstückt. Komisch, welche Streiche einem das Gedächtnis spielte.

In Schrittgeschwindigkeit zockelte sie voran. Den Rückspiegel beachtete sie nicht, der war auf Bobs Größe eingestellt. Sie erreichte die Einmündung mit dem

Schild, das den Weg zur Gigha Pottery wies. In einiger Entfernung bemerkte sie Pat, unübersehbar in ihrer pinkfarbenen Outdoor-Jacke. Offenbar hatte sie den abzweigenden Feldweg genommen und beschlossen, der Töpferei einen Besuch abzustatten.

Phyllis blieb auf der Straße und fuhr weiter zum Pub. Sie gab mehr Gas.

23

Ein letztes Mal schlug McKechnies Kopf gegen die Innenverkleidung der Heckklappe. Während der gesamten Fahrt hatte es sich angehört, als würde ein Drummer ohne jegliches Rhythmusgefühl eine dieser fassgroßen keltischen Trommeln bearbeiten. Val hielt an, sprang aus dem Lieferwagen und stürmte ins Haus.

Nicol folgte ihr ein Stück und bekam mit, wie sie überall nachsah, ob ihre Schwester wiederaufgetaucht war. Er selbst ging an dem Haus vorbei zur Töpferei, die direkt dahinter lag. An der Außenwand lehnte eine kaum verrostete Schubkarre, der Reifen war sogar aufgepumpt. Nicol schob das Ding vor das Heck des Vans. Dann sah er sich ein wenig um.

Das relativ moderne Wohnhaus der beiden Schwestern sowie die angeschlossene Töpferei waren auf solidem Untergrund errichtet worden. Die Gebäude thronten etwa zehn Meter über einer winzigen Bucht, Port Bàn genannt, auf der Westseite der Insel. Eine in den Fels gehauene Treppe führte hinunter zur Anlegestelle. Dort war ein kleines Boot mit gelbem Rumpf vertäut. Es bestand fast nur aus dem Steuerhaus und schien von seinem vorherigen Eigner zum Hummerfischen benutzt worden zu sein – Nicol besaß zwar noch kein eigenes Boot, doch er wusste jede Menge über verschiedene Bootstypen, ihre Ausstattung und Verwendung. Für den Transport der Leiche war das kleine gelbe Boot ideal.

Er ging zum Van zurück und wartete dort. Vor dem Wohnhaus hatten die Schwestern einen Ziergarten angelegt mit Rosenbeeten, Staudengewächsen und dergleichen. Den kannte Nicol schon von früheren Besuchen. Es gab auch die obligatorische Palme. Der Ehrgeiz jedes Hausbesitzers auf den Hebriden bestand darin, eine Palme vor seinem Anwesen stehen zu haben. Der Einfluss des warmen Golfstroms sorgte dafür, dass die Pflanzen im Winter nicht eingingen.

In dem Garten befand sich auch ein Teich. Ein optimistischer Teich, eher ein Tümpel, wie Nicol feststellte. Ursprünglich sollten wohl Seerosen, Rohrkolben und Binsen darin gedeihen. Doch das Ding besaß keinen richtigen Zu- und Abfluss, im Grunde war es nur ein Wasserloch mit einem schleimigen grünen Film auf der unbewegten Oberfläche. Es sah aus wie ein Giftdepot.

Nicol hatte vor seinem Cottage keinen Garten und erst recht keinen Teich. Besser war das. Machte nur Arbeit, die ihn vom Bau seines Bootes abhielte.

Schließlich tauchte Val wieder auf.

»Keine Spur von Phyllis! Wo steckt sie bloß? Ich mache mir jetzt ernsthaft Sorgen.« Sie drehte sich einmal um die eigene Achse und hielt dabei angestrengt Ausschau. »Zwischen unserem Haus und deinem Cottage habe ich ja schon nachgesehen, auch an den Twin Beaches. Vielleicht sollten wir die Küste in der anderen Richtung absuchen.«

»Südlich von hier?« Zweifelnd betrachtete Nicol das zerklüftete Ufer. An einigen Stellen fiel die von Felsbrocken und dichtem Gehölz durchsetzte Böschung steil ab. »Das ist unwegsames Gelände, da kommt sie nicht durch.«

»Stimmt, wir gehen da auch nie entlang.«

In etwa einer Meile Entfernung lag der Creag Bhàn, Gighas höchste Erhebung mit gerade einmal hundert Metern, nicht direkt an der Küste, sondern im Inselinneren. Val deutete auf den Hügel. »Und wenn sie dort hochgestiegen ist?«

»Dann hätte sie einen schönen Ausblick. Gefährlich ist der Weg ja nicht unbedingt, unten ein bisschen matschig, auf dem Gipfel ein bisschen steinig.«

»Es sei denn, sie hätte sich einen Knöchel verstaucht oder etwas gebrochen.«

»Das kann leider immer passieren.«

Val überlegte. »Ich könnte mit dem Lieferwagen die Straße abfahren. Außerdem kenne ich einen Feldweg, der ganz nah am Creag Bhàn vorbeiführt.«

»Aber zuvor sollten wir McKechnie ausladen. Dem brummt bestimmt schon der Schädel von der Ruckelei.« Nicol wies auf die Schubkarre. »Schau, damit tun wir uns leichter.«

»Okay, dann würde ich sagen, dass wir unser Paket gleich zum Boot runterbringen. Dort kannst du in aller Ruhe das Segeltuch zunähen. Und vergiss nicht, noch ein paar große Steine zum Beschweren beizulegen.«

Er tippte sich mit zwei Fingern an die Schläfe. »Wird gemacht!«

»Was soll das?«, fragte sie und musterte ihn streng. »Sind wir hier beim Militär?«

»Kleiner Witz.«

»Manche Witze mag ich nicht, und das Militär kann ich schon gar nicht leiden. Aufgeplusterte, hirnlose Gockel sind das, allesamt! Warum dieser Scheiß?« Sie ahmte Nicols Zwei-Finger-Geste nach.

»Du kannst sehr bestimmend sein, da salutiert man fast von alleine.«

»Bestimmend?« Vals Augen verengten sich zu Schlitzen. »Du meinst ... dominant?«

»Ein bisschen.«

»Gebieterisch?«

»Nicht gebieterischer als ... Galadriel, die Herrin des Waldes.« Nicol wich auf Tolkien aus, das hatte schon einmal funktioniert, um Val zu besänftigen. »Galadriel war zwar gebieterisch, aber auch weise.«

Sie ließ nicht locker. »Vielleicht ... herrschsüchtig?«, sagte sie drohend. »Kommen wir der Sache jetzt näher?«

»So würde ich es nicht ausdrücken, aber ...«

»Mach endlich die verdammte Heckklappe auf!«, brüllte sie wie ein Feldwebel, der einen Rekruten auf dem Kasernenhof zusammenstaucht. »Das ist hier kein Picknick!«

»Zu Befehl«, beeilte sich Nicol zu versichern und bemerkte sogleich seinen erneuten Fehler. »Entschuldigung, ich wollte nicht ... ich weiß gar nicht, warum ...«

Unter Vals kritischen und zunehmend belustigten Blicken öffnete er die Heckklappe des Vans. McKechnie war ein wenig verrutscht. Während der holprigen Fahrt hatte sich sein linkes Bein aus dem Segeltuch befreit. Ein schwarzer Schuh ragte heraus.

»Ich hab dir doch gesagt, dass Einwickeln nicht reicht!«, sagte Val vorwurfsvoll. »Wenn man nicht alles selber macht.«

»Ist doch egal, wir müssen ihn nur in die Schubkarre befördern.«

Gemeinsam hantierten sie an McKechnies provisorischer Verpackung herum, wobei sie sich einander mehr in die Quere kamen als halfen, sodass jetzt beide Schuhe zu sehen waren.

»Störe ich?«, ertönte es hinter ihnen.

Nicol fuhr zusammen. Diese schrille Stimme kannte er.

Gleichzeitig drehten er und Val sich um. Wie angewurzelt blieben sie vor der geöffneten Ladefläche stehen.

Die nur allzu vertraute pinkfarbene Jacke wirkte auf Nicol wie eine Signalflagge nahenden Unheils. Er versuchte, McKechnie mit seinem Körper zu verdecken.

»Ist das hier die Gigha Pottery?«, fragte Pat.

»Um die Ecke«, erwiderte Val und meinte damit das Gebäude, in dem sich die Töpferei befand, bestehend aus dem Brennofen, der Werkstatt, dem Lager und einem hübsch hergerichteten Verkaufsraum für Laufkundschaft.

»Was machen *Sie* denn hier?«, fragte Pat Nicol, als sie ihn erkannte. Ihr Blick fiel auf die Schubkarre. »Wollen Sie hier auch ein Gemüsebeet anlegen?«

»Klar, ich hab 'nen grünen Daumen.«

»Sind Sie so eine Art Gärtner? So sehen Sie gar nicht aus.«

»Wie sehe ich denn aus?«

Val ging dazwischen. »Tut mir leid, die Töpferei hat zu.«

»Das kann nicht sein.« Pat zückte ihr Handy und wischte darauf herum. »Im Internet stehen die Öffnungszeiten.« Sie schaute hoch. »Durchgängig 9 bis 16 Uhr.«

»Wir haben geschlossen.«

»Dann müsste das aber hier stehen«, wandte Pat ein und deutete auf das Display.

»Glauben Sie mir oder Ihrem Handy?«

»9 bis 16 Uhr heißt es hier.«

»Nicht im Winter«, erklärte Val.

»Warum nicht im Winter?«

»Das rentiert sich nicht, weil da zu wenig Leute kommen.«

»Aber ich bin doch jetzt hier.«

»Und?«

»Sie könnten die Töpferei ja für mich aufmachen. Aus Gefälligkeit.« Pat klimperte mit ihren zu stark geschminkten Augen und lächelte wie eine Babymörderin in Einzelhaft. Diese Charmeoffensive hielt sie offenbar für ausreichend, um die beiden Hinterwäldler zu überzeugen, ihr eine Sonderbehandlung angedeihen zu lassen. »Ich würde gern alles sehen, Ihre Werkstatt und so weiter. Stellen Sie denn Ihren eigenen Ton her? Drüben auf dem Festland bei Oban gibt es eine Töpferei, die ihren eigenen Ton herstellt. Die befeuern ihren Ofen sogar mit Holz. Was benutzen Sie als Brennmaterial?«

»Keine Führungen, haben Sie verstanden? Kein offener Verkauf, kein gar nichts.« Val hatte wieder ihren Kommandoton angeschlagen. Sie baute sich vor Pat auf, zum einen, um sie einzuschüchtern, aber auch, damit die Sicht auf McKechnie versperrt blieb.

Val war deutlich größer als Pat. Doch nach dem demütigenden Vorfall mit Thin Lizzy am Palm Tree Beach würde sich Pat kein zweites Mal verscheuchen lassen, nicht heute, nicht jetzt. Das dämmerte Nicol, als er sah, wie Pat die Unterlippe langsam nach oben schob. Die Bulldogge in ihr erwachte – und die trug definitiv keine Schleifchen an den Ohren.

Nicol startete trotzdem einen Versuch. »Hören Sie, wir haben jede Menge zu tun ...«

»Was haben Sie denn zu tun?«, fragte Pat. »Verladen Sie gerade fertige Keramik? Dürfte ich einen Blick darauf werfen? Vielleicht ist etwas dabei, das mir gefällt. Eine Teekanne oder eine Kuchenplatte? Ich habe allerdings einen ausgesuchten Geschmack!«

Sie verlagerte ihr Gewicht auf die linke Seite, um an Val vorbeizuschauen, woraufhin sich Val kurzerhand umdrehte und die Heckklappe so schnell und heftig schloss, dass Nicol gerade noch zur Seite springen konnte.

»Schluss jetzt!« Val wandte sich wieder Pat zu. »Ich würde es Ihnen ja gern freundlicher sagen. Aber wenn Sie Ihren Arsch nicht pronto von meinem Hof schaffen, garantiere ich für gar nichts mehr! Und das war noch liebenswürdig ausgedrückt. Weil ich heute meinen liebenswürdigen Tag habe! Stimmt's, Nicol?«

»An Liebenswürdigkeit kaum zu überbieten«, assistierte Nicol.

Val wusste Nicols Loyalität zu belohnen. »Wie Galadriel, wenn sie gut drauf ist, oder?«

»Exakt!«

Pat stutzte, wich aber keinen Millimeter. Als wäre Vals Tirade an ihr abgeprallt wie der zehnjährige Nicol am Medizinball, damals im Sportunterricht. Anscheinend hatte sie beschlossen, es darauf ankommen zu lassen, und die Beleidigungen konnte sie locker wegstecken. Außerdem richtete sich ihre Aufmerksamkeit nun auf etwas Wichtigeres als Teekannen und Kuchenplatten. Sie schob ihr Bulldoggengesicht dicht vor Vals und wechselte das Thema: »Gehört Ihnen diese Killerkuh?«

»Was für eine Kuh?«

24

Pat deutete auf die nächste Erhebung im Norden. Val und Nicol drehten sich in die angegebene Richtung. Ein Hügelchen auf einer Halbinsel, nicht so hoch wie der Creag Bhàn und nur ein paar Hundert Meter entfernt, von einer dunklen Wolkenmasse überwölbt. Auf der Kuppe war die Silhouette eines Hochlandrinds zu erkennen.

Thin Lizzy, stolz und erhaben, gleich einem antiken Standbild. Und über die Maßen neugierig, wie Nicol und Val wussten, und so ziemlich jeder auf der Insel.

»Behalten Sie Ihre Keramik.« Pat kramte ihre Geldbörse hervor. »Wie viel soll ich Ihnen bezahlen, damit dieses Vieh zu Steaks und Würstchen verarbeitet wird? Sagen Sie es mir!«

»Die Kuh gehört gar nicht uns«, gab Val überrascht zurück. »Wir halten überhaupt kein Vieh.«

»Das hat Ihr Mann auch schon behauptet. Aber ich weiß nicht, ob ich das glauben soll.«

»Mein Mann?«, fragte Val. »Wer soll das sein?« Dann begriff sie, dass Nicol gemeint war. Und Nicol begriff es auch.

Nicol errötete, soweit das unter seiner wettergegerbten, ohnehin schon krebsroten Haut zu erkennen war. Und Val konnte sich ein Grinsen nicht verkneifen, das sie auf Nachfrage sofort als ironisch abgetan hätte. »Wir sind nur gute Freunde«, sagte sie.

»Vorhin haben Sie sich aber gestritten wie ein altes Ehepaar«, widersprach Pat.

»Ja, das tun wir manchmal. Hält die grauen Zellen in Schwung. Aber tut mir leid, wir sind nicht verheiratet.«

»Na ja, hätte ich mir denken können. Sie passen auch überhaupt nicht zusammen, allein schon wegen der Größe.« Pat winkte ab. »Zurück zu dem Hochlandrind. Es muss doch einen Besitzer haben. Bestimmt können Sie mir weiterhelfen.«

»Nein, ich fürchte nicht.« Val hütete sich, dieser Unruhestifterin, die sich immer mehr als biblische Plage entpuppte, zu erzählen, dass Thin Lizzy den McPhees gehörte, allerdings nur im weitesten Sinne, denn Lizzy war Selbstversorgerin und lief die meiste Zeit des Jahres frei herum, sie gehörte im Grunde niemandem.

»Hier kennt doch bestimmt jeder jeden«, beharrte Pat. »Muss ich erst alle Bauernhöfe abklappern, um eine vernünftige Auskunft zu erhalten? Oder soll ich mit dem Rechtsanwalt wiederkommen?«

Jetzt reichte es Val. Anscheinend kannte die Impertinenz dieser Frau keine Grenzen. Mit einem knappen »Verpiss dich, sonst mach ich dir Beine!« war es nicht getan. Sie musste sich etwas Einprägsameres und vor allem Endgültigeres einfallen lassen. Das konnte auch gern fies sein. Etwas mit der Farbe Pink und mit Pavianen vielleicht. Tiervergleiche waren allgemein verständlich, auch in England, woher die Frau zu stammen schien. Val hatte nichts gegen Engländer. Solange sie ihr nicht sagten, was sie zu tun oder zu lassen hatte, und obendrein mit dem Anwalt drohten.

Nicol sagte nichts und wartete auf den Ausbruch des Vulkans, welcher die freien Länder von Mittelerde unter einer Ascheschicht begraben würde. Eine Eruption des Feuer speienden Schicksalsbergs stand bevor.

Doch während Val noch überlegte, klingelte Pats Handy. Die ging sofort ran. Beim Reden entfernte sie sich ein paar Schritte.

»Na endlich meldest du dich! Genug geturtelt mit der Anhalterin? Ich habe euch genau beobachtet! Du stehst auf sie, stimmt's? Sülzt sie zu mit deinem Geschichtskram. Warum hat das so lang gedauert, ihr diesen verfluchten Stein zu zeigen? Wo seid ihr danach hin? Hast du meine WhatsApp gelesen, dass ich zur Töpferei gegangen bin? Dann komm gefälligst mit dem Wagen hierher, worauf wartest du? Und wage bloß nicht zu behaupten, der Empfang sei schlecht. Ich habe drei Striche und höre dich klar und deutlich.«

Ihr Gesprächspartner hatte kaum Gelegenheit, zu Wort zu kommen. Schließlich aber doch, als Pat Luft holen musste und dadurch gezwungen war, kurz zuzuhören.

Plötzlich starrte sie wie versteinert ins Leere.

»Das Auto ist weg?«

Stille, durchbrochen von böigem Wind.

»Geklaut? Was heißt geklaut?«

Pats Verblüffung wurde von Verärgerung abgelöst.

»Diese Bitch!«, fuhr sie fort. »Ich habe mir gleich gedacht, dass mit der etwas nicht stimmt. Hat nur dummes Zeug geredet.«

Die Verärgerung steigerte sich.

»Wie bitte? Du nimmst sie auch noch in Schutz? Psychisch instabil? Sie braucht Hilfe? Ich glaub's ja nicht! Wenn hier jemand Hilfe braucht, dann bist du das. Du fällst wirklich auf jede noch so bescheuerte Tour rein.«

Val, die das Telefongespräch erst gelangweilt und dann ein wenig schadenfroh verfolgt hatte, wurde hellhörig. Mit einer Winkbewegung machte sie auf sich aufmerksam. »Sie haben vorhin eine Anhalterin mitgenommen?«, versuchte sie es.

Doch Pat wedelte abwehrend mit der Hand, sie wollte nicht gestört werden. »Und was machen wir jetzt?«, plärrte sie. »Hallo? Hallo??? Bist du noch dran?«

Sie probierte es noch ein paarmal, jedoch ohne Erfolg. Offenbar war sie aus der Leitung geflogen. Entnervt und fuchsteufelswild stopfte sie ihr Handy in die Jacke. »Dieser Vollidiot, dieser gutmütige Trottel! Ich hab noch gesagt, lass sie am Straßenrand stehen, das bringt nur Ärger. Wenn er nur einmal auf mich hören würde! Aber nein … Das hat er nun von seiner sozialen Ader.«

Fluchend ging sie auf und ab und machte ihrem Unmut Luft. Schließlich bemerkte sie Vals und Nicols fragende Blicke. »Was ist eigentlich los mit Ihnen auf dieser Insel?«, fuhr sie die beiden an. »Man wird hier ignoriert, beleidigt, fast totgetrampelt, belogen und jetzt auch noch bestohlen.«

Val blieb ganz ruhig. »Hat die Anhalterin auch einen Namen?«, wollte sie wissen. »Wie sah sie aus?«

Pat überlegte kurz. »So ähnlich wie Sie – jetzt, wo Sie fragen. Ein bisschen kleiner. Attraktiver. Deshalb ist Bob ihr wohl auf den Leim gegangen. Er ist so durchschaubar! Wie hieß sie noch gleich? Philippa? Nein, klang aber so ähnlich.«

»Phyllis?«

»Genau! Phyllis.«

»Das ist meine Schwester!«, freute sich Val.

25

Es war nicht schön, aber unterhaltsam, was sich an diesem bedeckten, immer kälter werdenden Februartag vor der Gigha Pottery abspielte. Pat gegen Val, ein verbaler Schlagabtausch der Extraklasse, dachte Nicol, der sich auf der Stoßstange des Lieferwagens niedergelassen hatte und die Auseinandersetzung quasi aus der ersten Reihe verfolgte.

Zuerst führte Pat allerlei juristische Geschütze ins Feld, Diebstahl unter Vorspiegelung falscher Tatsachen und dergleichen mehr. Val konterte mit der krankheitsbedingten verminderten Schuldfähigkeit ihrer Schwester, die sich mittels eines ärztlichen Gutachtens jederzeit belegen ließe. Dabei erfuhr Nicol, dass sich Phyllis gelegentlich fremde Autos unter den Nagel riss, wenn sie in einem ihrer Zustände gefangen war. Das kam ziemlich selten vor, aber es kam vor. Die Bewohner von Gigha seien seit Jahren daran gewöhnt, meinte Val. Aha, eine Wiederholungstäterin, giftete Pat zurück, vor Gericht käme sie das teuer zu stehen.

Aber das war nur Vorgeplänkel. Spannender wurde es, als beide Frauen die sachliche Ebene von Recht und Gesetz verließen und in einen Wettbewerb der fantasievollsten Schimpfworte eintraten. Mit Analogien aus der Nutztiermast und Hütehaltung fing es an, angereichert mit Fäkalien, man befand sich schließlich auf dem Lande. Hier war Val im Vorteil. Mit »schlecht geschissener Schafsköttel« konnte sie einen ersten Rundensieg verzeichnen.

Daraufhin wechselte Pat zu urbanerem Vokabular und brachte verschiedene Begriffe für Dienstleisterinnen aus dem Gunstgewerbe in die Debatte ein. Da machten sich wohl langjährige Vorbehalte gegen diesen Beruf bemerkbar. Was derbe Umschreibungen der weiblichen Anatomie betraf, schenkten sich die beiden nichts. Längst war nicht mehr jugendfrei, was hier zur Sprache kam. Alles in allem waren so viele »Schlampen«, »Schlunzen« und »Miststücke« an der Westküste von Gigha lange nicht mehr vernommen worden, weder von Clansman oder Wikinger noch von Kuh, Robbe oder Sandpfeifer.

Unentschieden, notierte Nicol im Geiste und kam sich ein bisschen wie ein Voyeur vor. Aber er hatte auch das Gefühl, dass sie ihren Spaß daran hatten und das Ganze als sportliche Herausforderung ansahen.

Noch gingen sich Val und Pat nicht an die Wäsche. Doch es war nur eine Frage der Zeit, bis eine von beiden handgreiflich werden würde. Nur ein paar Schritte neben ihnen lag der toxische Tümpel. Musste der Gedanke nicht verlockend sein, die Gegnerin in diese Kloake ohne Wiederkehr zu stoßen? Jeder Seevogel, der etwas auf sich hielt, schien den Tümpel für Zielübungen zu benutzen. Wer da hineinfiel, kam ohne fremde Hilfe – und schwere Verätzungen – nicht mehr heraus.

Wer durfte heute noch ein Bad darin nehmen? Pat

oder Val? Ehrlich gesagt, wusste Nicol nicht, auf wen er sein Geld wetten würde.

Natürlich favorisierte er Val. Sie war Pat körperlich überlegen, das stand außer Frage. Aufgrund ihrer Größe, ihrer von der täglichen Arbeit gestählten Muskeln und einer grundsätzlichen Robustheit hätte Val unter normalen Umständen so ein zeterndes Kleinformat wie Pat ungespitzt in den Boden gerammt. Doch Pat, bodennäher, nickeliger und verschlagen wie ein alter Gangsterboss, besaß ja diese Bulldoggenentschlossenheit. Im Infight hätte sie bestimmt ein paar Gemeinheiten drauf, mit denen Val nicht rechnete. Es kam nicht immer auf die Körpermaße an. Der Badass-Faktor war entscheidend.

Zwischendurch traf Pats Mann Bob ein. Er gesellte sich zu Nicol und leistete ihm auf der Stoßstange Gesellschaft. Die beiden sahen aus, als würden sie an einem Sonntagnachmittag ein Kricketmatch im Park verfolgen und den Spielern eine Weile bei dieser zivilisierten Art der Kriegsführung zusehen. Eigentlich fehlten nur noch Tee und Kekse.

Irgendwann bemerkte Pat, dass Bob sich unter den Anwesenden befand. Sie stieß noch eine letzte Beleidigung aus, »Zwergenmatratze« nämlich, was auf Nicol gemünzt war und sich vergleichsweise kläglich ausnahm. Aber ihr gingen langsam die Kraftausdrücke aus, sie brauchte ein Time-out.

»Das hat ja eine Ewigkeit gedauert!«, beschwerte sie sich bei ihrem Mann.

»Darf ich einen Vorschlag machen?«, fragte Bob.

»Einen Vorschlag?«

»Schießen Sie los!«, forderte Val ihn auf, obwohl sie noch voll in Schwung war.

»Zunächst beruhigen wir uns alle wieder.« Mit schlichtend ausgebreiteten Armen erhob er sich und stellte sich wie ein Schiedsrichter zwischen die beiden Frauen. »Wir haben einander die Meinung gesagt und Dampf abgelassen. Muss auch mal sein. Aber jetzt brauchen wir eine Lösung.«

»Und die wäre?«, wollte Nicol wissen.

»Weit kann Phyllis mit dem Wagen nicht gekommen sein. Sie wollte zum Pub, hat sie gesagt. Da gibt es ja keine große Auswahl auf Gigha.«

Zustimmendes Nicken. Bob schien aus dem Streitgespräch zwischen Pat und Val allerlei Schlüsse gezogen zu haben, er fuhr fort: »Wie wäre es, wenn Sie Pat und mich einfach zum Hotel brächten? Wenn wir den Wagen dort unbeschädigt vorfinden, ist alles gut, vergeben und vergessen.«

Bevor Pat protestieren konnte, wandte sich Bob Val zu. »Phyllis hat ein Problem mit der Zeit, nicht wahr? Aus irgendeinem Grund ist sie in die Vergangenheit ›gefallen‹, in eine andere Welt, ein bisschen wie Alice im Wunderland. Sie hält sich für eine junge Frau, die auf dem Weg zu ihrem neuen Freund ist, zu Jim, einem Schauspieler. Sie kann sich genau an ihn erinnern. Auch an eine Fahrt ihrer Eltern mit der Zeebrugge-Fähre.«

»Hat sie Ihnen das erzählt?« Val war baff.

»Ja, hat sie. Das muss vor 30 Jahren gewesen sein. Aber für Phyllis passiert das alles jetzt, in diesem Moment. Und sie lässt sich nicht davon abbringen. Als ich versucht habe, sie vorsichtig zu korrigieren und mit der Wahrheit zu konfrontieren, ging sie sofort auf Distanz. Weglaufreflex. Ich glaube, deshalb ist sie auch mit unserem Mietwagen davongefahren, als sie sah, dass Pat nicht mehr drin saß. Sie wollte möglichst schnell zu ihrem Jim, um jeden Preis.«

»Das ergibt Sinn«, sagte Val. »Sie müssen wissen, gestern hat sie Jim wiedergesehen, nach 30 Jahren. Seither ist sie völlig neben der Spur.«

»Könnte der Auslöser gewesen sein«, kommentierte Bob. »Ich habe mit einem Freund telefoniert, er ist Psychologieprofessor in Cambridge. Möglicherweise leidet Ihre Schwester unter dem hyperthymestischen Syndrom. Einem absoluten Gedächtnis. Das beschert ihr diese Rückschauen. Diese Loops.«

Val konnte es nicht fassen. Da kam dieser Bob daher, redete mal kurz mit ihrer Schwester, beriet sich mit seinem Psychokumpel in England und traf sofort den Nagel auf den Kopf. Beeindruckend, das musste sie ihm lassen.

»Ja, das hyperthymestische Syndrom ist uns geläufig«, antwortete sie. »Mir selbst übrigens auch, aus eigener Erfahrung. Bislang haben wir uns ganz gut damit arrangiert. Aber heute Morgen hat es sich bei Phyllis verschlimmert, sie war gar nicht mehr ansprechbar. Deshalb bin ich wirklich froh, dass sie sich mit Ihnen einigermaßen normal unterhalten hat.«

»Abgesehen davon, dass sie glaubt, im Jahr 1987 zu leben«, sagte Bob. »Aber das gibt sich schon wieder.

Als Begründung für die Sache mit dem Auto reicht es mir jedenfalls, ich möchte keine Staatsaffäre daraus machen.«

»Du vielleicht nicht …«, warf Pat ein. »Bist du jetzt auch noch ein Seelenklempner?«

»Wie auch immer …« Er klatschte in die Hände. »Wir müssen los. Die letzte Fähre zum Festland geht um 15.30 Uhr, die haben wir gestern noch telefonisch gebucht.« Er schaute auf seine Armbanduhr. »Jetzt ist es kurz vor zwei. Wenn wir gleich losfahren, können wir das ohne Probleme schaffen.« Um weitere Einwände seiner Frau im Keim zu ersticken, setzte er hinzu: »Oder wollen wir eine Nacht auf Gigha verbringen? Im Hotel ist bestimmt noch ein Zimmer frei.«

»Bist du völlig Banane? Auf dieser Insel bleibe ich keine Sekunde länger als unbedingt nötig.«

»Dann wäre das ja geklärt«, stellte Bob befriedigt fest und bewegte sich Richtung Lieferwagen.

Val und Nicol, der immer noch auf der Stoßstange saß, rührten sich nicht von der Stelle. Sie tauschten Blicke. Nach wie vor hielt McKechnie auf der Ladefläche seinen ewigen Schlummer, daran hatte sich nichts geändert.

»Können wir fahren?«, fragte Bob.

»Na ja … ganz so einfach ist es nicht«, begann Val. »Wir müssen erst noch ausladen. In dem Van ist nicht genug Platz für uns alle.«

»Ah, deswegen die Schubkarre!«, sagte Bob. »Gut, dann laden Sie aus. Ich helfe Ihnen, wenn Sie möchten.«

»Danke, aber wir kommen schon zurecht. Am besten, ich fahre noch ein Stück weiter direkt neben die Töpferei.« Val wies auf die Einfahrt. Sie führte an dem Wohnhaus vorbei und endete neben dem Gebäude, an dem ein kunstvoll gestaltetes Schild mit der Aufschrift »Gigha Pottery« prangte. Dahinter fiel das Gelände steil zum Port Bàn ab, wo das Boot wartete, das McKechnie seinem letzten Bestimmungsort zutragen sollte, der offenen See.

»Gute Idee.« Nicol schnappte sich die Schubkarre, während Val in den Van stieg. »Warten Sie kurz hier«, sagte er zu Bob. »Das dauert nur ein paar Minuten.«

Der Plan war improvisiert, aber gut. Bob und Pat zuckten synchron mit den Schultern und blieben stehen, wo sie waren. Sie sahen Val dabei zu, wie sie den Lieferwagen neben der Töpferei zum Stehen brachte und rückwärts in den Weg zwischen den beiden Gebäuden hineinstieß. Dadurch würde im Verborgenen bleiben, was sie dort gleich anstellen wollten: die Leiche ausladen und sie zur Zwischenlagerung in die Töpferei bringen.

In bester Totengräbermanier positionierte Nicol die Schubkarre vor der Heckklappe. Val machte den Motor aus.

Doch manchmal kam Hilfe von oben. Auch wenn man sie gar nicht mehr brauchte.

26

Lizzy hatte mehr als genug Zeit gehabt, um gemächlich von der Anhöhe herunterzutraben. Nach und nach verkürzte sie die Distanz zur Gigha Pottery und nahm schließlich Geschwindigkeit auf. Sie hatte ein Ziel.

Kühe mussten ein Ziel haben, auch Hochlandrinder. Was war das Leben schon ohne einen klar definierten Punkt, den zu erreichen man sich vornahm, besser früher als später? Sogar Menschen hatten Ziele. Ziele, Mehrzahl. Am Ende erreichten sie kein einziges davon, weil sie sich immer zu viel gleichzeitig vornahmen. Sie verzettelten sich, irrten ab, vergaßen, was sie einst angetrieben hatte und wohin sie, nur ganz grob, eigentlich wollten. Das kannte Lizzy von Nicol und dem Zinnober, den er um den Bau seines geheiligten Bootes veranstaltete.

Sie hatte derzeit nur ein Ziel. Schritt für Schritt frästen sich ihre Klauen durch die struppige Heide und hinterließen eine Schneise der Verwüstung. Aber dafür konnte sie nichts. Was sollte sie denn machen? Über der Erde schweben wie ein Engelchen? Abnehmen? Sie fühlte sich im Einklang mit ihrem Körpergewicht und stand zu ihrem Bäuchlein, das unter ihr hin- und herschwang wie die Glocke einer Kathedrale.

Okay, es war kein Bäuchlein, sondern ein Bauch, prall

gefüllt mit saftigem Gras und ein paar Zufallsfeldmäusen. Vegane Ernährung – das sagte sich so leicht. Beim Fressen konnte man nicht auf alles achten.

Die pinkfarbene Jacke fungierte als optischer Marker. Nicht zu verfehlen.

Wie Lizzy es liebte, ihren Körper in Bewegung zu spüren. Wenn er einmal in Schwung war und den toten Punkt überwunden hatte, das Trägheitsmoment, konnte sich ihr nichts entgegenstellen. Stampfende Läufe, bebende Nüstern und so ein Speichelfaden am Maul, der hinter ihr herwehte wie eine Girlande tollwütigen Wahnsinns. Lizzy in voller Fahrt: das Hochlandrind der Apokalypse.

Nach der Annäherungsphase stellte sie Sichtkontakt her. Die Frau in Pink befand sich genau im Fadenkreuz und kehrte Lizzy den Rücken zu. Ihr Macker stand einen Meter daneben und beobachtete Val, die im Wagen saß. Nicol verdrückte sich gerade zwischen die Töpferei und das Haus der Zwillinge.

Gut so! Nicol. Streichler, Umarmer, Schulterklopfer. Fellverstrubbler! Ponyverwuscheler! Bei einem Vortrag in der Village Hall hatte sie erfahren, dass in Schottland jetzt auch gleichgeschlechtliche Ehen zugelassen waren. Lang würde es nicht mehr dauern, bis auch Partnerschaften zwischen unterschiedlichen Spezies anerkannt würden, im Grunde eine Selbstverständlichkeit, da war sie sich sicher.

Heute hatte sich ihre Beziehung zu Nicol fundamental verändert. Das war Lizzy in der vergangenen Stunde erst richtig bewusst geworden. Im Dahintrotten klärte sich ihr Geist und erfasste die größeren Zusammenhänge, so ähnlich wie bei den griechischen Philosophen. Zuerst hatte sie sich dagegen gesträubt, wie sie es meistens tat bei Veränderungen. Aber dann hatte sie beschlossen, nicht mehr dagegen anzukämpfen.

Nicol war ihr immer wie ein einfältiger Waldschrat vorgekommen, ein Wirrkopf, der sich nicht wirklich für Hochlandrinder interessierte, für ihre Bedürfnisse, Ansprüche und geheimsten Wünsche. Doch da hatte sie wohl gründlich danebengelegen. Warum hatte sie seine wahren Qualitäten nicht früher erkannt?

Seit der Begegnung am Palm Tree Beach war sie verknallt in ihn, man konnte es nicht anders sagen. Und da sie eine Kuh war, die keine halben Sachen machte, würde sie mit Nicol irgendwann, vielleicht schon bald, eine engere Bindung eingehen. Er wusste es bloß noch nicht. Seine Pheromone aber schon.

Das mit Val schienen nur Flausen zu sein, Hirngespinste eines Junggesellen nach einer langen Phase der Enthaltsamkeit. Val war nett, schon klar, ein guter Kumpel. Manchmal, wenn Lizzy der Töpferei einen Besuch abstattete, gab Val ihr einen Apfel oder eine Möhre. Aber sie würde nie etwas Ernsthaftes mit jemand anderem anfangen, egal ob Mann, Frau oder sonst wem, höchstens wenn Phyllis versorgt oder in dem Arrangement irgendwie eingeschlossen wäre. Nein, dachte Lizzy, von Val ging wohl keine Gefahr aus. Sie beobachtete ein ganz neues Gefühl an sich: Eifersucht.

Egal, nichts durfte jetzt ihre Gedanken trüben. Sie machte einen Ginsterstrauch platt. Es war, als würde sie nur ein Büschel Grashalme zertreten. Sie senkte die Hörner und legte das letzte Stück mit maximalem Schub zurück, schaffte es, noch ein paar zusätzliche Stundenkilometer aus ihren Hinterläufen herauszuholen. Sie wurde zum Geschoss, einer kleinwagengroßen Flokati-Granate kurz vor dem Einschlag. Von niemandem bemerkt. Noch.

Lizzy pflügte durch den Ziergarten und nahm im letzten Moment Geschwindigkeit raus, sie wollte ja niemanden umbringen oder für ein Jahr ins Krankenhaus schicken. Sie erwischte das Pinke genau an der Stelle, die sie anvisiert hatte: weiche, federnde Aufprallzone, perfekt.

Die Flugbahn des Zielobjekts war kurvenförmig, steil ansteigend am Anfang, kurz auf dem Scheitelpunkt verharrend und dann wieder jäh abfallend.

Am Ende dieser Parabel lag der Tümpel.

Das Pinke landete ziemlich genau in der Mitte. Es gab ein schmatzendes Geräusch.

Lizzy drehte ab und stampfte die Einfahrt hinunter. Nach ein paar Kuhlängen drehte sie sich schwer schnaufend um, damit sie das Ergebnis ihrer erfolgreich durchgeführten Unternehmung bestaunen konnte.

Das Pinke war nicht mehr pink, sondern schlammungeheuerfarben. Ganz langsam erhob es sich, bedeckt von einem öligen Schleimfilm. Es sank ein wenig ein, der Boden des Tümpels schien nachzugeben. Mühsam richtete es sich wieder auf. Dann spuckte es grüne Soße und sprach:

»Ich möchte diese Kuh tot sehen.«

27

Pat duschte. Die Laute, die dabei aus dem Badezimmer drangen, waren nicht mehr menschlich zu nennen. Schon auf dem Weg ins Wohnhaus der Zwillinge, auf dem sie eine übel riechende, schlammige Spur der Schmach hinterließ, war sie einsilbig geworden. An die Stelle ihrer sonst so ausgeprägten Mitteilsamkeit trat ein finsteres Schweigen, unterbrochen von unartikulierten Wutausbrüchen.

Währenddessen machte Val Tee und unterhielt sich mit Bob. Pat konnte ausrangierte Kleidung von Phyllis anziehen, bis sie wieder an ihren Koffer im Leihwagen herankam, das sei überhaupt kein Problem. Die Sachen, weite Cargopants, ein Sweater und Kunststoffclogs, passten Pat sogar einigermaßen. Es war nichts Pinkes dabei. Niemand auf Gigha trug Pink. Es war allgemein bekannt, dass die Farbe auf Lizzy wie ein rotes Tuch wirkte und ihr Blut in ungute Wallungen versetzte.

Bob schien nicht sonderlich besorgt zu sein über Pats Befinden. Vielmehr entschuldigte er sich für die Umstände, die seine Frau verursachte. Ihm war wohl auch der Wortwechsel, der Lizzys zweitem Anschlag vorangegangen war, peinlich. Er murmelte etwas von Karma, kleinen und großen Sünden, die sofort bestraft würden. Wer wollte dem Schicksal in Gestalt eines Hochlandrinds im Wege stehen?

Nicol war es gelungen, McKechnie aus dem Van zu hieven und mit der Schubkarre in die Töpferei zu bugsieren. Auf einer langen Werkbank nähte er die Leiche in das Segeltuch ein. Das Fußende ließ er offen, um später Steine vom Strand hinzuzufügen. Es war eine mühselige Arbeit, die ihn voll und ganz in Anspruch nahm.

Dabei ließ es sich nicht vermeiden, dass er etwas von dem Toten zu sehen bekam, worauf er lieber verzichtet hätte. Er achtete zwar darauf, dass die Leiche nach Möglichkeit bedeckt blieb, doch als er sie umdrehte, verrutschte das Tuch und mit ihm auch der Kilt.

Ein bleicher, lebloser Hintern wurde sichtbar. Jede Menge Haut. Nicol wollte den Blick gleich wieder abwenden. Es gelang ihm nicht, denn auf dem Hintern befand sich eine Tätowierung. Ein Schriftzug in grobschlächtigen, dunkelblauen Lettern. Dort stand, quer über beide Arschbacken:

Its / shite
be / ing
Scot / tish!

Rasch schlug Nicol wieder das Tuch darüber. Er hatte genug gesehen, fand er, auf detailliertere Einsichten verzichtete er dankend. Aber er wunderte sich nicht schlecht. »It's shite being Scottish« – es ist Scheiße, schottisch zu sein – passte so gar nicht zu Jim McKechnie, diesem hundertzehnprozentigen Schotten, der sich mit Leib und Seele für die Unabhängigkeit des Landes einsetzte. Warum trug er so ein Tattoo? Hatte ihm jemand einen bösen Streich gespielt, nachdem er dem Whisky zu stark zugesprochen hatte?

Irgendwie kam Nicol der Spruch bekannt vor. Dann fiel es ihm ein. Er stammte aus dem Film »Trainspotting«, einem für Schottland eigentlich wenig schmeichelhaften und zugleich sehr amüsanten Streifen. Da gab es eine Szene, in der die Hauptfigur ausführlich darlegte, warum es beschissen sei, ein Schotte zu sein. McKechnie hatte dabei jedoch nicht mitgewirkt.

Egal, Schauspieler hatten manchmal seltsame Launen. Es war nicht Nicols Job, Sprüche auf irgendwelchen Leichenärschen zu interpretieren und daraus Schlüsse zu ziehen. Er setzte seine Näharbeit fort und überlegte stattdessen, ob er sich nicht selbst mal ein Tattoo stechen lassen sollte. Echte Seefahrer hatten Tattoos, und bald, wenn sein Boot fertig war, würde er der uralten Gemeinschaft der Wasser- und Meeresmänner angehören. Vielleicht könnte der Name seines Bootes, das er *Meteor* taufen wollte, auf seiner Brust stehen? Oder der Name seiner Liebsten. Wenn er denn eine hätte.

Na ja, mit Val lief es heute erstaunlich gut. Sie waren ein perfektes Team, ergänzten sich hervorragend – etwa bei der Beseitigung der Leiche, das schweißte zusammen. Irgendwie sah er sie mit neuen Augen. Val besaß eine starke Persönlichkeit und ließ sich von niemandem etwas vorschreiben, klar. Und sie mochte es, wenn Nicol sich unterwürfig zeigte, auf eine ironische Art natürlich. Das hatte er aus ihrem letzten Gespräch gelernt, bevor Pat eingetroffen war.

Dominante Frauen jagten den meisten Männern Angst ein. Im Grunde bildete Nicol da keine Ausnahme. Aber Val war eine Ausnahme, absolut. Sie frotzelte herum, gab sich spröde, machte ihre Witze – man konnte es auch »flirten« nennen. Sie schien ehrlich besorgt um ihn zu sein und fand ihn zumindest ... vertrauenswürdig.

Das war schon eine ganze Menge.

Die Vorstellung, dass es jemanden gab, der ihm sagte, wo es im Leben langging, begann Nicol zu gefallen. Nicht dauernd eigene Entscheidungen treffen zu müssen, sondern einfach eine Partnerin bestimmen zu lassen und ihren Anweisungen Folge zu leisten, war in gewisser Weise erleichternd. Wie viele Jahrzehnte war er jetzt schon allein? Vielleicht nahte die Zeit, die Führung abzugeben. Solange Val ihm seine Marotten weiterhin erlaubte – den Bau der *Meteor,* barfuß zu gehen, Tolkien-Talk –, wäre das völlig okay. Außerdem bestand Vals Name aus nur drei Buchstaben. Die passten als Tattoo sogar problemlos auf den Oberarm.

Er blickte von seiner Arbeit auf. Lizzy sah ihm durchs geschlossene Fenster zu. Sie schien es hochinteressant zu finden, wie er da mit der dicken gebogenen Nadel und dem Katgut hantierte. Ihr Blick war ein wenig verhangen, fand er. Wahrscheinlich der Sauerstoffarmut im Gehirn geschuldet nach der schweren körperlichen

Anstrengung. Als er eine Pause einlegte, Nadel und Faden beiseitelegte und seine Handflächen massierte, öffnete er das Fenster.

Lizzy versuchte sofort, den Kopf hereinzustrecken, blieb aber mit den Hörnern hängen.

Er setzte sich halb auf den Fensterrahmen, beugte sich vor und kraulte sie unter dem mächtigen Kiefer. »Ist schon gut. Du bist nun mal keine Indoor-Kuh. Hier stehen alle möglichen zerbrechlichen Sachen herum. Du könntest dich hier gar nicht richtig bewegen.«

Sie schnaubte leise und sonderte Sabber ab.

»Das war 'ne reife Leistung, mein Zuckerstück! Hätten nicht viele geschafft, die Strecke in so kurzer Zeit zurückzulegen. Aber du bist drangeblieben, unbeirrbar. Du bist eine Marathon-Kuh, weißt du das? Ein verdammtes Langstreckenwunder!« Er fasste sie an den Hörnern und gab ihr einen dicken Schmatz von oben aufs weiche Maul. Irgendwie konnte er nicht anders, eine Welle der Zuneigung überkam ihn. Früher hatte er mal einen Labrador gehabt, der hatte auch auf solche Schmusenummern gestanden.

Lizzy gab eine Art Stöhnen von sich. Es kam von ganz unten aus ihren Mägen und was sonst noch drin war in diesem Wuchtrind. Sie schwankte, als würde sie gleich umkippen. Der Sabber floss in Strömen, Nicol bekam jede Menge davon ab.

»Leider hab ich nicht gesehen, wie du Pat erwischt hast. Das muss ein Anblick für die Götter gewesen sein! Aber das Resultat hab ich gesehen. Oh Mann, der

Schrecken der schwarzen Lagune war nichts dagegen! Pat war so was von angeschmiert. Ich meine, wenn es jemandem recht geschah, dann ihr, oder?«

Lizzy muhte zustimmend. Dann machte sie etwas, was Nicol zunächst ein bisschen Angst einjagte. Sie fuhr ihre Zunge aus.

Er trug wie immer seine abgewetzte alte Wachsjacke, dunkelblau, in der unbeheizten Werkstatt hatte er sie anbehalten. Und diese Jacke, die noch nie gereinigt worden war und den Schmutz und Schweiß von Jahren, wenn nicht Jahrzehnten aufgenommen hatte, die zuverlässig Wind und Wetter abhielt und ihm zu einer treuen Begleiterin geworden war, schien es Lizzy angetan zu haben. Ihre Zunge war unglaublich lang, außerdem rau wie ein Reibeisen. Damit bearbeitete sie Nicol, als wollte sie ihn mit Haut und Haaren verschlingen. Inklusive Jacke.

»Nicht so stürmisch!« Er lachte. »Was ist in dich gefahren?«

Sie machte unbeirrt weiter.

»Ist das ein Date oder so? Und gleich mit Zunge? Du gehst aber ganz schön ran beim ersten Mal! Okay, eigentlich ist es das zweite.«

Lizzys Zunge näherte sich seinem Gesicht. Damit war leider nicht zu spaßen.

»Willst du mir eine Rasur verpassen?« Sanft schob er ihren gigantischen Kopf beiseite. »Ich mag dich auch. Sehr sogar. Aber jetzt ist wieder gut.«

Sie fuhr die Zunge wieder ein und schenkte ihm dafür einen langen Blick. Nicol wusste ihn nicht recht zu deuten. Es war ein feuchter Blick, seelenvoll, wie bei jemandem, den die Rührung übermannte.

Lizzy war schon so eine Marke! Er drückte zum Abschied seinen Kopf in ihr Fell und sprang von dem Fensterrahmen herunter. »Ich habe noch ein Stück Arbeit vor mir, McKechnie näht sich nicht von alleine ein. Und du solltest langsam von hier verschwinden. Pat duscht gerade und rückt ihr Krönchen zurecht. Wenn sie damit fertig ist, solltest du ihr besser nicht über den Weg laufen.«

Als ob die Kuh verstanden hätte, was Nicol ihr mitzuteilen versuchte, sabberte und stöhnte sie noch einmal. Dann trottete sie von dannen.

Nicht ganz von dannen.

Vor dem Badezimmerfenster des Wohnhauses, das nach hinten zur Töpferei hinausging, blieb Lizzy stehen.

Nicol beobachtete sie. Er hatte einen Verdacht.

Der sich schon nach kurzer Zeit bestätigte.

Pats raumgreifender Körper erschien im Fenster des Badezimmers. Sie kam gerade aus der Nasszelle der Dusche und frottierte sich mit einem Handtuch die Haare. Lizzy war in Position und rührte sich nicht von der Stelle. Dann, genau in dem Augenblick, in dem Pat mit ihren Haaren fertig war, das Handtuch vom Gesicht nahm und mit Brust und Armen weitermachen wollte, muhte Lizzy.

Es war kein normales Muhen, wie man es auf der Weide vernahm. Kein Muhen gegenseitiger Verständigung, kein Selbstgesprächsmuhen und auch kein fragendes Hallo-wer-da?-Muhen. Lizzy muhte wie ein lebendes, Hochlandrind gewordenes Nebelhorn.

Die Scheiben vibrierten, die Wände erzitterten. Irgendwie schien sogar die Erde zu beben. Ein Naturereignis, wie es die Insel selten sah und vor allem hörte.

Pat presste das Handtuch an ihren Körper. Ihr Mund öffnete sich zu einem lautlosen Schrei. Ihre Augen waren so sehr geweitet, dass sie Nicol noch in seine allersüßesten Träume verfolgen würden. »Psycho« in der Gigha-Version.

Er war kein Sadist. Mitleid hatte er jedoch auch keines.

Was war schon dabei, einen Schreck eingejagt zu bekommen?

Denn genau das passierte, wenn man sich mit Thin Lizzy anlegte.

28

Phyllis stellte den Wagen auf dem Parkplatz vor dem Gigha Hotel neben einem Postauto ab. Sie drückte den Start/Stop-Knopf, der Motor ging aus. Dann sprang sie heraus und fragte den erstbesten Typen nach dem nächsten Pub, einen Kerl mit Dreadlocks und an den Seiten kahl rasiertem Kopf.

»Zum nächsten Pub? Machst du Witze, Phyllis?«

»Häh? Sind wir uns schon mal begegnet?«

»Das ein oder andere Mal.«

Er lehnte an einer Mauer und rauchte. Trotz der kühlen Temperaturen trug er nur ein durchlöchertes T-Shirt, dazu einen Kilt und uralte Wanderstiefel. Das sah aus wie eine Mischung aus Schottenpunk und Rasta-Man. Hatte Stil, fand Phyllis.

»Was ist jetzt mit dem Pub? Soll ich die Auskunft anrufen oder was?«

Der Rauch seiner selbst gedrehten Zigarette roch stark nach Joint. Etwas verschämt ließ er sie verschwinden und sagte: »Den Weg kennst du doch.« Dann ein wissendes Nicken. Verständnisvoll. Und ein wenig bedauernd. »Ist es mal wieder so weit? Na, egal.« Er deutete zum Hoteleingang. »An der Rezeption vorbei und dann links. Meine Schicht ist zu Ende.«

»Danke.« Phyllis setzte sich in Bewegung.

»Schickes Auto«, rief er ihr hinterher.

»Kannst es von mir aus haben«, sagte sie.

»Echt? Ist das deins?«

»Nö.«

Sie durchquerte das Hotel, ging an dem unbesetzten Empfangstresen vorbei, an dem Diningroom, in dem ein paar vereinzelte Gäste saßen, an einem Zimmer, in dem ein einsamer Billardtisch stand, und bog nach links ab in den Pub.

Der war wie ausgestorben. Phyllis blickte sich um. Keine Spur von Jim. Keine Spur von niemandem. Der Ausschank schien geschlossen zu sein, es gab keinen Barkeeper, die Flaschen und Zapfhähne waren gewissermaßen unbewacht.

Was war hier los? Jim und sie hatten doch eine Verabredung! War sie zu spät gekommen? Hatte sie den falschen Pub erwischt?

Plötzlich verspürte sie großen Durst. Phyllis konnte nicht sagen, wann sie zuletzt etwas getrunken hatte. Ihr Mund war total ausgedörrt, sie brauchte jetzt unbedingt Flüssigkeit.

Ohne Umstände stibitzte sie ein Glas aus dem Regal über dem Tresen und zapfte ein Lagerbier, obwohl sie noch keine 18 war. Dabei hatte sie kein Unrechtsgefühl, es kam ihr selbstverständlich vor, als wäre sie hier Stammgast. Zahlen konnte sie immer noch, falls es denn nötig sein sollte, und auf den Jugendschutz pfiff sie ohnehin.

Sie nahm einen tiefen Schluck. Tat ziemlich gut.

Dann entdeckte sie den Typen in der Ecke neben

dem Dartboard. Er war schon etwas älter, so alt wie Bob ungefähr, trug eine rot-blaue Royal-Mail-Jacke und eine dazu passende rote Wollmütze. Sein Gesicht war jedoch das eines jungen Mannes, unternehmungslustig und offen, zugleich ein wenig nachdenklich, grüblerisch. Ein feines Dauerlächeln umspielte seine Lippen, soweit das zu erkennen war, denn er beugte sich über einen kleinen Pubtisch und schrieb, nein, er zeichnete etwas in ein aufgeschlagenes Buch. Vielleicht ein Tagebuch. Völlig in Gedanken versunken saß er so da und ließ den Bleistift über das Papier huschen, hierhin und dorthin, als führte ein geschäftiger kleiner Vogel, ein Rotkehlchen etwa, seine Hand. Unendlich viele Striche machte dieser Bleistiftvogel, die dann irgendwann ein Gesamtbild ergeben würden, das im Kopf des Mannes schon existierte.

Phyllis wusste nicht, warum, aber er war ihr auf Anhieb sympathisch. Manche Menschen hatten so eine Aura um sich, wenn sie mit etwas beschäftigt waren, woran ihr Herz hing. Das sah man hier ganz deutlich. Der Mann liebte, was er tat, und vergaß dabei alles um sich herum, auch eine junge Frau, die sich am Bierhahn selbst bedient hatte. Und natürlich die Zeit, welche für ihn bedeutungslos zu sein schien.

Sie zog ihren Winterparka aus und hängte ihn über eine Stuhllehne. Darunter trug sie ihren Lieblingspulli aus schwarzer Merinowolle. Er warf keine Falten und brachte ihre Formen ganz gut zur Geltung.

»Heya«, sagte sie, ihre Standardbegrüßung.

Er fuhr zusammen und schaute hoch. Als er Phyllis

bemerkte, klappte er das Buch hastig zu. »Oh, hallo! Hab … dich gar nicht reinkommen hören«, stotterte er. »Wie geht's?« Der Mann wirkte verlegen und zugleich ein wenig stolz. Er maß sie mit den prüfenden Blicken eines Hobbyhandwerkers, der ein fertiges Werkstück mit dem Bild auf der Bauanleitung verglich.

Phyllis war das unangenehm. »Haben Sie Jim McKechnie gesehen?«, fragte sie.

»McKechnie?«

»Den Schauspieler. Wir wollten uns hier treffen.«

»Wirklich?« Der Mann konnte es nicht fassen. »Du bist mit Jim McKechnie verabredet?«

»Was ist denn schon dabei?«, gab sie genervt zurück. Noch so einer, der ihr Vorschriften machen wollte! »Außerdem ist es meine Sache, mit wem ich abhänge, Craig!« Auf seiner Jacke befand sich ein Namensschild, deswegen redete sie ihn so an. »Also, was ist? Haben Sie Jim nun gesehen oder nicht? War er hier?«

»Nein.«

»Wie, nein?«

»Heute jedenfalls nicht. Und ich bezweifle, dass er jemals wieder auftaucht.«

»Was soll das heißen?«

Craig zögerte. »Ich hab was läuten hören, dass er weitergefahren ist. Sein Boot liegt jedenfalls nicht mehr im Hafen. Er ist weg.«

»Weg? Ohne mich?« Phyllis konnte ihre Enttäuschung nicht verbergen. »Aber … wie konnte er das tun? Wir wollten doch noch den ganzen Tag zusammen sein.«

»Wie gut kennt ihr euch denn?«, fragte Craig.

»So gut, wie eine Frau einen Mann kennen kann, den sie vergöttert!«, entgegnete sie überschwänglich, obwohl es wie aus einer Soap-Opera klang. Im »Denver Clan« hatten die auch solche Sprüche drauf. Sie trank von ihrem Bier. »Ich kenne sogar seinen süßen Leberfleck – an einer ziemlich intimen Stelle.«

»Ich weiß nicht, wie ich es dir sagen soll ...«, begann er. »Aber McKechnie wird hier nicht mehr aufkreuzen, nie mehr. Ich fürchte, der ist jetzt an einem ganz anderen Ort. Einem besseren, wenn er Glück hat.«

»Außer Landes? Dreht er einen Film, von dem er mir nichts erzählt hat?« Phyllis überlegte laut weiter und ging dabei auf und ab. »Wahrscheinlich musste er überraschend nach London. Oder gleich nach Hollywood! Oh, er hat so viel tun! Jim kann sich seine Rollen quasi aussuchen.«

Craig sah sie eine Weile schweigend an. Sein Lächeln war längst verschwunden. Er seufzte, als schmerzte ihn etwas und als realisierte er erst jetzt, wie tief dieser Schmerz reichte. Dann straffte er seinen Rücken, schien all seinen Mut zusammenzunehmen. »Hast du den Brief schon gelesen?«

»Welchen Brief?«

»Den von heute früh.«

»Wovon reden Sie?« Sie lachte kurz auf. »Ich krieg keine Briefe, von niemandem. Wer soll mir schon Briefe schreiben? Jim? Der hat bestimmt Wichtigeres zu tun.«

An seiner gequälten Miene merkte sie, dass sie wohl etwas Falsches gesagt hatte. Hier schien ohnehin einiges falsch zu laufen. Das ganze Gespräch fühlte sich falsch an, auf eine unbestimmte Weise verkehrt, als redeten sie ständig aneinander vorbei.

»Entschuldige, ich muss kurz raus.« Abrupt stand er auf und schob sich aus der Ecke. Dabei streifte er den Pubtisch, das Tagebuch fiel herunter. Es klatschte auf den Boden und klappte auf.

Phyllis konnte gar nicht anders, sie schaute hin.

Das Bild, an dem Craig gearbeitet hatte! Es zeigte jemanden, der ihr sehr bekannt vorkam, zusammengesetzt aus unendlich vielen kleinen Strichen.

»Bin das ich?«, fragte sie.

Er schwieg.

Sie hob den Block auf. »Sieht eher wie meine Mutter aus.«

Das Lächeln versiegte ihr auf den Lippen. Etwas an dem Bild war seltsam. Es schien gerade erst entstanden zu sein, und dennoch kam es Phyllis so vor, als stammte es aus einer anderen Zeit. Einer künftigen Zeit. Diese Frau auf dem Papier, das war sie, haargenau. In älter, wie jemand sie sich in 30 Jahren vorstellen mochte, keine abgefahrene Fantasie, sondern eins zu eins sie. Erschreckend echt. Es war, als blickte sie in einen Spiegel.

Phyllis wurde schwarz vor Augen.

29

Hynch hatte sich mit der Segelei nie anfreunden können. Man war von zu vielen äußeren Faktoren abhängig, die nicht zu beeinflussen waren und sich ständig ändern konnten, vom Wetter, den Strömungen und anderem mehr. Äußere Faktoren waren auch in seiner Zeit als Profikiller extrem lästig gewesen. Eine ganze Reihe solcher Faktoren wie unliebsame Konkurrenten oder Partner, die plötzlich Probleme bereiteten, hatte er beseitigt, wenn es erforderlich gewesen war. Doch einen auflandigen Wind, der so ein Segelbötchen unbarmherzig einem Riff, einer Steilküste oder gar einem Meeresstrudel wie dem Corryvreckan nördlich der Isle of Jura entgegentrug, konnte man nicht zum Schweigen bringen. Dem war man auf Gedeih und Verderb ausgeliefert.

Deshalb hatte sich Hynch eine moderne Motorjacht zugelegt. Ein schickes kleines Ding namens *Orca,* neun Meter lang, schneeweiß mit einem schwarzen Streifen an der Seite, hochbordig und leistungsstark, was in diesen Gewässern unabdingbar war. Bei ruhiger See stellte er manchmal den Motor ab, fläzte sich am Heck in einen Liegestuhl, warf eine Angelrute aus und steckte sie in eine dafür vorgesehene Halterung, wegen des Hemingway-Gefühls. In der Dünung treiben und in die

Sonne blinzeln – fehlte nur noch ein Daiquiri. Hynch konnte gar nicht angeln. Fische aus dem Meer zerren, die armen Viecher töten, schlachten und verspeisen, das war ihm irgendwie zu brutal.

Karibische Bedingungen herrschten heute nicht gerade, fand er, ganz im Gegenteil. Aber es hatte auch seinen Reiz, von Wogenkamm zu Wogenkamm zu brettern und den Elementen zu trotzen. Die *Orca* konnte das gut ab, darauf war sie ausgelegt.

Er tuckerte die Ostküste von Gigha entlang Richtung Norden. Weit voraus waren die Paps of Jura hinter einer Wolkenbank zu erkennen, drei charakteristische Berge mit kahlen, abgerundeten Gipfeln. Zur Rechten lag die lang gestreckte Küste der Halbinsel Kintyre. So ganz zufällig fuhr er nicht hier herum, denn die Leiche vom Strand, die Nicol so dilettantisch verbuddelt hatte, ließ ihm keine Ruhe. Leichen, die unmotiviert herumlagen, sodass ein Spinner wie der Barfußgänger darüber stolperte und aus irgendwelchen verqueren Gründen auch noch darauf eindrosch, hatten die Tendenz, Schwierigkeiten zu verursachen. Schwierigkeiten, denen die Leutchen von der Insel und erst recht Nicol schätzungsweise nicht gewachsen waren. Es konnte also nicht schaden, sich ein bisschen umzusehen. Denn dass Nicol diesen Scotsman umgebracht hatte, das konnte sich Hynch beileibe nicht vorstellen.

Allein, wenn er daran dachte, wie viele Leichen er gemeinsam mit seinem unglücklich verstorbenen Partner Rick im Clyde versenkt hatte – immer mit einem

Gewicht an den Füßen, denn bei solchen Dingen war Hynch gründlich ... Nein, ein Typ wie Nicol schien nicht zu einem Mord imstande zu sein. Angeschwemmte Leichen deuteten entweder auf einen Unfall hin oder auf Amateure, die schlampig gearbeitet hatten, aus Zeitdruck oder warum auch immer.

Um für alle Eventualitäten gerüstet zu sein, hatte Hynch eine Pumpgun aus seinem Depot dabei, geladen mit schweren Schrotpatronen. Ein schwankender Schiffsboden war nicht der Ort für Präzisionsarbeit, und seit er sein linkes Auge verloren hatte, war er in der Wahl seiner Waffen ohnehin eingeschränkt. Kurzwaffen wie Pistolen und Revolver kamen eigentlich überhaupt nicht mehr infrage, Maschinenpistolen auch nicht – alles, wofür schnelle Reaktionen und räumliches Sehen erforderlich waren, das Erfassen wechselnder Entfernungen, Tiefenschärfe. Ein Gewehr mit Zielfernrohr konnte er jedoch noch ganz gut bedienen. Oder eben ein großes Kaliber mit Streuwirkung. Dafür brauchte man nicht zwei flinke Augen, sondern Kaltblütigkeit und eine feste, ruhige Hand.

Aus alter Gewohnheit hatte er zusätzlich einen 38er-Revolver mitgenommen. Er trug ihn in einem Schulterholster unter der Achsel. Viel Wumms hatte das Ding nicht, aber eine Ladehemmung war praktisch ausgeschlossen, und aus nächster Nähe konnte man damit an Weichzielen erheblichen Schaden anrichten. Eine kleine Rückversicherung.

Hynch berührte die Ausbuchtung unter seiner Bootsjacke, ein Reflex, um sich zu vergewissern, ob die

Waffe noch da war. Seine Ausrüstung war wetterfest, die komplette Montur, man wusste ja nie.

Er kannte viele Arten von Leichen. Er hatte noch keinen Schimmer, welcher der tote Scotsman zuzuordnen war. Während seiner Laufbahn hatte er eine eigene Typologie entwickelt.

Es gab Eisbergleichen, unter denen ein ganzer Haufen anderer Leichen verborgen lag. Die Leiche war sozusagen nur die Spitze des Eisbergs, der vorläufige Endpunkt einer – für die Leichen überaus fatalen – Ereigniskette. Bei einer Dominoleiche verhielt es sich, zeitlich gesehen, andersherum. Dominoleichen standen am Anfang einer langen Reihe weiterer zwangsläufiger Todesfälle. Hynch hoffte inständig, dass der Kiltträger keine Dominoleiche war. Sonst würde das hier eine langwierige, äußerst unerfreuliche Angelegenheit werden.

Außerdem unterschied Hynch: Kollateralleichen, Ablenkungsleichen, Warnleichen, die zur Übermittlung einer unmissverständlichen Botschaft dienten, Den-Falschen-erwischt-Leichen (aber den Richtigen kriegen wir schon noch ...) und schließlich Pech-gehabt-Leichen, also arme Teufel, die rein zufällig den Weg des Sensenmanns gekreuzt hatten. Die Liste ging noch weiter, Überschneidungen waren möglich.

Hynch sah seine Aufgabe nun darin, etwaige Konsequenzen, die sich aus der Leiche am Strand ergaben, von der Insel fernzuhalten. Er fühlte sich wie der Besitzer eines schmucken Häuschens, dem jemand in den Vorgarten gekackt hatte. Wenn er keine weiteren unschönen Hinterlassenschaften auf dem Rasen sehen wollte, musste er den Vorgartenkacker ausfindig machen – falls der noch in der Nähe war. Kein Vorgartenkacker mehr, keine Sorgen mehr. Auch deshalb die Pumpgun.

Spritzwasser klatschte gegen die Scheiben des Cockpits. Die *Orca* kämpfte sich tapfer durch die Wellen. Backbords zog die East Tarbert Bay vorbei, darüber war der Giant's Tooth zu sehen. Hynch mochte diesen Stein. Ein Orientierungspunkt seit Jahrtausenden. So was war selten.

Am Ufer hüpften Meerstrandläufer umher und durchsuchten die Braunalgen nach Schalentieren, beobachtet von ein paar Möwen, die nur darauf warteten, den Strandläufern ihre Beute abzujagen. Möwen gab es überall an der Küste von Gigha, Silbermöwen, Mantelmöwen, Sturmmöwen. Warum sie nicht selbst nach Nahrung suchten, war Hynch vollkommen klar. Jemand anderen die Arbeit machen zu lassen und dann den Profit abzugreifen, ohne einen Strich dafür getan zu haben, schien nicht nur für Menschen eine verlockende Form des Lebensunterhalts zu sein, das galt speziesübergreifend. Wahrscheinlich hatte schon hinter Adam oder Eva ein Typ gestanden, nennen wir ihn Larry, der sagte: »Ich glaube, der Apfel, den du da gerade gepflückt hast, gehört eigentlich mir …« Möwen waren der Larry unter den Seevögeln.

Hynch kam an dem Häuschen von Stuart und Jessie vorbei, einer Fischerkate mit hübsch eingefassten hellblauen Fenstern und einem schiefen, halb eingefallenen Dach, das dringend einer Reparatur bedurfte. Das Pärchen lebte seinen Traum. Die beiden kümmerten sich nicht darum, was auf dem Festland oder sonst wo passierte. Beneidenswert war das. Üblicherweise zog es junge Leute hinaus in die Welt, in die Metropolen oder in ferne exotische Länder. Stuart und Jessie machten das genaue Gegenteil, sie blieben daheim. Hynch wunderte sich zwar, wie sie mit der Kelpfischerei über die Runden kamen. Aber es schien zu funktionieren.

Was die Leiche am Strand betraf, waren Stuart und Jessie am schwierigsten einzuschätzen. Wie viel hatten sie davon mitbekommen? Würden sie die Polizei rufen, oder hatten sie es bereits getan? Und was war mit Val? Sah sie es trotz ihrer unkonventionellen Einstellung als eine Art Bürgerpflicht an, die merkwürdigen Vorkommnisse am Palm Tree Beach zu melden?

Es würde jedoch in jedem Fall eine Weile dauern, bis Bullen auf Gigha eintrafen. Mit nur 160 Einwohnern besaß die Insel keine eigene Polizeistation. Bei dem jüngsten Verbrechen hatte es sich um einen Diebstahl von 2000 Pfund gehandelt. Das Geld war in der letzten Sommersaison aus einem Abstellraum des Gigha Hotels entwendet worden, die Abendeinnahmen und das Wechselgeld. Es war nicht wieder aufgetaucht. Ein Constable aus Campbeltown hatte in der Sache ermittelt, er hatte Fingerabdrücke und DNA-Proben des Hotelpersonals genommen, ohne Ergebnis. Von den Behörden wurde das Ganze als Bagatelle angesehen, und von Hynch natürlich auch. 2000 Pfund galten in Glasgow früher nicht als ernst zu nehmende Diebesbeute, bestenfalls als Aufwandsentschädigung für den Dieb und als Lehrgeld, das der Bestohlene zu zahlen hatte. Wer ließ hart erarbeiteten Zaster schon achtlos herumliegen?

Doch die Inselgemeinde war von dem Fall zutiefst erschüttert worden. Kaum jemand schloss hier sein Haus oder sein Auto ab. Das letzte Delikt lag 20 Jahre zurück: ein fehlendes Fahrrad, das ausnahmsweise nicht entliehen worden war, sondern verschollen blieb. Nach dem Gelddiebstahl im Hotel erwogen manche Insulaner tatsächlich, eine Vorhängekette für die Tür anzuschaffen. Sie taten es dann doch nicht.

Hynch erreichte das nördliche Ende von Gigha und drosselte den Motor. Er griff nach seinem Fernglas, einem hochwertigen Gerät mit Nachtsichtfunktion, Entfernungsmesser und allem Pipapo. Der Palm Tree Beach kam in Sicht.

Es war nicht ganz einfach, den Strand vom schwankenden Cockpit der *Orca* aus ins Visier zu nehmen. Schließlich gelang es Hynch, sich zumindest ein oberflächliches Bild von der Lage zu verschaffen.

Alles war ruhig. Niemand da.

Keine Fahrzeuge neugieriger Inselbewohner, die Wind von der Leiche bekommen hatten oder sonst irgendwie informiert worden waren. Kein Boot der Küstenwache, das bereits vor Anker lag und ein Ermittlungsteam an Land geschickt hatte.

Doch auch die Leiche war nicht mehr da.

Soweit Hynch es beurteilen konnte, war die Grube

leer. Neben dem Loch im Boden lag der Aushub, ordentlich aufgehäuft.

Wenn der Scotsman, den Nicol so anfängerhaft verbuddelt hatte, nicht von selbst wiederauferstanden war, hatte jemand wohl seine Totenruhe gestört. Aber wer? Und vor allem: warum?

Hynch musste seine Typologie um eine Kategorie erweitern: Lazarusleichen. Leichen, die plötzlich wieder umherspazierten, als sei nichts gewesen. Oder die umhergetragen wurden, als sei nichts gewesen, denn es war äußerst unwahrscheinlich, dass dieser Körper, der bereits Bekanntschaft mit den Fischen und anderem Getier geschlossen hatte, aus eigener Kraft noch irgendwohin gehen konnte. Es sei denn, der Scotsman hätte sich in einen Untoten verwandelt, einen Wiedergänger. Hynch schloss diese Möglichkeit jedoch aus. Wenn ein Auftragskiller beziehungsweise ein Ex-Auftragskiller anfing, an Zombies zu glauben, verstand er entweder sein Geschäft nicht, oder er brauchte dringend therapeutische Hilfe. Hynch glaubte nur an die Patronen im Magazin seiner Pumpgun, die waren für alles geeignet, was Ärger machte. In der Regel zerlegten sie den Ärger in viele kleine unzusammenhängende Einzelteile, von denen stand keines wieder von den Toten auf und machte auch keinen Ärger mehr.

Eine Lazarusleiche jedoch, so viel stand bereits fest, bedeutete Ärger.

30

Hynch setzte seine Kontrollfahrt fort. Er wollte noch ein Stück weiter Richtung Norden und dann gen Westen halten, um Gigha großräumig zu umrunden. Im Osten lag die Küste von Kintyre, und davor, in etwa einem Kilometer Entfernung, war Gamhna Gigha zu erkennen, eine unbewohnte Miniinsel mit einem kleinen automatisierten Leuchtturm darauf, dessen weißer Anstrich sich von den grauen Wogen deutlich abhob.

Nach einer Weile passierte die *Orca* den An Dubh Sgeir, eine Ansammlung von Riffen, die selbst einem Boot mit so geringem Tiefgang gefährlich werden konnten.

Im Abstand von etwa hundert Metern drehte Hynch bei. Die Instrumente im Cockpit zeigten an, dass er sich noch nicht in der Gefahrenzone befand. Normalerweise mied er solch unbewohnte, nur wenige Meter aus dem Wasser ragende Inselchen, von denen es vor Gighas Küste zahlreiche gab. Doch zwischen dem Felsengewirr des An Dubh Sgeir bot sich ihm ein erstaunlicher Anblick.

Wo sich sonst niemand hinwagte, nicht einmal die Einheimischen, schaukelten gleich zwei Boote in der Dünung. Eines kannte er: die *Western Star* von Stuart und Jessie. Die junge Frau stand denn auch im Bug des Kutters und holte gerade mit der Winsch den Anker ein.

Das andere Boot war Hynch gänzlich unbekannt. Eine hölzerne Segeljacht, allerdings entmastet und so tief im Wasser liegend, dass sie leckgeschlagen sein musste. Stuart turnte auf dem Deck herum und kappte allerlei Leinen, mit denen das Wrack an den Felsen festgemacht war. Offenbar musste es schnell gehen, da Stuart sich nicht die Zeit nahm, die Knoten per Hand zu lösen. Er schwang das Beil wie Thor seinen Hammer.

Dann registrierte Hynch, dass beide Boote verbunden waren: durch ein Schleppseil. Es lief vom Heck der *Western Star* zum Bug des Wracks aus und war dort an dem abgebrochenen Stumpf des Mastes befestigt. Noch hing das Schleppseil durch. Offenbar hatten sich Jessie und Stuart dieses havarierten Seglers bemächtigt und wollten ihn nun ins offene Meer ziehen.

Hynch verstand nicht viel von solchen Manövern, doch so fieberhaft, wie Stuart und Jessie zu Werke gingen, schien es sich um eine waghalsige Aktion zu handeln. Die beiden hatten ihn noch nicht einmal bemerkt.

Er warf einen Blick auf den sich verdunkelnden Himmel und die vom Atlantik heranrollenden Wogen. Mit Getöse brachen sie an den Felsenrücken des An Dubh Sgeir jenseits der Boote und verwandelten sich in turmhohe Gischtwände. Das Wasser in dem kleinen Inlet glich einem brodelnden, unberechenbaren Whirlpool. Ein geschützter Ankerplatz sah anders aus.

Hynchs Erfahrung sagte ihm sofort: Dieses Wrack war der Hinweis, nach dem er gesucht hatte, die Verbindung zu der Leiche am Strand. Anscheinend war die Segeljacht in der vergangenen Nacht stark beschädigt worden, alles sah danach aus. Und der tote Scotsman musste ein Passagier oder der Skipper höchstselbst gewesen sein. Die räumliche Nähe zum Palm Tree Beach ließ kaum einen anderen Schluss zu.

Aber was hatten Stuart und Jessie damit zu tun? Wollten sie das Wrack bergen? Doch nicht bei diesem Seegang! Das Risiko, dass eines der beiden Boote, der Kutter oder die demolierte Segeljacht, auf ein Riff lief oder dass sie gar zusammenstießen, war viel zu hoch. Das konnte jeder Laie erkennen. Irgendetwas stimmte hier nicht.

Stuart kappte die letzte Leine und rief Jessie etwas zu. Das Wrack kam frei und trieb sogleich wie losgelassen Richtung *Western Star*.

Aber Jessie war noch mit dem Anker beschäftigt. Der Motor der Winsch arbeitete zwar auf Hochtouren, doch er schien auf einen Widerstand zu stoßen. Vielleicht hatte sich der Anker im Meeresgrund oder den Felsen von An Dubh Sgeir verhakt oder verklemmt. Jedenfalls verharrte der Kutter an Ort und Stelle, während sich das Wrack auf Kollisionskurs befand. Die Schleppleine konnte beiden Booten zum Verhängnis werden.

Jessie behielt klaren Kopf. Sie opferte den Anker. Sie stoppte das Einholen und ließ die Ankerkette in Gegenrichtung bis zum nächsten Schäkel auslaufen.

Dann löste sie den Steckbolzen, und die restliche Ankerkette samt Anker ratterte durch die Klüse in der Bordwand ins Meer. So ein Anker war leicht ersetzbar. Ein Schiff nicht.

Dadurch war die *Western Star* zwar wieder manövrierbar. Doch Jessie musste erst einmal ins Steuerhaus gelangen. Sie schob sich vom Bug Richtung Heck, versuchte, sich irgendwo festzuhalten. Der Kutter tanzte auf den Wellen wie ein Korken. Mit Mühe erreichte Jessie den Steuerstand, legte einen Hebel um und gab volle Fahrt voraus.

Sofort stabilisierte sich die *Western Star*. Jessie steuerte das Boot von den gefährlich nahen Felsen weg, legte wieder Distanz zwischen den Kutter und das Wrack und hielt aufs offene Wasser zu. Direkt auf Hynch und die *Orca*.

Sie schien ihn immer noch nicht wahrgenommen zu haben. Stattdessen drehte sie sich um und schaute zurück zum Wrack. Dort stand Stuart auf dem Deck und wedelte wie ein verrückt gewordener Signalmast mit den Armen.

Nach und nach straffte sich die Schleppleine. Es schien wieder nach Plan zu laufen. Der Verlust eines Ankers ließ sich verschmerzen, dachte Hynch, wenn das Pärchen scharf auf die Bergungsprämie war. Und die war den beiden zu gönnen, fand er. Dieses Holzboot machte einen edlen Eindruck, da war bestimmt einiges zu holen.

Jetzt kam der prekäre Teil dieser selbstmörderischen Aktion. Der Moment, in dem Zug auf die Schleppleine kam.

Jessie machte es mit viel Gefühl. Sie wartete den richtigen Zeitpunkt ab, um die Geschwindigkeit zu reduzieren. Die Leine kam steif und sprang aus dem Wasser, dass es nur so spritzte. Dann wurde sie kurz wieder schlaff. Jessie gab vorsichtig Gas, die Verbindung hielt. Langsam setzte sich das Wrack in Bewegung.

Jetzt lief alles wie geschmiert.

Doch dann bemerkte Jessie die *Orca*.

Hynch hatte die Motorjacht bereits seitlich versetzt, damit genug Platz für die beiden Boote war.

Aber Jessie machte einen Fehler. Sie verließ das Steuerhaus.

Schwer zu sagen, warum. Vielleicht wollte sie eine bessere Sicht auf die *Orca* haben, um herauszufinden, was Hynch vorhatte.

Eine Welle hob den Kutter von unten an, eine mächtige Welle. Sie musste sich einen Weg unter dem Riff hindurch gesucht haben und drängte jetzt nach oben, gegen den Kiel der *Western Star*.

Jessie wurde hochkatapultiert und landete im Wasser.

Der Kutter fuhr weiter. Auf Autopilot, wie Hynch vermutete. Die *Western Star* pflügte an Jessie vorbei.

Jessie tauchte auf. Sofort wurde ihr bewusst, in welcher Lage sie sich befand. Über Bord zu gehen, war kein Spaß, nicht in diesen Gewässern, nicht bei diesen Wetterbedingungen. Zum Riff schwimmen, zu den scharfkantigen, von Muscheln bewachsenen Felsen des An Dubh Sgeir? Ausgeschlossen.

Verzweifelt versuchte Jessie, die Schleppleine zu erwischen. Es gelang ihr nicht.

Also auf das Wrack warten und dort Halt suchen.

Aber das leckgeschlagene Segelboot hatte die Welle, die Jessie zu den Fischen befördert hatte, ebenfalls abbekommen. Die Sturzsee überspülte das Deck und drückte es nach unten. Das Boot lief endgültig voll. Es sank Stuart unter den Füßen weg.

Ging unter. Sackte weg. Verschwand.

Stuart landete ebenfalls im Wasser.

Ein Boot verloren, eins führerlos, zwei Menschen in Seenot. Hynch bekam eine Menge zu tun.

31

Keine Panik, sagte er sich. In seinem Leben war es bis vor einiger Zeit darum gegangen, irgendwelche Leute umzubringen. Da hatte er stets die Ruhe bewahrt. Bei mehreren Gegnern hatte Hynch sich den stärksten, gefährlichsten ausgesucht und ihn so schnell wie möglich neutralisiert. Und dann der Reihe nach den Rest erledigt. Das war eine simple, leicht zu befolgende Regel.

Jetzt musste er umgekehrt vorgehen. Jemanden zu retten, war etwas völlig anderes. Er musste darauf achten, dass die Leute am Leben blieben.

Gar nicht so einfach.

Aber es war nie zu spät, ein besserer Mensch zu werden, fand er. Jetzt bot sich ihm eine gute Gelegenheit, damit anzufangen.

Jessie brauchte als Erstes seine Hilfe, das lag auf der Hand. Stuart würde schon irgendwie klarkommen. Er war ein robuster, kräftiger Kerl aus einer Familie von Fischern und mit Sicherheit alles andere als wasserscheu. Der hielt es bestimmt eine Weile bei den Fischen aus.

Stuart war es auch gewesen, der die *Orca* im Auftrag des Verkäufers vom Festland überführt und Hynch eingewiesen hatte, kleiner Nebenverdienst. Er hatte dem unerfahrenen Mister Snodgrass das Wichtigste beim Führen eines Bootes gezeigt und war ein paarmal mit ihm rausgefahren, um ihm alles zu erklären. Dazu hatten nicht zuletzt Rettungsaktionen gehört. Schiffbrüchige fuhr man von der Leeseite an, eine Vorsichtsmaßname. Damit sie nicht abgetrieben wurden, während man versuchte, sie aus dem Wasser zu ziehen. Die Bordwand fungierte als eine Art Sperre, wie der Beckenrand eines Pools.

So wollte es Hynch jetzt machen. Er fuhr los. Die Wogen schlugen hoch, als hätte eine unbekannte Macht sie aufgestachelt zu Gefahr und Verderben. Tief tauchte der Bug der *Orca* ein – und kam zuverlässig wieder hoch, angetrieben von dem starken Motor. Aber ob sich das Boot bei einem ausgewachsenen Sturm ebenso tapfer verhalten würde, war mehr als fraglich.

Jessie versuchte, sich mit Schwimmbewegungen über Wasser zu halten. Sie kämpfte mit den Wellen, spuckte immer wieder aus, gab sich alle Mühe, die Orientierung zu behalten.

Hynch kam in Reichweite. Er nahm den Rettungsring, der durch eine Leine mit der *Orca* verbunden war, aus der Halterung an der Reling und warf ihn ihr zu.

Jessie kraulte ein paar Meter und angelte danach. »Hab ihn!«, keuchte sie.

Hynch fuhr noch ein Stück näher heran und brachte die *Orca* längsseits. Dann kuppelte er aus, sodass der Motor im Leerlauf war. Er griff nach dem Bootshaken neben der Tür des Cockpits, einer Aluminiumstange mit Kunststoffhaken am Ende, und hielt ihn Jessie hin.

Nach ein paar Versuchen bekam sie ihn zu fassen. Sie packte mit beiden Händen zu, ließ den Rettungsring los.

Hynch zog sie zur Badeleiter am Heck des Bootes, dort war der Einstieg am einfachsten. Sie kletterte aus eigener Kraft an Deck, mit energischen, aber leicht zittrigen Bewegungen. Ihre Muskeln bebten unter dem Neoprenanzug. Obwohl Hilfe nah gewesen war, schien es, als sei sie um ihr Leben geschwommen.

Er nahm sie in Empfang und führte sie zu einer Bank neben dem Steuerstand.

»Danke!«, stieß sie hervor und atmete ein paarmal tief durch.

»Alles in Ordnung?«, fragte Hynch. Er wollte seine Bootsjacke ausziehen, um sie ihr umzuhängen.

Sie wehrte ab und stand gleich wieder auf, hielt Ausschau nach der *Western Star*. »Der Kutter! Er ist alles, was wir haben! Wir müssen hinterher!«

Inzwischen hatte sich das führerlose Schiff etwa hundert Meter entfernt. Es kam nur langsam voran, da es das abgesoffene Wrack hinter sich herschleppte. Wegen der Zugkraft des starken Kuttermotors schien es noch nicht auf den Meeresgrund gesunken zu sein. Und selbst wenn der Rumpf nicht mehr vollständig intakt war, mochten sich unter Deck noch Lufteinschlüsse befinden.

»Was ist mit Stuart?«, wollte Hynch wissen, während er den Rettungsring einholte.

»Der kommt vorerst klar. Hoffe ich zumindest.« Jessie deutete auf ein kleines Schlauchboot, in das sich

Stuart gerettet hatte. Es wurde zwischen den Felsen des An Dubh Sgeir hin- und hergeworfen. »Los, wir dürfen keine Zeit verlieren! Sonst sinkt das Wrack endgültig und zieht den Kutter nach unten.«

»Ich versuch's.« Hynch stellte sich ans Steuer. »Aber ein Schiff mitten auf dem Meer aufhalten? Wie soll das gehen? Ich hab mein Boot noch nicht so lang, ich bin kein guter Seemann.«

Jessie schob ihn entschlossen zur Seite. »Lassen Sie mich mal.« Sie übernahm den Steuerstand und machte sich mit den Instrumenten vertraut. Dann gab sie volle Kraft voraus. »Festhalten!«, rief sie.

Die *Orca* schoss voran. Jessie brachte das Boot auf Kurs. Geschickt nutzte sie die von achtern heranrollenden Wellen und fuhr der *Western Star* mit der Strömung hinterher. Ein bisschen war es wie der Ritt auf dem Rücken eines Wales, der mächtig und geschmeidig durch den Ozean pflügte. Man musste nur aufpassen, möglichst auf diesem Rücken zu bleiben und die Geschwindigkeit zu halten, um nicht in einem Wellental ins Schlingern zu geraten.

Rasch schlossen sie zum Kutter auf.

»Hören Sie, Mister Snodgrass«, erklärte Jessie ihren Plan, »wir fahren das Heck der *Western Star* an. Wenn wir nah genug dran sind, übernehmen Sie das Steuer, und ich springe vom Bug Ihrer Jacht zu dem Kutter hinüber.«

»Ist das nicht ziemlich riskant?«, gab Hynch zurück. »Warum versuchen wir nicht, längsseits zu kommen?«

»Das wird bei dem hohen Seegang kaum zu machen

sein, nicht bei voller Fahrt. Zu viel Bewegung zwischen den Bordwänden. Aber im Kielwasser des Kutters ist es relativ ruhig.«

Er schaute sich an, was sie meinte. Es stimmte. Das Wasser am Heck der *Western Star* wurde zwar von der Schiffsschraube aufgewühlt, aber nur ein bisschen. Hier war das Boot am berechenbarsten, quasi der Ruhepol, und das Schanzkleid ganz niedrig. Ein fester Vorsatz, ein kühner Sprung – Jessies Plan konnte gelingen.

»Also gut«, sagte er. »Wenn Sie sich das zutrauen.«

»Das krieg ich schon hin.« Jessie klang selbstsicher.

»Und dann müssen Sie das Schleppseil loswerden, so schnell es geht.«

»Sicher. Nicht ganz einfach, wenn der Knoten aufgequollen ist.«

»Dann kappen Sie es!«

»Womit denn? Stuart hat unser Beil. Haben Sie eins?«

»Unter Deck vielleicht. Aber ich hab was Besseres.« Hynch holte seine Pumpgun aus einem Fach in der Seitenwand des Cockpits, das normalerweise für Anglerbedarf vorgesehen war.

Jessies Augen weiteten sich vor Schreck. »Scheiße, was ist denn das?«

»Selbstschutz auf hoher See.«

Ihre Hand wanderte zu dem Tauchermesser an ihrem Gürtel. »Schutz vor wem?«

»Vor Schwierigkeiten. Und das Messer lassen Sie lieber stecken. Ich würde mich ungern von Ihnen aufschlitzen lassen.« Hynch spulte die Story ab, die er sich für einen solchen Fall zurechtgelegt hatte. »Ich war früher beim Secret Service, oft im Ausland und gelegentlich auch auf See. Da muss man vorbereitet sein, wenn einen die Vergangenheit einholt.«

»Secret Service? Meinen Sie den MI6?«

»Genau den, Sie kennen sich aus.«

»Hab mir schon gedacht, dass Sie kein harmloser Rentner sind. Dieser Piraten-Look …«

»Das?« Hynch wies auf die Klappe über seinem linken Auge. »Ist beim Angeln passiert«, log er.

»Keine Ahnung, ob das stimmt, aber Sie machen mir Angst.«

»Ich bin auf Ihrer Seite, regen Sie sich ab. Für ausführliche Erklärungen ist später noch Zeit.«

Jessie warf noch einen skeptischen Blick auf die Waffe. Hynch schwieg.

Der Tiefenmesser zeigte 16 Meter an. Das Schleppseil war nicht viel länger. Sie mussten handeln. Jetzt.

»Haben Sie meinen Plan kapiert?«, fragte sie, um Missverständnisse auszuschließen. »Wir fahren das Heck der *Western Star* an …«

»… und Sie springen hinüber.«

»Dann kupple ich sofort den Motor aus. Und Sie Ihren. Haben Sie das verstanden?«

»Alles klar so weit.«

»Und dann gebe ich volle Kraft zurück! Gegenschub. Um den Zug vom Schleppseil zu nehmen.«

»Klingt logisch.«

»Sie müssen ebenfalls Gegenschub geben.« Sie tat so, als risse sie den Hebel der Schaltung nach unten, zu sich hin. »Und Sie weichen aus, nach Steuerbord, das ist rechts. Zwei Drehungen am Lenkrad. Sonst stoßen wir zusammen.«

»Mach ich.«

»Wiederholen Sie meine Anweisungen!«

Hynch tat wie geheißen und prägte sich den Ablauf des Manövers ein.

»Gut«, sagte Jessie, offenbar in der Annahme, sie besäße nunmehr die Oberhand. Und sie setzte noch etwas hinzu: »Wenn Sie mir irgendwas antun, wird Stuart Sie töten. Er kriegt Sie, Secret Service hin oder her. Darauf können Sie sich verlassen!«

Hynch setzte seine Lieber-Daddy-Miene auf, meistens führte das zum Erfolg. »Sie haben nichts zu befürchten. Ich bin hier, um Ihnen zu helfen. Verstehen Sie das bitte.«

»Ich traue Ihnen nicht«, sagte Jessie.

»Das höre ich nicht zum ersten Mal.« Er machte eine Pause. »Vertrauen Sie mir trotzdem. Dieses eine Mal. Sie können sich auf mich verlassen.«

»Sicher?«

Hynch las jede Menge Zweifel in ihrem Gesicht. Durchaus begründete Zweifel. Vertrauen enttäuschen, das war eine seiner leichtesten Übungen gewesen in seiner aktiven Zeit. Hinterhalte legen. Fallen stellen. So tun, als ob, jemanden in Sicherheit wiegen. Abdrücken, wenn es die Zielperson am wenigsten erwartete.

Aber er nahm noch etwas anderes an Jessie wahr. Eine innere Unruhe trieb sie über das normale Maß hinaus an, etwas, das ihr noch wichtiger war, als den Kutter wiederzubekommen. Gier? Skrupellosigkeit? Auf jeden Fall ein schlechtes Gewissen, jede Menge davon. Wie bei einem Dieb, der befürchtete, erwischt zu werden.

Hynch kannte das alles, die ganze Palette. Die Menschen dachten, sie hätten Geheimnisse und könnten sie vor ihm verbergen. In Wahrheit waren es Schwachstellen, dafür hatte er stets einen Riecher gehabt. Jessies Schwachstelle hatte etwas mit diesem Wrack zu tun. Am Ende würde sie sich einen Ruck geben und ihm vertrauen. Sie hatte keine Wahl.

»Ganz sicher«, sagte er schließlich.

»Na dann ...« Jessie brachte die *Orca* in Position. »Einen Versuch ist es wert.«

32

Jessie hatte wirklich ein Händchen für Boote. Meter für Meter tastete sie sich an das Heck des Kutters heran, bis der Bug der Motorjacht die *Western Star* beinahe berührte. Sie verließ das Cockpit und hangelte sich an der stählernen Reling entlang nach vorn.

Hynch übernahm das Steuer. Er hatte genau aufgepasst, wie Jessie die Einhebelschaltung bedient hatte, um die Geschwindigkeit zu dosieren. Gelenkt hatte sie wenig, das Ruder nur minimal eingesetzt und stattdessen die Strömung zu ihren Gunsten genutzt.

Ihm war klar, was er zu tun hatte. Er hielt die *Orca* genau in Position.

Jessie wartete, bis sich die Bewegung der beiden Boote so weit angeglichen hatte, dass es für ihre Zwecke ideal war. Die Rümpfe hoben und senkten sich nicht ganz synchron, sondern ein wenig zeitversetzt. Wenn der Bug der *Orca* aus dem Wasser kam und sich aufzurichten begann, war das Heck der *Western Star* an seinem tiefsten Punkt. Jessie passte den richtigen Augenblick ab und sprang. Landete mit einem trittfesten Neoprenschuh auf dem Schanzkleid des Kutters und machte einfach einen weiteren Schritt an Bord, wo sie sich mit beiden Händen am Rahmen des Steuerhauses festhielt.

Das hatte schon mal geklappt.

Hynch lenkte nach Steuerbord, zwei Drehungen am Rad. Er erhöhte das Tempo ein wenig. Dann kuppelte er aus.

Jessie übernahm das Steuer der *Western Star* und kuppelte ebenfalls aus. Ein weiterer Schritt war getan.

Jetzt volle Fahrt zurück, wie geplant, erst der Kutter, und ein bisschen später auch die Motorjacht.

Sogleich machte sich Jessie an dem Schleppseil zu schaffen. Wie befürchtet ließ sich der Palstek nicht lösen. Sosehr sie auch daran zog und zerrte, der Knoten gab nicht nach.

Das Seil bestand aus billigem Kunststoff, nicht hundertprozentig wasserabweisend, als Trosse im Grunde völlig ungeeignet. Es war an einem Rüsteisen festgemacht, etwas seitlich, damit es nicht in die Schiffsschraube geriet. Straff gespannt lief es in spitzem Winkel aus. Wenn das Wrack jetzt sank, bekamen sie Probleme.

Hynch fackelte nicht lange. Er lud die Pumpgun durch.

Die *Orca* befand sich jetzt neben der *Western Star*, leicht nach hinten versetzt. Eine gute Schussposition.

Jessie ging im Steuerhaus des Kutters in Deckung.

Er suchte sich einen halbwegs festen Stand, legte an und wartete kurz, bis all die kleinen Muskeln in seinen Händen, in den Fingern, in der Schulter die Schiffsbewegung instinktiv ausglichen. Körpererinnerung war etwas Wunderbares.

Dann schoss er, ohne abzusetzen.

Dabei behielt er das Ziel im Auge, in seinem ihm verbliebenen rechten. Er visierte eine bestimmte Stelle des Schleppseils an, möglichst weit von dem Kutter entfernt.

Einmal. Direkt am Lauf durchladen. Ein zweites Mal. Durchladen. Ein drittes Mal.

Die Winchester SXP Pump Action Shotgun machte einen Höllenlärm. Doch der Wind trug die Schussgeräusche davon.

Hynch nahm die Waffe herunter. Das Schleppseil sah ziemlich mitgenommen aus, zerfasert, zerhäckselt. Aber leider nicht vollständig durchtrennt.

Drei Schuss, mehr waren bei diesem Kaliber nicht drin. Er kramte in seiner Jacke nach Munition, um nachzuladen.

Da kam plötzlich Zug auf das Seil. Das Wrack lief auf Grund.

Ein Ruck ging durch die *Western Star,* sie bäumte sich auf. Jessie hielt sich im Steuerhaus fest, um nicht herauszufallen, stemmte sich gegen die Rückwand, die sich immer mehr neigte.

Hektisch drückte er eine weitere Schrotpatrone in die Kammer, eine zweite fiel ihm herunter. Egal.

»Schießen Sie weiter!«, schrie Jessie. »Worauf warten Sie?«

Erneut legte er an.

Dann endlich riss das Seil.

Der Kutter machte einen kleinen Satz nach vorn, von seiner Last befreit, und kam allmählich zur Ruhe – was man so Ruhe nennen konnte bei der kabbeligen See.

Erleichtert warf Hynch die leer geschossene Pumpgun auf den Boden des Cockpits. Er kuppelte wieder aus. Mit seinen Händen formte er einen Trichter.

»Wir haben's geschafft!«, rief er zu Jessie hinüber.

Sie stellte den Motor ebenfalls auf Leerlauf und verließ das Steuerhaus. Die beiden Boote lagen nebeneinander, ringsumher das weite Meer, Wogenkämme, Wogentäler, Gischt in der Luft, eingeschränkte Sicht auf Gigha und den An Dubh Sgeir.

Hynch erwartete ein »Danke«. Er war da altmodisch.

Doch Jessies Gesicht wurde feindselig. »Sie haben McKechnie umgebracht!«, spie sie ihm entgegen.

»Was?«, fragte er verdutzt. »Wen soll ich umgebracht haben?«

»Den Schauspieler, dem die Segeljacht gehört hat! Das Wrack! Sie waren letzte Nacht an Bord der *Highlander!* Sie haben den armen Mann getötet! Oder einfach ins Wasser befördert. Und heute sind Sie zum Tatort zurückgekehrt, um zu sehen, was aus der *Highlander* geworden ist. Ob sie steuerlos im Ozean treibt. Ob da vielleicht noch etwas zu holen ist.«

Hynch versuchte, ihrem Gedankengang zu folgen. Offenbar hatte sie sich da eine absurde Geschichte zusammengesponnen. Er sollte ... was getan haben? Einen Typen namens McKechnie ermordet? Den Schauspieler, der Gigha in den vergangenen Tagen unsicher gemacht hatte? Den Scotsman am Strand?

Die Flut der Vorwürfe überforderte ihn. Und ganz logisch war das alles auch nicht. Wie hätte er die havarierte Segeljacht denn wieder verlassen sollen, nachdem er – wen auch immer – umgebracht hatte?

Na ja, jemand könnte ihn abgeholt haben. Mit der *Orca* zum Beispiel. Ein Partner. So hätte er's eingefädelt, wenn er das Verbrechen tatsächlich geplant und begangen hätte. Wenn denn irgendetwas von diesem Mist wahr gewesen wäre.

Ihm fiel Jessies Schwachstelle wieder ein. Die Gier in ihren Augen. Das schlechte Gewissen. Ihre Unterstellung, er habe prüfen wollen, ob es auf der Holzjacht noch etwas zu holen gab.

»Das ist kompletter Unsinn, ich wusste überhaupt nichts von der *Highlander!*«, rief er zurück. »Aber was machen Sie und Stuart hier? Sie sind Wrackräuber, stimmt's?«

»Das ist völlig legal! Die *Highlander* war herrenlos.«

Okay ... Da war ihr wohl eine Art Geständnis herausgerutscht. »Was haben Sie denn gefunden auf diesem Wrack?«, bohrte er nach.

Jessie beendete die Unterhaltung auf ihre Art. Sie ging ins Steuerhaus, wendete den Kutter und zeigte ihm den Mittelfinger. Ihre Version von »Danke«.

Dann fuhr sie gegen die Strömung zurück zum An Dubh Sgeir, vermutlich, um Stuart aufzulesen.

Der Kutter war sehr viel hochseetauglicher als die *Orca*. Jessie wusste das. Hynch würde ihr nicht folgen, zumal gerade der Sturm losbrach. Die Temperatur fiel schlagartig, als hätte jemand einen Schalter umgelegt. Der ohnehin schon starke Wind schwoll zu einem lauten Grollen und Tosen und Pfeifen an. Den ganzen Tag über hatte sich diese Urgewalt der Elemente über dem Atlantik zusammengebraut. Und jetzt fiel sie mit aller

Macht über die Hebriden her. Aus Wogenkämmen wurden Wogengebirge, Wände aus Wasser, denen die *Orca* wenig entgegenzusetzen hatte.

Hynch blieb nichts anderes übrig, als mit der Strömung nach Osten abzulaufen. Er verschloss das Cockpit mit einer vorgefertigten Plane und machte das Schott zum Niedergang dicht. Nur weg vom An Dubh Sgeir!

Er steuerte das Boot, so gut er konnte, durch die immer unberechenbarer werdenden Wassermassen. Hin und wieder war die lang gestreckte Küste von Kintyre in der Ferne zu erkennen – sowie der kleine Leuchtturm von Gamhna Gigha, an dessen Blinklicht Hynch sich orientierte. Allein nach Instrumenten zu fahren, war er nicht gewohnt.

Einen Sturm überstehen gehörte nicht zur Berufsbeschreibung eines Auftragskillers. Außerdem war er im Ruhestand! Er hatte diesen Schauspieler nicht umgebracht, definitiv nicht! Dieses eine Mal war er unschuldig. Er hatte nur versucht zu helfen. Das war ihm auch gelungen. Und wie hatte Jessie es ihm vergolten?

Es war gar nicht so einfach, die Bewohner von Gigha zu beschützen, wenn sie gar nicht beschützt werden wollten. Und ein besserer Mensch zu werden, das war noch schwieriger. Vielleicht sollte er das schnell wieder aufgeben. Bessere Menschen waren immer die Dummen.

33

Was für eine Scheißidee! Nicol kämpfte gegen einen Graupelschauer, der drohte ihm die Gesichtshaut wegzuschmirgeln. Der Wind riss ihm seine Flüche von den Lippen. Er war bis auf die Haut durchnässt. Das Boot, Vals Boot, in dem er verzweifelt das Gleichgewicht zu halten versuchte, trug den Namen *Ferret*, Frettchen. Und speiübel war ihm obendrein, anscheinend wurde er gerade seekrank.

Eigeninitiative zeigen – für den Arsch! Dabei hatte sich alles so gut angelassen.

Val war mit Pat und Bob weggefahren, um die beiden zum Gigha Hotel zu bringen und dort Phyllis aufzulesen. Es hatte zwar erneut Streit gegeben wegen Lizzys Nebelhorneinsatz, als Pat aus der Dusche gekommen und zur Salzsäule erstarrt war. Doch schließlich war es Bob gelungen, seine Frau ohne weitere Katastrophen und verbale Ausschreitungen in den Van zu befördern. Sobald sie ihren Leihwagen wiederbekämen, würden sie die Fähre zum Festland nehmen, hatten sie sich vorgenommen. Ein Anruf bei Gerry im Hotel hatte ergeben, dass Phyllis den Wagen auf dem Parkplatz abgestellt hatte und alles in bester Ordnung war, sowohl mit Phyllis, um die sich Craig, der Postbote, im Pub kümmerte, als auch mit dem Auto, das sie sich irrtümlich »geliehen« hatte, so die einmütige Version.

Es hätte also alles gut werden können. Sogar Lizzy beruhigte sich wieder, nachdem die Engländer glücklich abtransportiert worden waren und sie begonnen hatte, den Ziergarten abzuweiden. In den Tümpel setzte sie einen frischen Fladen, gleichsam als finalen Kommentar. Ein entspannter Darm war ein Segen, fand Nicol, während er seine neue Freundin durch das Fenster der Töpferei beobachtet hatte.

Er war allein zurückgeblieben und hatte seine Näharbeit fast abgeschlossen. Besser konnte man es nicht machen. Seine alte Handarbeitslehrerin hätte ihm ein Toffee zur Belohnung gegeben und ihm die Wange getätschelt. Und bestimmt würde sich auch Val äußerst beeindruckt zeigen von seinem Geschick mit Nadel und Faden. Er hatte ihr nicht zu viel versprochen.

Die Leiche steckte jetzt in dem Segeltuch wie ein Fuß in einem Strumpf. Er hatte sie mit der Schubkarre zum Strand gebracht und dann in einer Kraftanstrengung, über die er selbst staunte, die Treppe zu der kleinen Bucht hinuntergetragen, dem Port Bàn. Dort lagen genug geeignete Steine herum, um den gestopften Strumpf damit zu beschweren. Nicol hatte auch noch die verbliebene Öffnung vernäht, doppelt. Inzwischen roch McKechnie nach Katzenklo und leicht süßlich – höchste Zeit, dass er dahin zurückkehrte, woher er gekommen war. Aus dem Strumpf war ein geruchsdichtes Paket geworden, fertig zur Auslieferung. Ein Leichensack.

Dann hatte Nicol Eigeninitiative gezeigt. Val war mit Nebenproblemen beschäftigt, warum sollte er nicht das Hauptproblem beseitigen und die Leiche auf Nimmerwiedersehen im offenen Meer versenken, wie sie es geplant hatten, Val und er? Das würde Val zusätzlich für ihn einnehmen. Nicol – nicht nur ein genialer Handwerker, sondern auch ein großer Seefahrer.

Der noch nie zur See gefahren war. Nur in seiner Fantasie, mit einem halb fertigen Boot.

Aber das würde sich ändern. Hatte er gedacht.

Die *Ferret* war an der betonverstärkten Anlegestelle festgemacht. Fender in Form alter Reifen waren dort angebracht, um die Bordwand zu schützen. Nicol hatte die Leiche wie ein widerspenstiges Gepäckstück an Bord befördert: zerrend, schleifend, ziehend und wälzend. Eine wackelige Angelegenheit, doch irgendwie schaffte er es. Der Leichensack landete auf der Ladefläche hinter dem Steuerhaus. Dort war er vorerst gut aufgehoben.

Nicol warf die Festmacherleine von den Pollern am Ufer los – fertig.

Der große Moment war gekommen. Nicol stach in See. Die *Ferret* besaß nicht einmal ein Steuerrad, nur einen einzigen Hebel und einen Anlasser wie bei einem Auto. Der Schlüssel steckte im Zündschloss. Er drehte ihn, und der Motor sprang an, hustend und spuckend zwar, aber er lief. Mit dem Hebel konnte man auch steuern, wie Nicol auf den ersten Metern feststellte.

Er würde den Port Bàn verlassen, hatte er sich eingebildet, und hinausfahren aufs Meer, wo seine Bestimmung lag und sich seine Träume von einem Leben im Einklang mit der Natur und den Elementen bewahrheiten würden. Wo er ein Gespür für die endlose Weite des Ozeans bekäme und für den ewigen Gang der Gezeitenströme, die nichts Geringerem glichen als dem Atem der Welt.

Dann war der Motor ausgegangen.

Und nicht wieder angesprungen. Ums Verrecken nicht.

Der Treibstoff war alle. Das hatte Nicol nach etlichen neuen Startversuchen und einem viel zu späten Blick auf die Tankanzeige feststellen müssen. Die Tankanzeige bestand aus einer winzigen roten Nadel hinter einer völlig verdreckten runden Glasscheibe in Kniehöhe, das konnte man schon einmal übersehen, wenn man mit der *Ferret* nicht vertraut war.

Zu allem Überfluss hatte dann auch noch der Sturm eingesetzt.

Seither war Nicol damit beschäftigt, das antriebslose Boot über Wasser zu halten. Der Bug zeigte nach Westen, dort kamen der Wind und die Wellen her. Viel Wind. Fiese Wellen. Auf keinen Fall durfte sich die *Ferret* querstellen. Sonst würde sie kentern, zumindest das war ihm klar.

Er befand sich immer noch in der kleinen Bucht, etwa zehn Meter von der Anlegestelle entfernt, und kämpfte mit Poseidons Zorn. Er hatte den Anker ausgebracht, ein Ankerlein eher, normalerweise ausreichend für das kleine Boot. Doch das half nicht viel, die *Ferret* riss sich immer wieder los.

An Deck hatte er ein einzelnes Ruder gefunden, einen Riemen, den man in eine Dolle am Heck stecken konnte. So war das Boot auch ohne Motor über kurze Distanzen zu manövrieren. Daran riss und rüttelte er wie ein Verrückter und hielt die *Ferret* einigermaßen in Position. Sehr viel mehr ließ sich damit nicht bewirken. Das Wasser war zu tief, um ihn zum Staken zu benutzen, und steuern konnte man damit nur sehr bedingt. Jedenfalls hatte er noch nicht herausgefunden, wie man am besten damit umging. Bei ruhiger See, stellte er sich vor, wäre es möglich, das Boot mithilfe des Riemens zu wenden und zum Ufer zurückzurudern. Aber die See war nicht ruhig. Das verdeutlichte ihm jede hohe Welle, die ihn mit Salzwasser tränkte und in einen begossenen Pudel verwandelte.

Irgendwie hatte er das Gefühl, dass er sich wie ein Vollidiot anstellte.

Wenn die *Ferret* ein Segel besäße, überlegte er, könnte er all sein angelesenes Wissen zur Anwendung bringen. Er hielt sich für fähig, ein Segelboot in jeder nur erdenklichen Situation von A nach B zu befördern. Theoretisch kannte er alle Manöver, hatte sie inklusive der dazugehörigen Schaubilder auswendig gelernt. Er würde eine Wende, oder besser noch, eine Halse einleiten, dann sofort das Segel reffen und in einem eleganten Bogen mit entsprechendem Rudereinsatz zur Anlegestelle schippern.

Leider war die *Ferret* kein Segelboot.

Doch zum Glück war er dem Sturm nicht völlig schutzlos ausgeliefert. Der Port Bàn stellte einen –

wenn auch sehr kleinen – natürlichen Hafen dar. Die Wucht der Wellen wurde durch einen Ring von Felsen und Riffen ein wenig abgemildert. Trotzdem tobte das Wasser darin wie in einem Hexenkessel.

Nicol rührte weiter mit dem Riemen herum. Er befand sich in einer schier ausweglosen Situation und begann, verzweifelte Maßnahmen in Betracht zu ziehen. Wenn er über Bord sprang und zur Anlegestelle schwamm, wäre er zwar in Sicherheit, aber die führerlose *Ferret* würde von den Wellen verschlungen werden oder irgendwann kentern oder auflaufen oder gegen die Felsen prallen. Auf seiner ersten Ausfahrt hätte er als Skipper versagt. Eine Blamage ohnegleichen, eine nicht zu tilgende Schmach.

Was würde Val mit ihm machen, wenn sie sah, dass er ihr Boot geschrottet hatte? Und was würde mit der Leiche geschehen, wenn sie hier ins Wasser fiel? Kein guter Ruheplatz für McKechnie. Man würde ihn wieder umständlich aus dem Port Bàn herausfischen müssen.

Die Alternative war: auf dem Posten bleiben und die *Ferret* irgendwie vor dem unausweichlich scheinenden Schiffbruch bewahren. Bis Val zurückkam und ihm aus der Patsche half. Zum Beispiel, indem sie ihm ein Tau zuwarf. Das konnte funktionieren, überlegte Nicol. Ein fester Punkt an Land, von dem aus Val die *Ferret* vorsichtig zum Ufer zog, während er den Riemen aus der Dolle nahm und als Abstandhalter benutzte, damit das Boot beim Anlegen keinen Schaden nahm.

Aber wann kehrte Val vom Gigha Hotel zurück? Das konnte noch eine Ewigkeit dauern.

Die nächste Salzwasserdusche war zu viel für Nicol. Das unkontrollierte Geschaukel in dieser Bucht der Schande tat ein Übriges, um das Maß voll zu machen. Der Brechreiz wurde übermächtig.

Er drehte sich nach Lee und kotzte über Bord.

Schon Admiral Nelson hatte unter Seekrankheit gelitten, hatte er mal gehört. Sogar Odysseus. Er befand sich also in guter Gesellschaft.

Dann sah er Lizzy. Nicol traute seinen Augen nicht.

Sie stapfte die schmale Treppe herunter, deren Stufen teils aus Felsen, teils aus Beton bestanden. Vorsichtig setzte sie eine Klaue vor die andere, nahm sich Zeit. Aber sie kam stetig voran. Hin und wieder schaute sie hoch, und es war ihm, als vergewisserte sie sich durch den Haarvorhang ihres Ponys, ob er noch da war.

Ziegen bekamen so eine Kraxelei problemlos hin, einigermaßen geschickte Schafe auch. Aber Kühe? Nicols Bewunderung für dieses Hochlandrind wurde noch größer, als sie ohnehin schon war. Auf Lizzys einsamen Wanderungen über Gighas unwegsames Terrain schien sie zur Kletterkünstlerin geworden zu sein.

Aber was hatte sie vor? Warum mühte sie sich die beschwerliche Treppe hinab und nahm das Risiko in Kauf abzustürzen? Um ihm moralische Unterstützung zu leisten? Um ihm ... zu helfen? Wie sollte das gehen?

Sein Blick fiel auf die Festmacherleine. Die gab es ja auch noch. Beim Ablegen hatte er sie säuberlich über den Arm aufgeschossen und das Bündel auf dem Deck abgelegt, an einer Stelle, wo er nicht darüber stolperte. Wenn er damit eine Schlinge band wie bei einem Lasso und es ihm gelang, sie über einen Poller an der Anlegestelle zu werfen, dann hätte er den festen Punkt an Land, den er so dringend brauchte, um die *Ferret* zu stabilisieren. Den Rest würde er schon irgendwie hinkriegen.

Und wenn er den Poller nicht traf, dann vielleicht Lizzys Hörner?

Jetzt hatte er einen Plan.

34

Warum machst du das, Süße? Was ist in dich gefahren? Diese Stufen sind schweineglatt und für Menschen gemacht, nicht für Rinder! Wenn du ausrutschst, fliegst du diese verdammte Treppe runter und landest ungebremst im Meer! Da sind überall Felsen, und wenn du Pech hast, kommst du aus dieser Bucht nie wieder raus. Gehst unter wie ein Stein. Ertrinkst.

Sie sprach mit sich selbst. Das tat sie oft. Mit wem sollte sie auch sonst reden?

Lizzy hatte schon abgesoffene Kühe gesehen. Von einer Springflut überrascht, im weichen Sand gestolpert, umgefallen und mit gebrochenem Bein nicht wieder hochgekommen. Nach einer Weile aufgedunsen. Kein schöner Anblick.

Wieder hatte sie eine Stufe erfolgreich bewältigt und nahm die nächste in Angriff. Schön der Reihe nach. Allmählich hatte sie den Bogen raus. Eine Treppe konnte sie nicht aufhalten, ganz bestimmt nicht.

Warum nicht? Weil sie mit ihrem Liebsten zusammen sein wollte. Am besten rund um die Uhr. Für den Rest ihres Lebens. Dieser Rest sollte möglichst schnell anfangen.

Und sie war hot. So was von. Es hielt immer noch an, kroch und kribbelte durch ihre Nervenbahnen wie ein

Mückenschwarm, der nicht stach, sondern brummte und summte und alles in Aufruhr versetzte.

Nicol war auf die Zungennummer voll eingestiegen. Klar, er hatte ihren Kuss nicht erwidert, das wäre zu viel verlangt gewesen, der Anatomie waren ja Grenzen gesetzt. Aber er hatte ihr Maul gestreichelt.

Heiliger Bimbam!

Lizzys Maul, das war die Pforte zum Glück, eine der sensibelsten Stellen an ihrem feinfühligen und derzeit überaus empfänglichen Körper. Am Maul, direkt neben den Nasenlöchern, befanden sich nicht nur jede Menge Kuschelrezeptoren unter der samtweichen Haut, sondern auch Tasthaare, sogenannte Vibrissen. Damit begutachtete sie normalerweise ihr Futter. Aber sie eigneten sich auch dazu, Berührungen und Liebkosungen wahrzunehmen, und zwar stromschlagartig.

In der Village Hall hatte sie mal an einem Workshop teilgenommen, von draußen durchs Fenster. Da war es darum gegangen, wie sich dem partnerschaftlichen Miteinander nach den üblichen Abnutzungserscheinungen wieder Leben einhauchen ließ. Fast die gesamte weibliche Bevölkerung von Gigha war erschienen und hatte der Referentin, einer burschikosen, unkomplizierten jungen Frau aus Glasgow, anfangs amüsiert und dann zunehmend fasziniert gelauscht. Anhand großer Wandprojektionen und einer Vielzahl detailgetreuer Modelle wurde eine Reihe von Körperfunktionen erklärt. Und das mit den Pheromonen.

Lizzy konnte nur einen Bruchteil davon nachvollziehen, auch weil sie ein wenig anders gebaut war als Val, Phyllis und die anderen. Aber sie hatte gestaunt, worauf die Menschen alles so kamen, um einander oder auch nur sich selbst Lust zu bereiten, und welch merkwürdige Gerätschaften sie dazu benutzten: bunt, lustig geformt, verspielt. Manchmal waren sie eine Wissenschaft für sich. Wozu ein Dildo gut war, kapierte sie gerade noch, sie war ja nicht blöd.

Menschen vertrauten gern Geräten. Die waren stets verfügbar und taten klaglos ihren Dienst. Für Kühe schien es so etwas nicht zu geben. Lizzy fand, da musste sich einiges ändern. Auch sie hatte ein Recht auf Wonne in den einsamen Stunden am Abend, bevor sie im Stehen einschlief.

Aus dem Workshop in der Village Hall war ein ausgelassener Abend geworden. Vor allem nach der Pause mit Kaffee, Torte und Whisky, als die Frauen all die mitgebrachten Gerätschaften der Referentin näher in Augenschein genommen hatten. Craig, der Postbote, musste danach viel mehr Pakete ausliefern als gewohnt.

Inzwischen hatte sie die Treppe hinter sich gebracht und die Anlegestelle erreicht, eine Art natürlichen Mini-Pier. Eine Böe blies ihr den Pony aus den Augen, sie hatte beste Sicht.

So ein Sturm war voll ihr Ding. Die Idioten aus ihrer Herde suchten dann immer Schutz hinter Hecken, Natursteinmauern oder in Unterständen. Lizzy nicht. Sie war wie gemacht für ein Unwetter. Da spürte sie, dass sie am Leben war und weder Wind noch Regen ihr etwas anhaben konnten. Ihr Zottelfell reichte vollkommen aus, damit ihr nicht kühl wurde.

Was sie sah, entlockte ihr ein Seufzen. Nicol hampelte wie ein Bekloppter auf dem Boot von Val und Phyllis herum. Offenbar versuchte er, es vor dem Kentern zu bewahren. Zugleich schien er es irgendwie zum Anleger zurückbefördern zu wollen, das sagten ihr seine angestrengten Blicke.

Wie war er überhaupt in diese Lage geraten?

Und warum ruderte er nicht einfach zum Ufer?

Ihr Liebster hatte echt ein Talent dafür, sich in Schwierigkeiten zu bringen. Lizzy konnte ihn nicht eine Minute allein lassen.

Sie hatte ihm das Pinke vom Hals geschafft. Überaus erfolgreich, wenn sie das sagen durfte. Und jetzt? Sollte sie sich als Rettungsschwimmerin betätigen?

Lizzy konnte durchaus schwimmen. Sie tat es nicht gern, aber es klappte irgendwie, lag wohl in ihrer Natur. Manchmal schwamm sie durch eine Bucht, um den Weg zu ihren Lieblingskräutern abzukürzen. Überhaupt kein Problem. Sie kannte eine Kuh von den Äußeren Hebriden, die einmal im Jahr mit der ganzen Herde zu einer Insel mit gutem Weideland geschwommen war, unter Aufsicht des Bauern. Dann war sie nach Gigha verkauft worden und ließ seither keine Gelegenheit aus, von ihren Meisterleistungen zu erzählen. Es nervte gewaltig.

Aber bei diesem Seegang fand Lizzy es zu gefährlich, sich in die Fluten zu stürzen. Was, wenn sie keine Stelle fand, an der sie wieder an Land gelangen konnte? Nein, es musste eine andere Lösung geben.

Nicol hantierte mit einer Leine. Er hatte eine Schlinge gemacht und schwang sie durch die Luft. Um sie irgendwie an Land zu befestigen und das Boot daran zum Ufer zu ziehen? Vielleicht war er doch nicht vollkommen bescheuert.

»Du kommst gerade recht«, rief er. »Du bist meine Rettung!«

Lizzy muhte einmal ganz laut. Das sollte heißen: »Ich bin hier, Baby, keine Panik!« Nach einer Pause muhte sie noch mal und schwenkte ihre Riesenhörner hin und her. Die würde er ja wohl treffen mit seiner Leine, dachte sie. Hoffentlich verstand er, was sie meinte.

Der erste Wurf ging daneben. Zu kurz.

Nicol holte die Leine ein. »Bleib da stehen, Lizzy!«

Was denn sonst? Glaubst du, ich bin zu meinem Vergnügen hier runtergeklettert? Das war doch nur deinetwegen!

Sie muhte erneut, ungehalten. Streng dich gefälligst an!

Nächster Versuch, wieder nichts. Aber schon näher, die Leine klatschte direkt vor Lizzy ins Wasser.

»Tut mir leid! Wir probieren es gleich noch mal!«

Irgendwie mochte sie es, dass er ihre Hilfe brauchte. Es fühlte sich gut an. War das Liebe, wenn es ihr gefiel, ihm beizustehen in seiner Not? Für ihn da zu sein, obwohl Gischt ihr in Augen und Nasenlöcher spritzte und der Anleger scheißrutschig war?

Nicol holte weit aus. Fixierte dabei den Punkt, den er treffen wollte.

Die Leine flog durch die Luft. Endlich war der Wurf weit genug. Leider stimmte die Richtung nicht ganz.

Lizzy machte einen Schritt zur Seite und richtete sich ein wenig auf, reckte den Kopf noch weiter nach oben. Stählerne Muskeln, wache Reflexe, perfekte Körperbeherrschung.

Die Leine blieb an ihrem linken Horn hängen. Nicol zerrte daran, vorsichtig. Die Schlinge zog sich zu.

»Es hat geklappt, Lizzy! Jetzt bloß nicht bewegen!«

Das hatte sie nicht vor. Ganz bestimmt nicht.

Der Rest des Manövers ging ganz gut über die Bühne. Ein wenig half ihnen auch das Wetter. Die Sturmböen ließen nach, kurz wurde die See etwas ruhiger. Warum sollten sie nicht mal Glück haben?

Nicol gab alles. In den Armen hatte er jede Menge Kraft, das musste Lizzy ihm zugestehen. Möglicherweise war er etwas ungeschickt – aber zäh, das gefiel ihr. Zäh und verbissen. Und barfuß. Sie hatten so viele Gemeinsamkeiten.

Hand über Hand holte er die Leine ein, während sie eisern stillhielt und sich gegen den Zug stemmte. Mit dem Heck voran näherte sich das Boot der Anlegestelle. Auf den letzten Metern setzte Nicol das Ruder ein. Es gelang ihm, den Rumpf zu drehen, sodass die *Ferret* längsseits kam. Er sprang auf den Pier, löste die Leine von Lizzys Horn und machte das Boot an zwei Pollern und zusätzlich an einbetonierten Krampen fest, sorgfältig, wie aus dem Lehrbuch. Die Fender aus alten Autoreifen schützten den Rumpf davor, Schaden zu nehmen.

»Das hätten wir!« Nicol rieb sich die Hände. »Gar nicht mal schlecht angesichts der Umstände. Ziemlich gut, würde ich sogar sagen.«

Lizzy wartete auf seine Umarmung. Sie harmonierten wie ein Paar, das füreinander bestimmt war.

»Aus mir wird doch noch ein Seemann.« Er ging wieder an Bord der *Ferret*. »Jetzt nur noch die Leiche anlanden. Aber das bekomme ich auch noch hin. Wär doch gelacht!«

Sie muhte. Laut.

»Was ist denn?«, fragte er.

Aufforderndes Kopfnicken. Lass uns knutschen, mein Held!

»Nerv mich jetzt nicht, ich bin beschäftigt!«

Hatte sie richtig gehört? Nerv mich nicht? Lizzys Augen wurden bedrohlich klein.

»Und mach ein bisschen Platz. Du blockierst ja den ganzen Pier.«

Jetzt war sie angepisst.

35

Craig fing Phyllis auf. Er schleifte sie zu einem Stuhl mit Armlehnen und setzte sie hinein. Ihr Oberkörper kippte zur Seite. Mist! Er schob den Stuhl samt Phyllis an die Trennwand neben der Flügeltür des Ausgangs und stellte ihn so hin, dass Phyllis gestützt wurde und einigermaßen aufrecht sitzen blieb.

Sie hatte die Augen geschlossen, atmete jedoch ruhig und gleichmäßig. Es sah so aus, als würde sie bloß ein Nickerchen halten. Was ja auch ungefähr hinkam, hoffte Craig.

Phyllis war in Ohnmacht gefallen. Was bedeutete das überhaupt, medizinisch gesehen? Bewusstlosigkeit, Kreislaufkollaps, ein Blackout? Vielleicht durch Blutleere im Gehirn?

Irgendetwas war jedenfalls mit ihr passiert, als sie die Zeichnung betrachtet und sich erkannt hatte. Als sie mit der Wirklichkeit konfrontiert worden war, mit ihrem wahren Alter, mit der Gegenwart. Craig hatte sich so viel Mühe gegeben, sie genau zu treffen, realistisch. Und ohne sich loben zu wollen, es war ihm recht gut gelungen. Schon immer konnte er wie selbstverständlich mit Stift und Papier umgehen. Dabei war ihm so, als zöge er Linien nach, die sich bereits im Papier befanden, als machte er sie nur sichtbar.

Phyllis hatte auf diese Linien reagiert, indem sie umgekippt war und sich eben mal aus dem Gespräch mit ihm verabschiedet hatte. Die Zeichnung stimmte so gar nicht überein mit dem Bild aus ihren rückwärtsgewandten Wahnvorstellungen: dem einer jungen, fast noch pubertierenden Frau, über beide Ohren verliebt in Jim McKechnie.

Das konnte Craig nach wie vor ziemlich schlecht verdauen.

Sein Tagebuch lag aufgeschlagen auf einem Pubtisch, seit er es aufgehoben hatte, nachdem es auf den Boden gefallen war. Das Bild von Phyllis war zu sehen, wirklichkeitsgetreu. Wunderschön, wie er fand.

Er suchte nach etwas, womit er sie reanimieren konnte. Möglichst sanft. In grauer Vorzeit hatte man Riechsalz benutzt. Das war aber gerade nicht zur Hand. Sein Blick fiel auf die Bar und das unbewachte Whiskysortiment hinter dem Tresen. So ein Torfhammer wäre jetzt das Richtige. Laphroaig?

Er nahm eine der charakteristischen grünen Flaschen aus dem Regal, schenkte ein Glas voll und näherte sich damit Phyllis. Das Zeug hatte 48 Prozent, »Triple Wood« stand auf dem Etikett. Es roch aromatisch, nach einer Moorleiche, die eine gewisse Zeit in einem Sherryfass verbracht hatte. Mit der freien Hand schob er einen Pubhocker neben Phyllis und setzte sich.

Zuerst hielt er ihr das Glas nur unter die Nase. Das zeigte eine gewisse Wirkung. Ihre Nasenflügel zitterten und kräuselten sich ein wenig.

Schon mal ein gutes Zeichen, fand Craig. Es bedeutete, dass Phyllis nicht völlig weggetreten war. Sonst hätte er Doktor Beanie rufen müssen, den Inseldoktor. In den meisten Fällen konnte er helfen. Der Doktor verfügte über eine Apotheke, die einem Drugstore alle Ehre machte, er war für diverse Notfälle gerüstet. Manchmal blieben Hebrideninseln wie Gigha tage- oder wochenlang vom Festland abgeschnitten, da musste man autark sein.

Craig führte das Glas an ihren Mund und öffnete die Lippen leicht mit Daumen und Zeigefinger. Es war ihm ein bisschen peinlich, Phyllis auf diese Weise zu berühren, während sie nichts merkte, vor allem, weil er sie noch nie berührt hatte, wie ihm gerade bewusst wurde, nicht einmal zur Begrüßung oder zum Abschied oder abends im Pub. Ob es daran lag, dass ein Postbote als eine Art neutrale Person galt, mit der man keinen näheren Kontakt hatte? Oder an der Tatsache, dass Phyllis generell etwas unnahbar wirkte, als steckte sie in einer Hülle, die sie vor allerlei äußeren Einflüssen schützte?

Er flößte ihr einen ordentlichen Schluck ein. Das meiste ging daneben und verbreitete einen durchdringenden, leicht süßlichen Torf- und Alkoholgeruch.

Phyllis schluckte. Dann schlug sie die Augen auf.

Ungläubig musterte sie ihn. Erkannte ihn. Sah sich kurz um.

»Hi, Craig«, sagte sie schließlich, nahm ihm das Glas ab und trank es in einem Zug aus.

Er beobachtete ihre Reaktion.

»Himmel!«, stieß sie hervor und hieb mit der Faust gegen die dünne Trennwand. Der Whisky war stark und brannte ihr offensichtlich in Mund und Kehle. Sie rang um Atem.

Nach einer Weile ging es wieder. »Wie bin ich hierhergekommen?«, fragte sie.

»Keine Ahnung. Aber du weißt hoffentlich, wo du bist, oder?«

»Im Pub im Hotel, wo denn sonst?« Sie machte eine Pause. »Ich werde wohl von der Töpferei hergelaufen sein. Oder hast du mich in deinem Postauto mitgenommen?«

»Ich war schon hier, als du kamst. Da warst du ziemlich durcheinander.«

»Oje, schon wieder?« Sie drehte die Augen zur Decke. »Wenn's dafür bloß mal eine Therapie gäbe! Oder gute Medikamente. Da würde ich einiges dafür geben.«

Er nickte vielsagend.

»War's schlimm?«

»Ging so«, log Craig. »Du hast wieder gedacht, du seist 17. Ein junges Ding.«

»Das Übliche also.« Sie seufzte.

»Du warst schwer verliebt.«

»Auch nichts Neues. Wie lange ist das jetzt her? 30 Jahre? Müsste ziemlich genau hinkommen.« Sie lachte hohl. »Dann ist das so etwas wie ein Jubiläum.«

»Dieses Mal war es sehr realistisch. Du dachtest, du seist mit deinem Lover verabredet, hier im Pub. Hast es dir einfach nicht ausreden lassen.«

»Ich kann ziemlich hartnäckig sein. Tut mir leid,

Craig. Danke, dass du da warst und dass du dich um mich gekümmert hast.«

Phyllis legte eine Hand auf seine Schulter, überraschend nachdrücklich, wie er fand. Fast schien es ihm, als wolle sie ihn an sich ziehen. Etwa für einen Kuss? Ihre Augen begegneten den seinen, ganz offen, unverstellt. Um ihm direkt ins Herz hineinzublicken?

Wow, ging das schnell. Darauf war er nicht vorbereitet. Er rührte sich nicht, starrte nur gebannt zurück.

Dann ließ sie ihn langsam los und drückte ihn dabei leicht, am Hals, wie zur Bekräftigung.

»Lass uns nach draußen gehen, ich brauche frische Luft. Und ein bisschen die Beine vertreten schadet sicher auch nicht. Komm, die Flasche nehmen wir mit.«

Phyllis gab ihm das leere Glas, stand auf und begab sich zum Bartresen, um den Laphroaig mit dem Korken zu verschließen und sich die Bottle kurzerhand unter den Arm zu klemmen. Auf dem Rückweg kam sie an dem Tisch vorbei, auf dem Craigs Tagebuch lag. Die Seite mit der Zeichnung von ihr war immer noch aufgeschlagen.

»Soll das ich sein?«, fragte sie.

Er trat neben sie und schwieg.

Sie reichte ihm die Flasche und nahm das Tagebuch in die Hand. Betrachtete das Bild genauer.

»Das ist gut! Du bist ja ein richtiger Künstler. Ich wusste gar nicht, dass du so toll zeichnen kannst. Sehr einfühlsam.«

Er zuckte mit den Schultern. »Nur ein Hobby von mir.«

»Du schaust genau hin. Das ist eine Gabe. Eine, die man pflegen muss.«

»Danke.«

»Niemand hat mich je so genau angeschaut.«

Jetzt musste er irgendwas Gewichtiges sagen, fand er, etwas mit Substanz. Aber was? »Menschen wie du altern nicht«, sprudelte es aus ihm heraus. »Die sind und bleiben schön und leuchten ein Leben lang.«

Sie zögerte. »Komplimente kannst du auch ...? Wer hätte das gedacht.«

»Ich arbeite dran.« Er klappte das Tagebuch zu und steckte es in seine Royal-Mail-Jacke.

Phyllis ließ es dabei bewenden. Offenbar merkte sie, dass es ihn verlegen machte, über das Bild zu reden. Und warum er es gezeichnet hatte.

Aber sie zwinkerte ihm zu. Anerkennend. Auf eine Weise, die ziemlich viel bedeuten konnte.

Sie schlüpfte in ihren Winterparka, ließ ihn offen. Gemeinsam traten sie ins Freie. Auf der ummauerten Terrasse befanden sich abgenutzte Tische und Stühle, Aschenbecher für die Raucher, ein von der salzhaltigen Luft zerfressenes Reklameschild für eine Biermarke. Nach schottischen Maßstäben richtig gemütlich.

Craig nahm die Laphroaig-Flasche und schenkte das Glas voll. Er reichte es Phyllis.

»Das Beste, was wir jetzt tun können«, sagte sie und nahm einen guten Schluck. »Oh Mann, der macht Laune! Wenn man sich mal dran gewöhnt hat.« Sie gab ihm das Glas zurück.

Er leerte es. Sein erster Whisky heute, warm und viel.

Entspannend. Das brauchte er jetzt auch nach der Aufregung mit Phyllis und seiner Zeichnung. Hatte sie es kapiert? Dass er sie liebte und sie deshalb porträtiert hatte?

Sie schwiegen ein paar Minuten, füllten immer wieder das Glas, tranken abwechselnd und hingen ihren Gedanken nach. Mieden dabei die Blicke des anderen. Ordneten sich – oder versuchten es wenigstens. Ließen den Wind an sich zerren und zupfen und durch ihre Kleidung fahren.

»Wie viel Uhr haben wir eigentlich?«, fragte Phyllis schließlich mit belegter Stimme. Der hochprozentige Alkohol lähmte ihre Zunge und löste sie zugleich.

»Halb drei?«

»Puuh, dann fehlen mir ja vier, fünf Stunden.«

»Du warst eine ganze Weile fort. Das war intensiv, wie?«

»Ich kann mich kaum dran erinnern.«

»Echt nicht?«

»Nur schemenhaft. Was hab ich denn von mir gegeben? Teenagerblödsinn?«

»Du hast einen Namen genannt.«

»Einen Namen?«

»Das hast du noch nie getan, wenn du in deine Vergangenheit abgedriftet bist. Niemand wusste, in wen du damals verschossen warst. Du hast immer nur von deinem Liebsten gesprochen, damals in Edinburgh. Von deinem Baby.«

»Der Name!«

»Jim. Jim McKechnie.«

»Okay …« Phyllis nahm wieder einen Schluck Whisky.

»Du seist mit ihm verabredet, hast du gesagt. Wolltest ihn unbedingt sehen.«

Er verschwieg, dass Val ihm den Namen des Schauspielers vor einiger Zeit gesteckt hatte, bei einem vertraulichen Morgentee, nachdem am Vorabend ein Film mit McKechnie gelaufen und Phyllis wie leichenstarr im Bett liegen geblieben war. Für Craig einer der schrecklichsten Morgen seines Lebens. Niederschmetternd war das für ihn gewesen. Was konnte er Phyllis denn bieten im Vergleich zu diesem Frauenschwarm? Was hatte er der Erinnerung an so einen attraktiven, begehrten Mann entgegenzusetzen? Craig wünschte, Val hätte ihm den Namen nie verraten.

»Was noch?«, fragte Phyllis mit der Besorgnis einer Frau, die einen Filmriss hatte und nicht mehr wusste, was sie unwissentlich ausgeplaudert oder getan hatte.

»Du meintest, du würdest ihn vergöttern.«

»Echt jetzt? Vergöttern?«

»Ja. Deine Worte.«

»Oje«, sagte sie gedehnt und schaute zum Himmel empor, der sich zunehmend verdüsterte, als läge hinter dem Horizont eine Rauchquelle, die schwarzen Qualm produzierte und ihn nach und nach über den gesamten Sehkreis verteilte.

»Es kommt ja nicht oft vor, dass du in der Öffentlichkeit so bist. Aber dieses Mal … Du hast mir Angst gemacht, warst komplett in deiner Welt. Ich hab mich gefragt, ob du je wieder die Kurve kriegst und zurückfindest.«

»Dafür gibt es eine Erklärung«, sagte sie mehr zu sich selbst als an Craig gerichtet. »Gestern … da ist etwas geschehen, was ich nie für möglich gehalten hätte. Jim … Er stand plötzlich vor der Tür.«

»Gestern, sagst du?«

»Ja. Er kam vorbei. Aus heiterem Himmel.«

»Er war bei dir? Warum? Was wollte er?«

»Das hab ich erst später kapiert. Es ging um die Genehmigung für einen Filmdreh an den Twin Beaches.«

»Aha.« Craig überlegte. »Dann war es wohl Zufall, dass du ihm wiederbegegnet bist.«

»Absolut.«

»Oder doch eine Fügung des Schicksals?«

»Jim hat mich nicht wiedererkannt!«, brauste sie auf. »Kannst du dir das vorstellen? Nach 30 Jahren klopft er an meine Tür, die Liebe meines Lebens! Und er sieht mich an wie eine Fremde! Hat nicht die geringste Ahnung, wer ich bin.«

»Das ist bitter.«

»Das ist eine Katastrophe, Craig! Ich hab gedacht, jetzt ist alles zu spät. Seit 30 Jahren hat sich dieser Typ in meinem Kopf eingenistet. Ich träume von ihm, immer noch, täglich! Und dann weiß er nicht mehr, wer ich bin!«

»*Ich* weiß das.«

»Wie?«

»Wer du bist. Wie du bist. Was in dir vorgeht. Ich weiß das ganz genau.«

»Was redest du da? Willst du mich trösten?«

»Ein bisschen.«

»Dein Mitleid brauche ich nicht«, sagte sie harsch und nahm noch einen Schluck Whisky. »Von niemandem!«

»Mitleid? Das ist kein Mitleid, sondern Mitgefühl. Das ist Liebe. Steht doch in meinen Briefen an dich.«

»Was für Briefe?«

Craig fiel aus allen Wolken. »Ich hab dir geschrieben. Einige Male!«

»Das ist ja süß.«

Er überlegte. »Heißt das, du hast keinen meiner Briefe gelesen?«

»Nö.«

»Aber ich hab sie doch Val gegeben …«

»Ich hab nie einen Brief von dir bekommen, Craig.« Phyllis schüttelte den Kopf. »Nicht, dass ich wüsste.«

»Das ist jetzt nicht dein Ernst, oder?«

»Kann sein, dass Val die Briefe abgefangen hat, das wär gut möglich. Sie passt auf mich auf, das geht schon lange so. Vielleicht möchte sie, dass ich keine weitere Enttäuschung erlebe.« Ihre Miene hellte sich auf. »Willst du mir sagen, was in den Briefen stand?«

»Na, was wohl?«, fragte er.

»Irgendwas mit … Liebe?«, versuchte sie es mit einem aufmunternden Lächeln. »Liebe statt Mitleid?«

»Gut geraten.«

»Dieses Wort …«

»Liebe?«

Sie nickte versonnen. Ihr Blick ging in die Ferne. Ein bitterer Zug zerfurchte ihre Lippen. »Das ist ein großes Wort. Übergroß.«

»Es ist ja auch ein großes Gefühl«, sagte Craig. Er hörte auf, die Wirkung seiner Worte abzuwägen. »Seit ich dich zum ersten Mal sah, vor zwei Jahren muss das gewesen sein, seit dieser Zeit ist es da, in mir drin, immerzu, hier, in meiner Brust, es pocht und klopft und hämmert. In den letzten Monaten ist es immer schlimmer geworden. Heftiger. Und schöner, so seltsam es klingt. Ich kann nichts dagegen tun. Und das liegt ganz allein an dir. An der Art, wie du mich zum Leuchten bringst. Ja, das tust du. Auch wenn du nicht lächelst.«

Sie schaute ihn wieder an, mit einem Staunen in den Augen, als würde jedes Wort sie an einen glücklicheren Ort versetzen. Der schwarze, eng anliegende Merinopulli unter dem Winterparka betonte ihre Rundungen. Sie straffte den Rücken, das verstärkte den Effekt.

»So ist das mit der Liebe«, flüsterte Phyllis. »Sie macht wehrlos.«

»Du hast mich an meiner schwächsten Stelle erwischt.«

»Komm her.« Sie packte ihn am Nacken und zog ihn an sich. Dann küsste sie ihn. Lang. Genüsslich. Leidenschaftlich. Mit allem, was sie ihm zu geben vermochte, wild wie ein Teenager. Der Whisky, den sie beide getrunken hatten, wirkte wie ein Brandbeschleuniger. Ungeduldig zog sie den Reißverschluss seiner Jacke auf und presste sich an ihn, strich ihm dabei über Kopf, Hals und Nacken, knetete seinen Hintern, das volle Programm.

Craig tat sein Bestes. Anfangs fühlte er sich wie im Paradies. Durch ihren Pulli spürte er, wie sich ihr Körper fest an ihn schmiegte, sich ihm entgegenwölbte, um möglichst viele Stellen gleichzeitig zu berühren. Der Druck ihrer festen Brüste war kaum zu ertragen. Er wusste nicht, wohin mit sich und seinem Unterleib, wollte nicht zudringlich wirken.

Das war es doch, was er sich erträumt hatte! Warum er all seine Gedanken und sein Sehnen auf diese Frau gerichtet hatte, die manchmal so unendlich weit weg war. Und jetzt hielt er Phyllis in den Armen, jetzt war sie ihm ganz nah, und sie erwiderte nicht nur seine Zuneigung, sondern sie hatte sogar die Initiative ergriffen, was er selbst niemals gewagt hätte. Und sie küsste wirklich gut. Na ja, so was verlernte man wohl nicht, dachte er. In seinem Leben waren solche Gelegenheiten eher dünn gesät gewesen. Bis jetzt.

Aber so richtig konnte er nicht mittun.

Er löste sich von ihr, trat einen Schritt zurück und schaute zu Boden.

»Was ist denn?«, fragte sie verdutzt.

»Ich muss dir ein Geständnis machen.«

»Was kommt jetzt? Bist du verheiratet?«

»Nein.«

»Wär mir auch egal.«

»Es ist etwas anderes. Wegen Jim.« Seine Stimme wurde leiser. »Ich glaube, ich habe ihn umgebracht.«

36

Fassungslos starrte Phyllis ihn an. Sie tastete nach dem Mäuerchen, das die Terrasse zur Straße hin begrenzte, stützte sich daran ab. Unwillkürlich schlug sie die Hand vor den Mund. Ließ sie wieder sinken, langsam, zögerlich. Bekam sie Angst vor ihm?

Er war ein groß gewachsener Mann, maß locker über sechs Fuß. Das Schleppen der Pakete und die dauernde Lauferei hatten ihn schlank gehalten und seine breiten Schultern betont. Phyllis war zwar nicht viel kleiner als er, aber Craig war um einige Jahre jünger. Körperlich war sie ihm gewiss unterlegen.

»Sag das noch mal«, presste sie hervor. Dabei wandte sie den Kopf zu der Flügeltür des Pubs. Vermutlich Fluchtgedanken.

»Ich habe Jim McKechnie auf dem Gewissen.«

Craig hörte sich den Satz aussprechen, ein lupenreines Geständnis. Doch es klang furchtbar, was er da von sich gab, als redete ein Monster an seiner Stelle. Ein Monster, das aufgrund der Küsserei noch völlig neben sich stand.

»Zumindest gehe ich davon aus«, setzte er hinzu.

Sie runzelte die Stirn. »Was soll das heißen?«

»Genau weiß ich es nicht.«

»Wie, du weißt es nicht?«, fragte sie. Allmählich

schwand ihre Bestürzung. Sie machte eine lange Pause. Betrachtete ihn argwöhnisch, versuchte, ihn einzuschätzen.

Er rührte sich nicht. Konnte ihr nicht in die Augen schauen.

»Ich kapier gar nichts mehr«, fuhr sie fort. »Erst sagst du mir die schönsten Sachen. Dass du mich liebst, dass ich dich zum Leuchten bringe und so weiter. Hast du das auswendig gelernt? Stammt das überhaupt von dir? Egal, wir kommen uns näher, und ich hab mich gehen lassen. Ist eine Weile her, dass mir so was passiert ist, damit du's nur weißt! Und dann lässt du plötzlich diese Bombe hochgehen! Dass du Jim umgebracht hast. Du? Wie soll das überhaupt passiert sein?«

»Ich ...« Seine Stimme erstarb.

»Dann kommen dir Zweifel. Du ›gehst davon aus‹, machst Einschränkungen, windest dich ... Da soll sich noch einer auskennen!«

»Tut mir leid.«

»Tut mir leid ... Das ist ein bisschen schwach, meinst du nicht? Fällt dir nichts Besseres ein?«

»Es war in der vergangenen Nacht«, begann er, »unten in der Ardminish Bay, in der Nähe des Landungsstegs.«

»Keine Ahnung, ob ich das hören will.« Sie drehte sich weg. »Vielleicht sollte ich lieber gehen.«

»Zuvor ist McKechnie im Pub gewesen, ich auch, so ziemlich alle waren da. Er hat Lokalrunden ausgegeben und das große Wort geführt, in voller Schottenmontur, mit Kilt, Mütze und allem.« Plötzlich löste sich etwas in Craig. Aus Angst, dass Phyllis das Gespräch abbrechen und ihn hier draußen allein stehen lassen könnte, redete er immer schneller. »Natürlich stand er im Mittelpunkt, hat von seinen Segelabenteuern und dann von seinem Filmprojekt erzählt. Eine Robinson-Geschichte, modernisiert, in die Gegenwart versetzt, auf einer Hebrideninsel angesiedelt. Ziemlich beeindruckend, eine Hollywoodproduktion, also ein richtig dicker Fisch. Jede Menge Jobs sprängen dabei heraus, wenn man Sailing Jimmy denn erlauben würde, auf Gigha zu drehen. Am Palm Tree Beach bei Nicol oder den Twin Beaches bei euch. Aber leider gebe es unnötige Schwierigkeiten. Ihr würdet euch querstellen. Die Drehgenehmigung verweigern. Aber kein Problem, wenn es unbedingt sein müsse, würde er eben eine andere Insel auswählen, davon gebe es ja genug.«

Phyllis hatte sich Craig wieder zugewandt. Ihre Neugier schien stärker zu sein als ihr Groll. »Jim hat gedroht?«

»... und dabei gesoffen wie ein Loch.«

»Klingt ganz nach ihm«, räumte sie ein. »Nach dem, was inzwischen aus ihm geworden ist.«

»Was ist denn aus ihm geworden?«

»Ein großkotziges, überschätztes, lügnerisches, egozentrisches Arschloch.«

»Stimmt genau.«

»Aber er sieht immer noch blendend aus. Er hätte gestern nur mit dem Finger schnippen müssen ... und mich erkennen natürlich … Hi, Phyllis, so sehen wir uns wieder … Wer weiß, was passiert wäre.«

»Das Schlimmste kommt noch«, sagte Craig.

»Was denn?«

»Später an der Bar hat er vor den Männern mit seinen Eroberungen angegeben. Dass er in jedem Hafen eine Braut habe. Auch auf Gigha. Es sei schon lange her, aber alte Liebe roste nicht.«

»Wie?« Phyllis horchte auf. »Hat er mich doch erkannt?«

»Vielleicht ist es ihm erst später klar geworden. Jemand anderen als dich kann er wohl kaum meinen, oder?«

Phyllis überlegte. Schüttelte dann den Kopf. »Quatsch. Der wollte sich bloß wieder aufspielen. Erzähl weiter!«

»Na ja, irgendwann hatte er wohl genug intus. Um kurz nach Mitternacht dürfte das gewesen sein. Er kündigte groß an, dass er auf seiner Segeljacht schlafen würde, wie gewohnt. Ganz allein sei er mit der *Highlander* durch die Irische See gepflügt. Im Winter sei das kein Pappenstiel, haushohe Wellen und so weiter. Die üblichen Einfaltspinsel, Gerry, McPhee und die anderen, standen Spalier, als er den Pub verließ, spendeten ihm Standing Ovations. Als er ging, hatte er ordentlich Schlagseite.«

»Soll vorkommen.«

»Ich bin ihm gefolgt«, sagte Craig. »Die Straße runter zur Ardminish Bay. Auf dem ganzen Weg hat er Lieder geträllert, ›Auld Lang Syne‹, ›Wild Mountain Thyme‹, was ihm so einfiel. Gepinkelt hat er auch mal. Mit seinem Kilt war das kein Problem.«

»Bitte erspar mir die Details, ja?«

»Das ist aber wichtig. Als McKechnie den Landungssteg erreichte, hat er ins Wasser runtergepullert. Und dabei muss er mich bemerkt haben. Er wurde böse. Wollte wissen, warum ich ihm hinterherschleiche und auf den Schwanz starre.«

»Verständlich.« Phyllis konnte sich ein Lächeln nicht verkneifen.

»Er hat mich übel beschimpft. Dann fing er Streit an.«

»Was hast du angestellt?«, fragte sie argwöhnisch.

»Du meinst wohl, was McKechnie angestellt hat. Er wollte sich mit mir schlagen, bestand auf einem Faustkampf, von Mann zu Mann. Ich war noch relativ nüchtern und wich ihm aus, ließ ihn ins Leere laufen. Aber er probierte es immer wieder. Fluchte wie ein Dockarbeiter, weil er in seinem Zustand keinen einzigen Hieb anbrachte.

Nach einer Weile merkte er, dass er nichts ausrichten konnte. ›Ach, was soll's! Verpiss dich einfach, du erbärmlicher Waschlappen‹, grunzte er noch, machte kehrt und schwankte davon.«

»Wie? Das war alles?«

»An dem Landungssteg war ja seine Segeljacht vertäut. Er ging an Bord und verschwand unter Deck. Es rumpelte gewaltig, wahrscheinlich ist er den Niedergang hinuntergepurzelt. Dann hat er wieder geschimpft und geschrien und weiter Lärm gemacht, aber plötzlich war Ruhe. Ich dachte, jetzt ist er in seine Koje gefallen und pennt weg.«

Craig machte eine Pause. Er saß nach wie vor auf dem unbequemen, kalten Stuhl, während Phyllis an der Tür zum Pub lehnte und jede seiner Regungen genau beobachtete. Auf dem Tisch zwischen ihnen standen noch die Flasche Whisky und das Glas. Vereinzelte Regentropfen fielen. Unnatürlich laut klatschten sie auf ihre Jacken und den Zementboden der Terrasse.

»Dann habe ich Mist gebaut«, sagte er schließlich.

»Was für einen Mist denn?« Phyllis verlor die Geduld. »Raus damit!«

»Ich habe die Leinen der *Highlander* losgemacht. Soll der große Einhandsegler doch mal zeigen, wie er auf dem Meer zurechtkommt! So was ging mir dabei durch den Kopf. Es war noch Ebbe, die Segeljacht begann ganz langsam, in die Bucht hinauszutreiben.«

»Das war ziemlich gemein.« Sie schaute ihn vorwurfsvoll an.

»Absolut.«

»Und feige war es auch.«

»Du hast recht«, gab Craig zu. »Ich schäme mich dafür, das kannst du mir glauben.«

»Sonst bist du doch nicht so leicht zu reizen«, fuhr sie fort. »Ich verstehe das nicht. Eigentlich bist du der friedfertigste Mensch, den ich kenne. Aber ein Boot heimlich loszumachen und einen Seemann dadurch absichtlich in Not zu bringen, das ist kein harmloser Dummejungenstreich. Das ist so etwas wie … Sabotage. Ein Anschlag.«

»Ich dachte, dass er's bald merken würde, trotz der vielen Whiskys. McKechnie ist ein erfahrener Segler. Der sollte die Bewegungen seines Kahns doch kennen und sofort spüren, dass etwas nicht stimmt. Außerdem ist diese Hochseejacht bestimmt mit Instrumenten vollgestopft. Irgendwann springt da doch ein Alarm an, oder nicht?«

»Das sind bloß Ausreden, Craig! Unter den gegebenen Umständen zwar nachvollziehbar, aber … es war trotzdem mies von dir.«

Er senkte den Kopf, bereit, jedes Urteil zu akzeptieren.

Sekunden verstrichen. Er wartete, dass sie noch etwas sagte. Stattdessen kam sie zu ihm herüber und legte ihm die Hand auf den gebeugten Rücken.

»Da ist noch mehr, stimmt's?«

»Ja«, sagte er mit erstickter Stimme. »Jede Menge.«

»Du hast gesagt, du hättest Jim umgebracht. Man bringt niemanden um, nur indem man sein Boot aus dem Hafen treiben lässt.«

Er richtete sich wieder auf. Phyllis nahm die Hand weg, als hätte sie sich verbrannt.

»McKechnie kam wieder an Deck. Die Jacht hatte sich schon ein paar Meter vom Landungssteg entfernt. Aber das schien ihn gar nicht zu stören. Er blickte umher, als würde er vor einer Volksmenge stehen, vor seinen Fans. Auf dem Kopf trug er diese komische Mütze mit einer Bommel und dem gewürfelten Muster an der Seite, dazu ein weißes Rüschenhemd, ganz offiziell, und den Kilt mit der Ledertasche …«

»Sporran heißt das.«

»Kniestrümpfe hatte er auch an. Und diese Schuhe mit der seltsamen Schnürung bis über die Knöchel hinauf ...«

»Komm bitte zur Sache.«

»Sicher. Also ... McKechnie erschien wieder an Deck. Ich dachte, er wollte zurück zum Pub, um dort weiterzupicheln. Weil er irgendwas krakeelte. ›Euch werd ich's zeigen! Jetzt sollt ihr den wahren Sailing Jimmy kennenlernen!‹ So was in der Art hat er gebrüllt. Und dann noch: ›Alle Welt soll erfahren, wie scheiße es ist, Schotte zu sein!‹«

»Warum denn das?«, fragte sie.

»Keine Ahnung. Ich hab mich auch gewundert, McKechnie war ja ein Vorzeigeschotte, so wie er sich immer für die Unabhängigkeit von England eingesetzt hat.«

»Er war betrunken. Da sagt man komische Sachen.«

»Hat vielleicht schon lang in ihm geschlummert. Vielleicht war er es leid, die Rolle des Überschotten zu spielen. Jedenfalls trat er an die Reling, hinten am Heck, wo sie niedriger ist. Und dann hob er den Kilt.«

»Schon wieder?«

»Schwache Blase?«

»Weiter!«

Craig räusperte sich. »Also, das mit dem Pinkeln wurde nichts. Mitten in einer neuen Tirade verlor McKechnie das Gleichgewicht. Er ging über Bord und fiel ins Wasser.«

»Seine beste Nacht war das wohl nicht.«

»Ganz und gar nicht. Immerhin tauchte er gleich wieder auf. Die *Highlander* war kaum weitergetrieben, aber schon ein gutes Stück vom Landungssteg entfernt, dreißig Meter mindestens. Er schwamm hinterher, tat sich aber sichtlich schwer wegen all dem Zeug, das er anhatte. Und dann habe ich ihn seinem Schicksal überlassen.«

»Wie meinst du das?«

»Ich hab mich umgedreht und bin in den Pub zurückgegangen. Ohne mich noch mal umzusehen.«

»Du hast ihm nicht geholfen!«

»Er hat nicht um Hilfe gerufen.«

Phyllis starrte ihn an, als sei er nicht ganz bei Trost. »Es könnte also sein, dass Jim ertrunken ist. Dass du ihn hast ertrinken lassen? Weil du sauer auf ihn warst. Willst du mir das damit sagen?«

»Genau. Es tut mir leid, dass es so weit kam, aber so ist es bedauerlicherweise. Ich wollte, dass du es erfährst, von mir, von dem Schuldigen. Ich weiß nicht, was aus McKechnie geworden ist. Heute Morgen war ich unten am Hafen, keine Spur von der *Highlander*. Die Segeljacht ist weg.« Er zögerte. »Eine Leiche hab ich auch nicht gesehen. Aber die wäre vom Ebbstrom ohnehin aufs Meer hinausgezogen worden.«

Sie schüttelte verständnislos den Kopf. »Irgendwie habe ich dauernd gedacht, dass du bloß einen Witz machst. Einen ziemlich geschmacklosen, aber trotzdem. Dass sich alles irgendwie auflöst …«

»Ich dachte, McKechnie würde schon klarkommen«, verteidigte er sich. »Dass er wieder an Bord klettert, und fertig. Zur Not hätte er sogar zum Landungssteg zurückpaddeln können, es war ja nicht weit. Ich habe mich für den Kerl nicht verantwortlich gefühlt, dachte, eine kleine Erfrischung täte ihm ganz gut. Außerdem, was hätte ich denn machen sollen? Selbst ins Wasser springen? Ich bin kein Rettungsschwimmer.«

»Zum Pub hochlaufen und Hilfe holen?«

»Das hätte zu lang gedauert.«

»Handy?«

»Lag im Postauto, ich hatte es gar nicht dabei. Um ehrlich zu sein, habe ich die Lage gar nicht als ernst eingestuft. Erst später habe ich angefangen, mir Vorwürfe zu machen.«

Der Regen wurde heftiger, schlagartig frischte der Wind auf. Das Unwetter hatte Ardminish erreicht und schickte sich an, alles umzuwerfen, los- und fortzureißen, was keinen festen Halt besaß.

»Könnte doch sein, dass McKechnie mit seiner Jacht längst in einem sicheren Hafen liegt und alles glimpflich abgegangen ist. Das wäre doch möglich.«

»Aber dein Gefühl sagt dir etwas anderes«, sagte sie.

Craig nickte widerstrebend. »In der Nacht kam dann auch noch ein Sturm auf, so wie jetzt. Als ich wieder am Pub war, ging es schon volles Rohr los.« Er atmete schwer aus. »Ich hab's vermasselt, Phyllis. Ich kann dich nicht einmal bitten, mir zu verzeihen.«

Sie warf ihm einen traurigen Blick zu, wie er so dasaß und mit seinen Fehlleistungen haderte. Weil er Jim im Stich gelassen hatte. Ihren Jim, der ihr so viel bedeutete – und der sie im Laufe der Jahre völlig vergessen hatte.

Craig prägte sich diesen Gesichtsausdruck ein. Er würde versuchen, ihn zu zeichnen, indem er den Linien im Papier und denen seiner Vorstellungskraft folgte. Mehr war ihm nicht geblieben.

Phyllis ging nach drinnen.

Er schloss die Augen.

37

Die Fahrt war die Hölle. Val konzentrierte sich krampfhaft auf die Straße. Sie hatte sich Ohrstöpsel in den Gehörgang gestopft, die benutzte sie sonst nur, wenn sie Holz für den Brennofen mit der Kreissäge klein machte.

Doch gegen Pat war das Geräusch einer Kreissäge der reinste Engelsgesang. Auf dem gesamten Weg nach Ardminish schaffte sie es, ununterbrochen zu reden. Was alles passieren könne, wenn man plötzlichem Stress durch Erschrecken ausgesetzt sei. Ein schwaches Herz setzte da schon einmal aus oder bliebe gar stehen. Trotz ihrer ansonsten robusten Konstitution fühle sie sich angegriffen, ein stechender Schmerz sitze ihr in der Brust, das habe nichts Gutes zu bedeuten. Sie verfluchte alle Hochlandrinder Schottlands, insbesondere die auf den Inseln. Warum durften die überhaupt frei auf Gigha herumlaufen? Einer ganz bestimmten Kuh wünschte sie die Maul- und Klauenseuche, Rinderwahn und vieles mehr. Hunde, die derart gemeingefährlich seien, würde man sofort einschläfern.

Val stellte den Van auf dem Parkplatz vor dem Gigha Hotel ab, neben Craigs Postauto und dem vermissten Leihwagen.

»Da ist er ja!«, rief Bob. »Siehst du, völlig unversehrt.«

Pat sprang aus dem Fond und strich misstrauisch wie ein alter Dachs um das Auto herum, um es auf Kratzer und Dellen zu kontrollieren. Zu ihrer Unzufriedenheit schien alles in Ordnung zu sein. Dann probierte sie, ob der Wagen verriegelt war. Die Beifahrertür ging auf. Sie stieg ein.

Und gleich wieder aus. Sie hielt sich die Nase zu. »Ungeheuerlich, wie es da drinnen riecht! Bob? Hierher, Bob! Was sagst du dazu?«

Bob stand neben Val auf dem Parkplatz und hatte abgewartet, was die Inspektion seiner Frau ergab. Unwillig setzte er sich in Bewegung. »War ja klar, dass irgendwas ist«, murmelte er.

Er stieg auf der Fahrerseite ein und nahm als Erstes den Schlüssel an sich, der in der Mittelkonsole liegen geblieben war. Er brauchte eine Weile, um sich einen klaren Eindruck zu verschaffen. Mit einem zweideutigen Lächeln kehrte er zu Pat und Val zurück.

»Riecht ... erfrischend«, meinte er. »Hervorragender Stoff. Besser als das Zeug, das meine Schüler rauchen.«

»Der Wagen ist komplett zugekifft!«, empörte sich Pat. »Wollen wir den so wieder zurückgeben?«

»Ach was, wir lüften gründlich, dann geht das schon wieder.«

»Wo ist diese ... Phyllis? Ich glaube, sie ist uns ein paar Erklärungen schuldig. Ich habe gute Lust, die Polizei zu rufen!«

»Jetzt mach dich mal locker. Weißt du noch, bei der Fete zu deinem Vierzigsten? Da hast du einen nach dem anderen durchgezogen. Wegen der alten Zeiten.«

»Das ist was vollkommen anderes!«, unterbrach ihn Pat und stürmte zum Hoteleingang.

Bob und Val folgten ihr.

An der Rezeption saß kein anderer als Gerry, sichtlich gut gelaunt und die Dreadlocks im Takt der Musik wiegend, die er sich über Kopfhörer zu Gemüte führte. Als er sah, was da auf ihn zurollte, gefror sein Lächeln.

»Sie schon wieder!«, fing Pat an.

»Hi«, sagte Gerry etwas zu laut, blickte suchend auf seinem Schreibtisch umher und schnappte sich irgendeinen Zettel, den er sogleich eingehend studierte.

»Nehmen Sie den Kopfhörer ab, wenn ich mit Ihnen rede!«

Pats Stimme schien mühelos zu ihm durchzudringen. Er tat, wie ihm befohlen. »Was kann ich für Sie tun, Lady?«, fragte er verbindlich und schien sich damit abzufinden, dass er die Gelegenheit verpasst hatte, sich unter irgendeinem Vorwand zu verdrücken. Dann fiel ihm etwas Wichtiges ein. »Übrigens, wegen der Fähre ... Die hat den Dienst für heute eingestellt, Sturmwarnung. Wenn Sie zurück aufs Festland wollen, haben Sie leider Pech gehabt.«

»Was reden Sie da?«

»Die Fähre fällt aus. Kommt gelegentlich vor. Nach Kintyre überzusetzen ist dann zu gefährlich. Die Wellen sind zu hoch.«

»Und woher wissen Sie das?«, fragte Pat.

Nach dem ersten Schreck wirkte Gerry wieder sehr heiter und entspannt, als sei er durch nichts aus der Ruhe zu bringen. »Winnie von der Fährgesellschaft hat's vorhin durchgegeben. Ich soll's jedem sagen, das funktioniert hier per Mundpropaganda. Aber es wird auch auf der App angezeigt. Falls Sie das überprüfen möchten.«

Bob war hinzugekommen und trat neben seine Frau. »Heißt das, wir sitzen auf Gigha fest?«

»So ist das. Tut mir leid, Kollege.« Gerry schlug routinemäßig das Buch mit den Reservierungen auf. »Brauchen Sie ein Zimmer? Die 11 wäre noch frei.«

»Ich glaube Ihnen kein Wort«, knurrte Pat. »Das ist doch bestimmt ein Trick, damit wir in diesem maroden alten Kasten absteigen!«

Gerry zuckte gleichmütig mit den Schultern. »Es gibt auch ein paar B&Bs. Soll ich mal rumtelefonieren?«

Val hielt sich abseits, merkte aber an: »Sie können ihm glauben, Gerry sagt das nicht zum Spaß. Heute kommen Sie nicht mehr von der Insel runter. Morgen vielleicht. Manchmal fällt die Fähre aber auch tagelang aus. Hängt vom Wetter ab.«

Pats Augen verschossen Blitze.

»Wo ist Phyllis?«, wollte Val von Gerry wissen.

»Immer noch mit Craig im Pub. Sie unterhalten sich, ich wollte nicht stören.«

»Geht es ihr gut?«

»Alles easy, mach dir keine Sorgen.«

Während Pat auf ihrem Handy herumwischte, um die App der Fährgesellschaft aufzurufen, wandte sich Bob ihr zu. »Lassen wir es dabei. Nehmen wir uns einfach ein Zimmer«, schlug er vor, »wo wir schon einmal hier sind. Das mit der Fähre ist nicht zu ändern, machen wir das Beste daraus. Bestimmt kriegen wir von Gerry Sonderkonditionen, das ist er uns schuldig.«

»Sonderkonditionen …«, überlegte Pat mit verdächtig leiser Stimme, »genau …«

Gerry nahm sich das Reservierungsbuch erneut vor. »Ich gebe Ihnen die Hochzeitssuite zum Preis eines normalen Doppelzimmers, wie klingt das? Riesiges Bett, ganz neue Boxspringmatratze, da können Sie's richtig krachen lassen.« Sein Blick sprang kurz zwischen Bob und Pat hin und her. »Falls Sie das möchten, versteht sich.«

Keiner sagte etwas. Auch Val nicht. Sie schien gespannt zu sein, wie es weiterging mit Gerrys Gestammel und den offensichtlich schwer zu befriedigenden Ansprüchen der Leute, deren Wagen er in eine Hanfhöhle verwandelt hatte.

Doch er riss sich zusammen und fand einigermaßen in die Spur zurück. »Dinner ist heute Abend um sieben. Woanders können Sie nicht essen gehen, weil es nichts anderes gibt. Wegen Winter, aber das sagte ich schon, oder? Ich merke also einen Tisch für Sie vor.« Er machte eine schwungvolle Notiz und verharrte in der Bewegung. »Waren nicht Sie das mit dem Toffeepudding heute Mittag? Könnte gut sein, dass wir wieder welchen haben. Geht natürlich aufs Haus.«

»Zu freundlich«, sagte Bob.

Er gab den beiden noch einen vorgedruckten Zettel, auf dem sie ankreuzen konnten, was sie zum Frühstück haben wollten, teilte ihnen die Zeiten mit und überreichte Bob mit strahlender Miene den Schlüssel zur

Hochzeitssuite. Nummer 19. »Ich wünsche Ihnen einen erholsamen Aufenthalt.«

Pat ließ seine Worte im Empfangsbereich des Hotels verhallen und machte durch ihre stoische, monolithische Haltung deutlich, dass sie nicht bereit war, so ohne Weiteres zur Tagesordnung überzugehen. Langsam kam sie um den Tresen herum, näherte sich Gerrys Drehstuhl und baute sich vor ihm auf.

»Jetzt hör mal zu, Bürschchen. Das Zimmer und all der Scheiß, das interessiert mich alles nicht. Erzähl das Bob, mir ist es furzegal. Hauptsache, ich überlebe eine Nacht in dieser Kaschemme, die sich Hotel nennt.« Sie schob sich dichter an Gerry heran, der sich in seinem Stuhl so weit wie möglich zurücklehnte. »Aber ich brauche eine klitzekleine Information von dir. Bestimmt kannst du mir weiterhelfen.«

»Ich versuch's«, sagte er verunsichert.

»Du kennst dich doch aus auf Gigha ...«

»Äh, ja.«

»Es gibt da so eine Kuh, ein Hochlandrind, das frei auf der Insel umherstreift. Das Vieh geht überallhin, wo es ihm passt, sogar an den Strand runter. Hellbraunes, haariges Fell, lange Hörner und ein verschlagener Gesichtsausdruck. Leicht reizbar, gewalttätig. Kommt dir das irgendwie bekannt vor?«

Im Hintergrund legte Val demonstrativ den Finger auf den Mund und machte eine eindringliche Geste, damit er die Klappe hielt.

Pat schnappte sich die Armlehne seines Stuhls und drehte Gerry so, dass er ihr in die Augen schauen musste. Es sah aus, als würde sich ein bulliger, vierschrötiger Polizeisergeant einen Kleinkriminellen vorknöpfen, in einer idyllischen, von der Welt vergessenen Dienststelle auf dem Lande, wo eigene Regeln galten, Gewaltanwendung aller Art eingeschlossen.

Sie tippte ihm an die Schläfe. »Ist da oben irgendwas angekommen? Einsames Hochlandrind? Streng dich an!«

Er knickte sofort ein. »Sie meinen wohl Lizzy. Thin Lizzy. Sonst fällt mir keine andere –«

»Gut! Das hätten wir schon mal. Langsam heben sich die Marihuananebel, wie?« Ein triumphierender Blick zu Val. Dann widmete sie sich wieder Gerry. »Du machst das hervorragend, Kleiner. Aber ich möchte noch etwas wissen.« Pat stützte beide Hände auf die Armlehnen und senkte ihren Stiernacken. »Wem gehört Lizzy? Wer ist der Besitzer?«

»Bauer McPhee«, presste Gerry hervor und fiel in sich zusammen wie ein schlaffer Luftballon.

»McPhee«, wiederholte Pat. Sie zog die Vokale genüsslich in die Länge. »Ein schöner schottischer Name.«

»Seine Farm liegt im Norden, die Straße hoch und nach dem Giant's Tooth und der East Tarbert Bay rechts. Drei große Langhäuser, darunter ein Neubau, ein Stall und eine Scheune. Nicht zu verfehlen. Er fährt einen schwarzen Pick-up-Truck.« Plötzlich zeigte sich Gerry überaus auskunftsfreudig. Ein Folteropfer, dessen Wille gebrochen war.

»Hat McPhee Telefon? Du weißt schon, diese Erfindung mit den Nummern, unter denen man jemanden erreichen kann.«

»Jetzt reicht's aber!«, ging Val dazwischen. Sie trat an den Tresen. »Das geht Sie gar nichts an. Hören Sie auf, Gerry auszuquetschen!«

»Zu spät, meine Liebe!« Pat hatte an der Töpferei eine schwere Niederlage erlitten. Sie betrachtete Val respektvoll, von Feindin zu Feindin. Val mochte zwar eine Schlacht gewonnen haben. Nicht aber den Krieg.

Doch statt Gerry weiter zu piesacken, schaute sie sich in der Rezeption um. Es war ein offener Raum mit mehreren Zugängen, die zum Parkplatz, in den Diningroom, zu den Zimmern und in den Pub führten. Sie entdeckte eine Pinnwand an der Stelle, wo sich alle Wege kreuzten. Allerlei Aushänge waren hier zu finden, eine Liste mit den wichtigsten Rufnummern, Arzt, Fährgesellschaft und so weiter, Veranstaltungshinweise der Village Hall, Flyer von der Gigha Pottery, dem Gigha Boats and Activity Centre, das Bootsausflüge und Wassersportaktivitäten anbot, von Achamore House und dem dazugehörigen botanischen Garten. Und von Farm Holidays, Ferien auf dem Bauernhof. Willkommen bei John und Jane McPhee! Familienfreundliche Umgebung, Tiere zum Anfassen, Erholung pur.

»Na bitte!« Pat gab die Nummer in ihr Handy ein und drückte auf das Feld für die Freisprechfunktion. Breit lächelnd wartete sie auf eine Verbindung.

38

Das Gespräch gestaltete sich leichter, als Pat erwartet hatte. Zuerst überrumpelte sie McPhee mit einer ausführlichen Darstellung von Lizzys Untaten, für die er als Besitzer der Kuh verantwortlich sei. Den Vorfall am Tümpel der Pottery schilderte sie besonders drastisch. Wie sich das Vieh angepirscht und aus dem Nichts zugeschlagen habe, ein unberechenbares Raubtier, vor nichts zurückschreckend, unmöglich zu bändigen, eine Gefahr für Leib und Leben.

»Klingt ganz nach unserer Lizzy«, meinte McPhee. »Hatten Sie was Pinkes an? Das mag sie nämlich gar nicht.«

Zu diesem Zeitpunkt dachte er wohl noch, er könnte den Anruf mit ein paar markigen Worten abtun. Dann beschrieb Pat die Verletzungen, die sie angeblich davongetragen hatte, schwere Prellungen im Hüftbereich, Wirbelsäulentrauma, Herzinfarktsymptome. Sie drohte mit Schmerzensgeldzahlungen in astronomischer Höhe, möglicherweise käme eine Berufsunfähigkeitsrente hinzu. Wenn es sein müsse, würde sie ihn auf Jahre hinaus verklagen, um eine angemessene Entschädigung zu erhalten.

Wie sich herausstellte, war so viel Druck gar nicht nötig. McPhee zeigte sich kooperativ. Schon seit einiger Zeit spiele er mit dem Gedanken, Lizzy dem Bestand zu entnehmen, wie er sich ausdrückte, und sie durch eine tierschonende, angst- und stressfreie Weideschlachtung in Steaks zu verwandeln. Ein saftiger Sonntagsbraten wäre bestimmt auch drin, und natürlich jede Menge Hackfleisch für Hamburger.

Doch schlauer Bauer, der er war, zierte er sich noch ein wenig. Lizzy sei ihm trotz ihrer eigenwilligen Art ans Herz gewachsen, vor allem seiner Frau und den Kindern. Die Kuh sei zu einem Familienmitglied geworden. Zwar lasse sie sich selten blicken, aber es falle ihm trotzdem schwer, das Bolzenschussgerät anzusetzen.

Ob eine Prämie von 100 Pfund seine Skrupel beseitigen könne, fragte Pat. Sie habe das Geld in bar bei sich und werde es an der Rezeption des Hotels hinterlegen, sobald McPhee von Lizzys erfolgreicher Liquidierung und Zerstückelung Meldung machte.

McPhee feilschte und trieb Pat auf 200 Pfund hoch. Schließlich willigte er in den Deal ein. »Heute hatte ich eh nichts anderes vor«, tönte es aus dem Handy. »Ich mache mich gleich auf den Weg. Dann geht's Lizzy an den Kragen, das ist nun mal der Lauf der Dinge bei der Viehhaltung. Wo wurde sie denn zuletzt gesehen?«

»Bei der Gigha Pottery.«

»Bestens, das ist ganz in der Nähe. Wenn es mir gelingt, sie einzufangen, mache ich kurzen Prozess.«

»Aber es zieht ein Sturm auf«, wandte Pat ein.

»Juckt mich nicht, ich bin nicht aus Zucker. Nur weil

es ein bisschen bläst oder regnet, stelle ich nicht den Betrieb ein. Ihre Nummer hab ich ja auf dem Display. Sie hören von mir.«

McPhee legte auf. Lizzys zeitnahe Schlachtung war beschlossene Sache.

39

Bob ging auf den Parkplatz hinaus, um das Gepäck aus dem Kofferraum des Leihwagens zu holen. Gerry folgte ihm. Er brauchte dringend ein Break in Form einer neuen Tüte, die er sich wegen des Windes bereits an der Tür ansteckte. Dann bog er schuldbewusst um die Ecke und schlurfte zum Lieferanteneingang. Es hatte jetzt auch noch zu regnen angefangen.

Pat steckte ihr Handy ein, an Selbstzufriedenheit kaum zu überbieten. »Das wäre erledigt«, sagte sie.

Val hatte sich während des Telefonats nicht eingemischt. Sie wusste, dass McPhee ein unsensibler, geldgieriger Schweinehund war. Dass er Lizzy noch nie hatte leiden können. Val war Realistin. Kühe, auch Hochlandrinder, standen nicht unter Naturschutz. Sie kamen irgendwann unters Messer, buchstäblich. Das mit dem Messer hatte McPhee nämlich verschwiegen. Nach der Betäubung durch das Bolzenschussgerät würde er Lizzy die Kehle durchschneiden, so liefen Weideschlachtungen ab. Aber dass es ausgerechnet *diese* Kuh treffen musste, aus reiner Boshaftigkeit einer rachsüchtigen Aggrofrau …

»Wissen Sie, was Sie da gerade getan haben?«, fragte Val.

»Klären Sie mich auf!«

»Sie haben einen Auftragsmord angeordnet. Nichts anderes.«

»Lizzy wird bestimmt nicht leiden. Obwohl ... ich hätte nichts dagegen.« Pat nahm auf Gerrys Drehstuhl Platz. »Sonst noch was?«

Val lag eine passende Erwiderung auf der Zunge. Doch dann sah sie draußen das Postauto davonfahren und beschloss, dass es Wichtigeres gab, als ein erneutes, sinnloses Wortgefecht auszutragen. Außerdem konnte sie nicht dafür garantieren, dass es bei einem Wortgefecht blieb. Allmählich wurde der Drang in Val immer stärker, Pat am Kragen zu packen und ihr ordentlich die Fresse zu polieren.

Stattdessen durchquerte sie den Empfangsbereich und ging endlich in den Pub.

Phyllis war allein. Sie saß auf einem Barhocker und betrachtete die Whiskyflaschen, von denen mehrere geöffnet waren und auf dem Tresen vor ihr standen. Sie füllte ihr Glas nach und nahm einen Schluck. Es sah so aus, als sei es nicht ihr erster Whisky. Und als fühlte sie sich wie der letzte Mensch auf der Welt.

»Da bist du ja! Was bin ich froh!« Val ging zu ihr und schloss sie in die Arme. »Alles in Ordnung? Geht's dir wieder besser? Wo warst du bloß?«

Phyllis sagte nichts und machte keine Anstalten, die Umarmung zu erwidern. Sie schaute ihre Schwester nicht einmal an.

»Gerry meinte, dass Craig sich um dich gekümmert hat. Gute Freunde sind wichtig in solchen Situationen.«

Keine Reaktion.

»Worüber habt ihr denn geredet?«

Langsam wandte sich Phyllis ihrer Schwester zu. »Das müsstest du doch am besten wissen.« Sie hatte Tränen in den Augen.

»Bist du betrunken?«

»Was denn sonst?«, lallte sie. »Bei all der Scheiße, die ich so erfahre, ist das ja wohl kein Wunder!«

Val ahnte Schlimmes. »Was hat Craig dir gesagt?«

»Weißt du, dass er mich liebt? Natürlich weißt du das. Steht ja in seinem Brief drin. Seinem Brief *an mich.* In dem Brief, den du unterschlagen hast.«

»Den wollte ich dir später geben. Heute Morgen warst du nicht ansprechbar.«

»Und die Briefe davor? Wann wolltest du mir die geben? Seit wann entscheidest du das?« Phyllis redete mit sonorer, whiskygeschwängerter Stimme. Sie klang nicht wütend, sondern einfach nur enttäuscht, und zwar auf der ganzen Linie.

Val wollte auf dem Barhocker neben ihr Platz nehmen.

»Komm mir bitte nicht zu nah«, sagte Phyllis.

Val trat einen Schritt zurück und blieb stehen. Obwohl sie am liebsten im Boden versunken wäre.

Es brach über sie herein wie der Sturm, der draußen inzwischen tobte. Seit einer halben Ewigkeit hatte sie mit Phyllis keinen größeren Streit gehabt, in all den Jahren nicht, seit sie sich auf Gigha niedergelassen und gemeinsam die Töpferei aufgebaut hatten. Nachdem sie ihre Berufe als Kunsterzieherin und als Krankenschwester aufgegeben hatten, weil Phyllis' Aussetzer und Absenzen immer häufiger und problematischer geworden waren. Stets hatten sie sich blind verstanden und alles miteinander geteilt, fast alles, die Erfolge und die Rückschläge, die Arbeit, bei der Phyllis den kreativen und Val den handwerklichen Teil übernahm, die Abende im Pub und den Inseltratsch. Keine von beiden hatte das Bedürfnis nach einem anderen Partner oder einer Partnerin verspürt, wie das mitunter so war bei Zwillingen, die einander genügten, zumindest, was das tägliche Zusammenleben betraf. Wenn Val Lust auf mehr hatte, fuhr sie übers Wochenende nach Glasgow und machte eine Kneipenbekanntschaft klar. Beim Sex war sie nicht wählerisch, handfest musste es sein, ohne Rücksicht auf Verluste, zur Not im Lieferwagen. Und Phyllis ging ganz in ihren Flashbacks auf, das schien ihr zu reichen. Obwohl Jim McKechnie ganz gewiss nicht die einzige Liebe in ihrem Leben gewesen war. Während ihres Studiums und auch noch danach hatte Phyllis dauernd Affären gehabt, niemals länger als drei Tage. Ein paar Jahre war das so gegangen. Bis die Vergangenheit sie eines Tages eingeholt hatte. Am Todestag ihrer Eltern. Als das mit ihren Absenzen angefangen hatte.

Dies alles änderte sich gerade mit atemberaubender Geschwindigkeit, dachte Val. Zwischen ihr und Nicol knisterte es vernehmlich. Was im Grunde ein Unding war. Aber der Kerl hatte etwas an sich, das all ihre berechtigten Zweifel außer Kraft setzte. Er versuchte, ihr zu gefallen. Sie mochte das. Hatte sie selten gehabt. Nicht lange, und er würde sich ihr gänzlich unterwerfen, irgendwie machte Nicol das wohl glücklich. Und Val ebenso. Die Rollen schienen klar verteilt, einvernehmlich, das kam immer seltener vor in dieser durchgeknallten Welt, in der man sich auf nichts mehr verlassen konnte.

Bei Phyllis war es viel komplizierter. Gefährlicher, was ihre geistige Gesundheit betraf. In diesem Augenblick war die Kluft zwischen ihnen beiden greifbar und kaum überbrückbar. Val tat das schrecklich weh. Sie holte Craigs Brief aus ihrer Jacke. Er war zerknittert und an den Ecken abgestoßen.

»Behalt ihn.« Phyllis winkte ab. »Den will ich jetzt auch nicht mehr lesen.«

»Wirklich nicht?«

»Du bist das Letzte! Warum hast du das getan?«

»Ich wollte ... alles von dir fernhalten. Dir weitere Enttäuschungen ersparen.« Val steckte den Brief wieder ein. Akzeptierte die – verdiente – Kränkung. »Du solltest dir dein süßes Geheimnis bewahren. Ich dachte, wenn du noch so eine Enttäuschung erlebst, verlierst du völlig die Bodenhaftung. Dass du mir auf immer verloren gehst.«

»Bist du eifersüchtig? Auf Craig?«

»Ich war es. Eigentlich auf euch beide. Dass sich da etwas anbahnen könnte, wovon ich nur träumen kann.«

»Da bahnt sich gar nichts an. Es ist aus, bevor es überhaupt richtig begonnen hat.« Phyllis schüttelte mit Bestimmtheit den Kopf.

»Das würde ich mir an deiner Stelle noch einmal reiflich überlegen. Du solltest seine Briefe lesen, ich habe alle aufgehoben.«

»Wie viele sind es denn?«

»Fünf oder sechs. Tut mir echt leid, dass ich sie dir verheimlicht habe. Aus übertriebener Sorge, das war falsch. Irgendwann wollte ich sie dir geben, wenn die Zeit reif dafür gewesen wäre, das hatte ich mir fest vorgenommen. Was da alles drinsteht ... Der Mann schreibt wundervolle Sachen. Manchmal macht er sogar Zeichnungen dazu.«

»Ja, das kann er gut«, sagte Phyllis bekümmert.

»Und woran hapert's dann?«

»Es ist wegen Jim und der vergangenen Nacht. Craig geriet mit ihm in Streit, unten am Landungssteg der Arminish Bay, so hat er's mir erzählt. Jim ging dann an Bord seiner Segeljacht. Durch einen bescheuerten Zufall fiel er ins Wasser, und Craig ist einfach abgehauen, er hat Jim ertrinken lassen. Das denkt er zumindest. Könnte auch sein, dass Jim gar nicht ertrunken ist und es zurück an Bord geschafft hat. Eine verwickelte Geschichte. Jedenfalls kann mir Craig gestohlen bleiben. Es spielt keine Rolle mehr, was in seinen Briefen steht.«

Val erstarrte. Sie fragte noch einige Male nach, um Genaueres über die Begebenheit am Landungssteg zu erfahren. Da war sie, die Erklärung für McKechnies Tod!

Ein Unfall, mehr oder weniger. Klassischer Fall von »dumm gelaufen«, fand sie. Craig traf keine Schuld, der war auch nur ein Mensch. Hoffnungslos verliebt, das kam noch hinzu. Val hätte vermutlich ebenfalls keinen

Finger gerührt, um das besoffene Großmaul aus dem Meer zu ziehen. Hilfsbereitschaft und Solidarität wurden auf den Inseln zwar großgeschrieben, aber überstrapazieren sollte man sie auch nicht. Manchmal war sich jeder selbst der Nächste.

Die Leiche musste nach Norden getrieben und von der später einsetzenden Flut am Palm Tree Beach angespült worden sein. Das schien plausibel. Wo das Schiff abgeblieben war, wussten die Götter.

Doch wo sich der Tote befand, das wusste Val: in der Töpferei, fachmännisch in Segeltuch eingenäht von Nicol.

Offensichtlich hatte ihre Schwester keine Ahnung davon.

Bald sollte sie es erfahren, fand Val. Sie wusste nur noch nicht, wie sie es ihr sagen sollte.

Phyllis trank den Rest ihres Whiskys aus und kletterte vom Barhocker herunter. Sie schwankte bedenklich, aber es gelang ihr, sich ohne Vals Hilfe einigermaßen aufrecht zu halten. »Fass mich nicht an!«, zischte sie.

»Ist ja schon gut.«

»Ich glaub, ich hab genug. Und müde bin ich plötzlich auch, wahnsinnig müde. Bring mich heim, wenn du dich nützlich machen willst.«

»Bist du sicher?«

»Soll ich mich im Hotel einmieten? Wenn Paare sich trennen, machen die das so.«

»Blödsinn.« Val überlegte. Mit etwas Glück würde Phyllis zu Hause sofort in ihr Bett sinken und einschlummern. Keinesfalls durfte sie die Leiche sehen, auch nicht in verpacktem Zustand. Phyllis hatte zwar einen in der Krone, aber dumm war sie nicht, ganz im Gegenteil. Sie würde eins und eins zusammenzählen. Wenn man ihr die Gelegenheit dazu gab.

»Eigentlich sollte ich dich zu Hause rausschmeißen«, sagte Phyllis. »Was hältst du davon?«

»Irgendwie kriegen wir das schon wieder auf die Reihe.«

»Das bezweifle ich.«

Um Pat nicht erneut über den Weg zu laufen, nahm Val den Ausgang, der direkt vom Pub ins Freie ging. Phyllis folgte ihr widerstrebend. Von der Terrasse gelangten sie durch ein schmiedeeisernes Türchen auf die Straße und von dort zum Parkplatz. Der Regen verpasste ihnen eine Dusche, und sie mussten sich gegen den Wind stemmen. Der Sturm war in vollem Gange und riss sie fast von den Beinen. Notgedrungen klammerten sie sich aneinander. Es war so dunkel wie kurz vor der Dämmerung.

»Wo ist Craig?«, schrie Phyllis. »Vorhin war der treulose Idiot noch da.«

»Du bist ungerecht. Craig liebt dich!«

»Wir haben ... wie heißt das noch mal? Keine Vertrauensbasis mehr! Er hat Jim auf dem Gewissen!«

»Nie und nimmer! Jim hat sich selbst auf dem Gewissen, sieh das endlich ein.«

»Ich hasse dich!«

»Dann hass mich doch.«

40

Nicol brauchte nicht lange, um die beste aller Lösungen für sein kleines Missgeschick mit der *Ferret* zu finden. Sie war so schlicht wie genial: Er würde einfach so tun, als sei es nie passiert. Alles so herrichten, wie es zu dem Zeitpunkt gewesen war, bevor Val mit den beiden Touristen zum Hotel fuhr. Den Mantel der Verschleierung über seine erste große Ausfahrt als Skipper breiten. Bei der er es fertiggebracht hatte, nicht einmal aus einer winzigen Bucht wie diesem verfluchten Port Bàn herauszukommen.

Das bedeutete, den Leichensack zurück in die Töpferei zu befördern. Zum Glück hatte er einen Teppichschneider dabei, mit dem er die Nähte auftrennte. Er nahm die schweren Steine heraus. Zu schade war das, er hatte sie sorgfältig ausgesucht. McKechnies Katzenkloparfüm schlug ihm entgegen. Der Geruch war nicht besser geworden, es stank wie im Tierheim von Mordor. Jetzt stand ihm noch jede Menge Schlepperei bevor, diesmal die Treppe hoch und nicht runter. Heute wurde ihm nichts geschenkt.

Das allein war schon schwierig genug. Hinzu kam Lizzy.

»Lass mich vorbei, nun komm schon«, versuchte er es.

Sie rührte sich nicht. Blockierte den Pier mit voller

Absicht. Weil sie beleidigt war, nahm er an, aus irgendwelchen unerforschlichen Kuhgründen. Eben war sie seine Rettung gewesen bei der – überaus geschmeidigen – Lasso-Nummer. Und jetzt hatte sie wieder diesen Blick drauf, der einem das Blut in den Adern gefrieren ließ. Bei dem sie zu überlegen schien, welchen Körperteil sie als Erstes mit den Hörnern aufspießen sollte.

Nicol änderte seine Taktik. »Fühlst du dich vernachlässigt, meine Schöne? Sei nicht so streng mit mir. Ich stehe hier voll unter Druck, das siehst du doch. Die Leiche muss wieder die Treppe hoch, möglichst schnell, bevor Val zurückkommt und etwas merkt. Da bleibt wenig Zeit für Zärtlichkeit.«

Ungnädiges Schnauben. Scharren mit einem Huf. Oder hieß es Klaue?

Na gut, er hatte Val erwähnt. Sein Fehler. Den Namen auszusprechen reichte schon. Lass eine Frau nie spüren, dass du an eine andere auch nur denkst! Und erst recht keine Kuh von Lizzys Kaliber.

Vorsichtig kam er näher, verringerte die Distanz auf zwei Meter. »Du verstehst wirklich alles, was ich sage, oder? Du bist so klug!«

Sie reckte den Kopf vor, öffnete ihr Maul und muhte ihn in Grund und Boden. Es war, als stünde er dicht vor den Lautsprechern einer Rockband, die gerade einen Soundcheck machte und die Bässe aufeinander abstimmte. Dabei schlenkerte ihre weit ausgefahrene Zunge hin und her wie ein Fangarm, der sich mühelos um seine Kehle schlingen und zudrücken konnte, bis alles zu spät war.

Nicol interpretierte das als Zeichen der Zuneigung. »Wie wär's mit einem Küsschen?«, schlug er vor. »Zur Versöhnung?« Er hatte mal gehört, dass Versöhnungssex ein heißes Ding war zwischen zerstrittenen Paaren. Die Zeit drängte, er musste etwas unternehmen. Also machte er einen Schritt nach vorn, beugte sich weit vor und suchte eine Stelle auf Lizzys Maul, die nicht zugesabbert war.

Und bekam eine verpasst. Mit welchem Horn genau, dem rechten oder dem linken, war ihm nicht ganz klar, als er wieder zu sich kam.

Er war k. o. gegangen. Wie nach einem fiesen Schwinger. Einem Schwinger mit einem Heizungsrohr. Beinahe sofort begann sein Schädel zu brummen. Langsam richtete er sich auf. Von Lizzy sah er nur noch das Hinterteil, wie es sich gemächlich die Treppe hochbewegte.

Die folgende halbe Stunde hatte es in sich. Nicol schleifte den nicht mehr vollständig eingenähten McKechnie, der die Tendenz hatte, aus seiner Verpackung herauszuflutschen, zur Töpferei hoch, Stufe um Stufe, eine Drecksarbeit bei diesem entsetzlichen Wetter. Wenn er nicht so abgekämpft und klarer im Kopf gewesen wäre, wenn er sich die Zeit genommen hätte, die Leiche in die überaus praktische Schubkarre zu hieven, die noch oben am Ende der Treppe stand, wenn der Regen den Untergrund nicht glitschig gemacht, wenn Lizzy nicht die launische Bitch gegeben und dadurch alles verzögert hätte, wäre er vielleicht umsichtiger zu Werke gegangen und hätte das sich nähernde Fahrzeug rechtzeitig bemerkt.

Zu viele Wenns. Inzwischen hatte das Segeltuch allerlei Risse, irgendetwas hing heraus. Nicol hatte es im Zwielicht des Sturms nur bis zur Einfahrt geschafft. Ihm fehlten vielleicht fünf Meter zur Töpferei.

Die Scheinwerfer blendeten ihn. Ein Auto. Es blieb stehen, der Motor lief weiter.

Er beugte sich über den Leichensack und musste dabei aussehen wie Gollum, der gerade bei etwas sehr Schlimmem erwischt worden war. Gollum, das hässliche Zerrbild eines Hobbits.

»Bist du das, Nicol?« Vals Stimme durchs geöffnete Wagenfenster. »Was machst du da?«

Was sollte er antworten? Jetzt musste rasch eine Notlüge her. Er hörte, wie die Tür des Lieferwagens aufging und sich Schritte näherten. Regenböen peitschten gegen die Wände, gegen die Scheiben des Vans und ihm in die Augen.

Nicol hatte einen weiteren genialen Einfall. Er behauptete flugs das Gegenteil von dem, was er hier eigentlich tat. »Ich bringe die Leiche zum Boot runter. Im Schutz des Unwetters, verstehst du? Oder möchtest du, dass McKechnie über Nacht in der Töpferei herumliegt? Der Verwesungsgeruch ist inzwischen kaum auszuhalten. Der stinkt sich gnadenlos durch das Segeltuch hindurch.«

Es war eine wirklich hervorragende Ausrede. Sie erklärte nicht nur alles, sondern ließ ihn auch noch in gutem Licht erscheinen. Nicol, der anständig zupacken konnte, wenn die Gelegenheit günstig war.

»Und morgen tritt Sailing Jimmy dann seine letzte

Fahrt an«, fügte er hinzu und wischte sich das Regenwasser aus dem Gesicht, damit er besser sehen konnte. »Bestimmt klart es bis dahin auf. Obwohl das dem alten Knaben ziemlich egal sein dürfte.«

Phyllis stand vor ihm. Zuerst dachte er, es sei Val, die beiden besaßen ja eine gewisse Ähnlichkeit. Aber es war kein Zweifel möglich.

Sie schaute ihn an, als hätte er McKechnie ermordet. Und als würde sie dasselbe gleich mit ihm tun. »Was quatschst du da, Nicol? Und was, zum Teufel, schleppst du da in der Gegend rum?«

Sie hockte sich hin und fummelte an dem Leichensack herum. Ihre Whiskyfahne war gewaltig. »Das ist jetzt nicht wahr, oder? Da guckt ein Bein raus!« Ihre Stimme überschlug sich. »Wem gehört dieses Bein? Ich will sofort wissen, wem dieses Bein gehört!«

Val kam hinzu und verfluchte den Sicherheitsgurt, der sie aufgehalten hatte. Sie erfasste die Situation und zerrte an dem Leichensack. »Wir bringen das jetzt weg. Hilf mir, Nicol! Und du gehst ins Haus, Phyllis! Du bist betrunken.«

»Einen Scheiß mach ich! Das ist Jim! Mein Jim! Meine große Liebe!« Sie wollte sich auf ihn werfen, doch Nicol hielt sie fest. »Wie kommt er hierher? Was habt ihr getan?«

Val setzte auf Schadensbegrenzung. Sie versuchte, den Leichensack wegzuziehen, raus aus dem Scheinwerferlicht. Dabei bekam sie zwar den Sack zu fassen, allerdings ohne die Leiche. Mit einem Ruck riss sie den Toten aus seiner Verpackung und schlug rücklings hin.

Die Scheinwerfer kannten kein Erbarmen. Sie zeigten die Leiche im denkbar schlechtesten Licht: von ihrer Kehrseite. Der Körper lag auf dem Bauch, der Kilt war hochgerutscht, das Tattoo auf dem Hintern gut zu erkennen.

Phyllis war zwar voll wie eine Strandhaubitze, aber lesen konnte sie noch irgendwie. »Its shite being Scottish! Da fehlt ein Apostroph in ›It's‹.«

Nicol konnte und wollte sie nicht länger festhalten. Er ließ Phyllis los und hob entschuldigend die Schultern. Dann verkündete er: »Jims Leiche wurde heute Morgen am Palm Tree Beach angeschwemmt, unterhalb von meinem Cottage. Er war schon mausetot, Phyllis, keine Hilfe mehr möglich. Sorry, dass du es auf diese Weise erfährst. Wir wussten nicht, wohin mit ... seinen sterblichen Überresten. Die Polizei wollten wir aus verschiedenen Gründen nicht rufen. Wir wollten Jim eine Seebestattung angedeihen lassen. Leider ist das hier daraus geworden. Es tut mir furchtbar leid.«

Es war eine lahme, etwas unsensible Zusammenfassung. Dennoch klopfte ihm Val auf die Schulter. »Gut gemacht«, flüsterte sie.

Der Kopf der Leiche, von Nicols Wanderstab lädiert und von gefräßigen Meeresbewohnern angeknabbert, lag auf der Seite. Phyllis betrachtete ihn genau, ohne ihn zu berühren. Dann heftete sich ihr Blick wieder auf den entblößten Schottenarsch. Sie schwieg eine Weile. Drohte die Trauer sie zu überwältigen? Wollte sie zusammen mit ihrer großen Liebe ins Wasser gehen, um auch ihrem Leben ein Ende zu setzen und die

Erinnerungen endgültig zum Verstummen zu bringen?

Nicol machte sich auf alles gefasst.

»Das ist nicht Jim«, sagte Phyllis.

»Wie?«

»Diese Leiche ist nicht die von Jim McKechnie. Ausgeschlossen.«

»Bist du dir sicher?«, wunderte sich Val.

»So einen Spruch hätte er sich nie auf den Hintern tätowieren lassen. Völlig undenkbar. Jim war Schotte durch und durch. Ohne ihn gäb's die Unabhängigkeitsbewegung gar nicht.«

»Politische Einstellungen können sich im Laufe der Zeit ändern«, gab Val zu bedenken. »Oder es war eine verlorene Wette …«

»Ich kannte alles von Jim. Drei Tage lang hatten wir den Himmel auf Erden. Da lernt man den Körper des anderen millimetergenau kennen.«

»Was meinst du damit?«

»Er hatte einen Leberfleck auf dem Po. Auf der linken Backe, um genau zu sein. Sah beinahe aus wie ein Herz, von der Form her.« Sie wies auf die Leiche. »Der Typ, der hier tot rumliegt, ist ein anderer.« Phyllis machte eine Pause. »Ich bin zwar betrunken, aber das könnt ihr mir glauben.«

41

Hynch stand im Cockpit und führte einen schier aussichtslosen Kampf. Durch die Persenning, mit der er den Steuerstand abgedeckt hatte, war er zwar vor Wind und Regen geschützt. Aber die Wellen machten mit der *Orca,* was sie wollten. Die Motorjacht lief vor dem Sturm her – und drohte immer wieder von ihm eingeholt zu werden. In jedem Wellental verlor sie an Fahrt. Durch die Schaukelei hob sich die Schiffsschraube manchmal sekundenlang aus dem Wasser. Das waren die heikelsten Momente, wenn der Antrieb nutzlos und an ein zügiges Fortkommen nicht zu denken war. Hynch hatte alle Hände voll zu tun, um einigermaßen Kurs zu halten. Er kurbelte wie wild am Steuerrad, versuchte, den Bug Richtung Osten auszurichten, versuchte, den Kreiselkompass im Blick zu behalten. Obwohl der Motor mit voller Kraft arbeitete, hatte er immer wieder den Eindruck, sich nicht vom Fleck zu bewegen. Dann wuchsen die Wogen achteraus zu Sturzseen empor, hoch wie das Waisenhaus, in dem Hynch aufgewachsen war, und drohten die *Orca* zu verschlingen.

Wiederholt stand das Boot kurz davor zu kentern. Unbarmherzig setzten Wellenschläge dem Rumpf zu. Am Steuerstand fühlte sich Hynch inzwischen nicht mehr sicher, nachdem ein Brecher die Persenning eingedrückt und fast fortgerissen hätte. Er überlegte, mit dem Funkgerät einen Rettungsruf abzusetzen und Mayday zu senden. Unwillkürlich tastete er nach dem Handy in der Brusttasche seiner Bootsjacke. Zur Not konnte er auch damit Hilfe herbeiholen.

Falls bei diesem Wetter überhaupt Hilfe kam. Auf der Isle of Islay war ein großes, leistungsstarkes Rettungsboot stationiert. Das würde es schon bis nach Gigha schaffen, allerdings brauchte es ungefähr eine Stunde für die Strecke. Wenn es nicht schon woanders im Einsatz war.

In einer Stunde konnte alles passieren.

Mehr als genug Zeit, um hier draußen abzusaufen und jämmerlich zu verrecken.

Er hatte immer gedacht, dass er durch eine Kugel abtreten würde. Oder durch viele Kugeln, einen ganzen Kugelhagel, der seinen Körper in eine schaurig zuckende Marionette verwandelte, ihn durchsiebte, zerfetzte und alles Leben darin auslöschte, noch bevor er auf dem Boden aufschlug. Stilecht. Spektakulär. Jedenfalls besser, als im eiskalten Meer wie ein nasser Sack unterzugehen.

Die Sicht war miserabel, erst recht für einen Einäugigen. Verdammte Hacke! Hynch erkannte so gut wie gar nichts, weder das Festland noch die Isle of Jura im Norden oder sonst einen Orientierungspunkt. Wo war der Leuchtturm von Gamhna Gigha mit seinem blinkenden Licht abgeblieben?

Jessie wäre bestimmt besser mit diesen Bedingungen

zurechtgekommen. Dieses undankbare, paranoide Miststück! Wenn Hynch nicht gewesen wäre, hätte sie ihrem herrenlosen Kutter nur noch hinterhersehen können. War ihm doch egal, ob sie mit Stuart dieses Segelboot ausgeräumt hatte. Jeder musste zusehen, wo er blieb. Gegen ein bisschen Kohle außer der Reihe war nichts einzuwenden. Aber diese haltlosen Anschuldigungen ... dass er ein Mörder sei! Ausgerechnet in diesem Fall, mit dem er rein gar nichts zu tun hatte. Wahrscheinlich, weil er eine Augenklappe trug. Jessie schaute zu viele schlechte Filme.

Warum hatte er auch den Samariter gespielt? Keiner wusste das zu schätzen. Na ja, wenn der Sturm weiter zunahm, würde Hynch ohnehin niemandem mehr helfen können. Dann wäre ihm nicht mehr zu helfen. Gegen das Spritz- und Regenwasser richteten die Scheibenwischer kaum etwas aus. Es war nicht mehr klar, wo der Himmel aufhörte und wo das Meer begann.

Erneut quälte sich die *Orca* einen mächtigen Wellenberg empor und erreichte den Scheitelpunkt. Verharrte dort ein paar Herzschläge lang. Dann ging es auf der anderen Seite hinab, die Motorjacht rutschte und stürzte mehr, als sie fuhr. Rasend schnell, fast wie im freien Fall.

Für einen Augenblick, der sich ins schier Endlose dehnte, schien die Zeit stillzustehen. Hynch schossen schreckliche Gedanken durch den Kopf. Denn für den Bruchteil einer Sekunde hatte er auf dem Wellenkamm sehen können, was direkt vor ihm lag. Es war nicht stahlgrau wie das Meer, sondern schwarz und weiß. Das Schwarze waren Riffe, und das Weiße war die Gischt von den Wassermassen, die sich an den Riffen brachen.

Gamhna Gigha befand sich unmittelbar vor ihm. Eine verkackte, völlig überflüssige Ansammlung von Felsen der übelsten Sorte. So ähnlich wie An Dubh Sgeir, nur viel kleiner laut Seekarte, und bei den derzeitigen Sichtverhältnissen erst dann auszumachen, wenn es zu spät war.

Immerhin, Hynch hatte ausgezeichnet navigiert. Gamhna Gigha wäre leicht zu verfehlen gewesen. Nur um hundert Meter versetzt, wäre die *Orca* daran vorbeigerauscht.

Tat sie aber nicht. Nach der Höllenfahrt den Wellenberg hinab tauchte ihr Bug ein, blieb eine Ewigkeit unter Wasser, richtete sich mühsam auf. Ein Geräusch wie von dumpfen Explosionen übertönte das Heulen des Windes. Die Felsen waren zum Greifen nah.

Zeit abzuschließen, dachte Hynch, und sich auf den letzten Gang vorzubereiten. Mit dem Kugelhagel würde es wohl nichts mehr werden. Solche Träume erfüllten sich nie. Ihm fiel ein Haiku ein, eines der ersten, das er auf Gigha geschrieben hatte. Leise sprach er es vor sich hin.

Es dunkelt das Meer
Was begegnet dem Auge
Über den Wogen?

Klang gar nicht schlecht, fand er. Ein Abgang mit Poesie. Spät hatte er die Dichtung entdeckt, aber besser spät als nie.

Dann hatte er eine Art Erscheinung.

Mitten in dem tosenden Inferno stand auf einem gefährlich gezackten Riff ein Typ in Schottenoutfit. Mit Kilt und Jäckchen und Mütze inklusive roter Bommel. Er hüpfte auf und ab und winkte mit beiden Armen, um auf sich aufmerksam zu machen.

Die Bommel war ein wichtiges Detail. Dadurch wirkte der Typ beunruhigend authentisch.

War das der Geist des ertrunkenen Scotsman vom Strand? Oder Gevatter Tod, der ihn zu sich holte? In dieser lächerlichen Aufmachung? Hynch hatte noch nie etwas mit Kleidungstraditionen und Folklore anfangen können. Aber wenn's denn so sein sollte, dass ihn ein schottenberockter alter Knacker ins Jenseits begleitete, dann war er der Letzte, der sich beschwerte.

Hynch entfernte die Persenning. Er wollte wenigstens den Himmel spüren und sich nicht von der verdammten Plane eingeschlossen fühlen. Dann suchte er festen Halt und machte sich auf alles gefasst.

42

Einer schweren Welle folgten manchmal noch zwei weitere, in kurzem Abstand, mit schmalen Wellentälern dazwischen. »Three Sisters« nannte man das. Nach der ersten Welle ließ die Kraft der steilen Monsterwogen nicht nach. Es ging ohne Unterbrechung weiter.

Für den Skipper einer nicht hochseetauglichen Motorjacht bedeutete das: keine Chance. Gegen drei Schwestern war nichts auszurichten. Und genau damit hatte Hynch es jetzt zu tun.

Von der ersten Welle war die *Orca* in die Gefahrenzone vor den Riffen getragen worden. Die nachdrängende zweite Welle brachte sie so dicht an Gamhna Gigha heran, dass es kein Entkommen mehr gab. Das bedeutete, der Rumpf würde jetzt so lange gegen die Felsen geschmettert werden, bis er auseinanderbrach. Wie in einem gigantischen Mahlwerk würde das Boot zerschreddert werden. Dabei irgendwie unbeschadet von Bord und gar an Land zu gelangen, war fast undenkbar.

Doch die *Orca* wurde von der dritten Welle erfasst, wie ein Spielzeug hochkatapultiert und mit der Wucht eines fahrenden Güterzugs auf die Riffe geworfen. Der Aufprall war furchtbar. Das Boot zerschellte an den Felsenrücken, allerlei Teile lösten sich und flogen durch die Luft, binnen Kurzem war es nur noch ein Trümmerhaufen.

Hynch fand sich in einer Art Pool zwischen den Riffen wieder. Er war aus dem Boot herausgeschleudert worden und in einem natürlichen Becken gelandet. Das Wasser war hier vergleichsweise ruhig.

Unwillkürlich machte er Schwimmbewegungen. Wie durch ein Wunder schien er unverletzt zu sein. Zum Ufer waren es nur ein paar Meter, die stellten kein Problem dar. An einer seichten Stelle versuchte er, sich auf die von Braunalgen seifigen Felsen zu hieven. Das war schon schwieriger.

Eine Hand streckte sich ihm entgegen.

Sie gehörte dem Scotsman, der offenbar kein Geist, sondern quicklebendig war. Er half Hynch aus dem Wasser.

»Das war filmreif, ein Spitzen-Stunt! Und unverschämtes Glück obendrein!«

»Kann man so sagen.« Hynch hustete und spuckte.

Ein weiterer Brecher rumste gegen die nahen Riffe und hüllte sie in einen Gischtschauer.

»Folgen Sie mir. Hier ist es zu gefährlich.« Der Mann balancierte auf den glitschigen Felsen entlang. Mit seinen schwarzen Schnürschuhen war er erstaunlich trittsicher.

Hynch tat es ihm nach. Sie kletterten ein Stück, bis sie zum Leuchtturm gelangten.

Den konnte man leider gar nicht als richtigen Leuchtturm bezeichnen. Er war gerade mal fünf Meter hoch und bestand nur aus einem würfelförmigen Sockel, einer Betonsäule und einer Plattform obendrauf, die über eine Stahlleiter zu erreichen war. Dort war das Leuchtfeuer installiert, ein Kasten mit zwei Antennen, umgeben von einem Geländer. Das war's. Eine schlichte, zweckmäßige Konstruktion, ziemlich neu. Dass sich Menschen dort länger als zur Wartung des Seezeichens aufhielten, war offenbar nicht vorgesehen. Wozu auch? Niemand war so bescheuert, ein Riff anzusteuern.

Alle paar Sekunden blinkte das Leuchtfeuer zweimal weiß, wie Hynch jetzt erkennen konnte. Bei ruhiger See war das Lichtsignal weithin zu sehen. Doch bei so hohen Wellen wie an diesem Tag brachte das Ding wenig.

An der windabgewandten Seite des Betonsockels kauerte sich der Mann hin. »Das ist die einzige Stelle, die ein bisschen Schutz bietet. Machen Sie sich's gemütlich.«

Hynch setzte sich neben ihn auf einen flachen Stein und versuchte, wieder zu Atem zu kommen. Und zu realisieren, dass er dem Tod gerade noch einmal von der Schippe gesprungen war. Trotz seines wundersamen Ausflugs in den Pool hatte seine wetterfeste Ausrüstung verhindert, dass er völlig durchnässt war. Das Zeug hielt dicht, ihm war noch nicht einmal kalt. Aber ihn fröstelte, wenn er seinen Retter anschaute. Hielt so ein Schottenrock denn warm?

»Danke, dass Sie mir geholfen haben«, sagte er erschöpft.

»Nicht der Rede wert. Den ganzen verfluchten Tag warte ich schon darauf, dass jemand kommt, um mich zu retten. Aber das kann ich jetzt wohl vergessen. Sie haben Ihr Boot sauber geschrottet! So ein Landemanöver hab ich noch nie gesehen. Respekt, Herr Kapitän!« Der Mann lachte aus vollem Halse.

»Eigentlich bin ich nur aus Zufall hier.«

»Aus Zufall? Sie kamen mal eben vorbei, wie?« Das Lachen wurde ausgelassen, jungenhaft. »Wenn ich so was in einem Drehbuch lese, schmeiße ich es gleich in die Ecke.«

»Der Sturm hat mich überrascht, bei einem Angelausflug.«

»Verstehe. Aber was soll ich sagen? Mir ist es ähnlich ergangen. Letzte Nacht hatte ich einen Mastbruch. Ist einfach umgeknickt wie ein Zahnstocher. Dann hab ich die *Highlander* auf ein Riff gesetzt, ganz in der Nähe von Ihrem, bin von Bord gesprungen und an Land geschwommen. Wenn man diesen Steinhaufen hier Land nennen kann.«

»Und was ist mit der *Highlander* passiert?«

»Abgetrieben. In der Dunkelheit verschwunden. Eine hölzerne Segeljacht vom Feinsten. Haben Sie was von einem herrenlosen Schiff gehört, das im Laufe des Tages aufgetaucht ist? Ohne Mast?«

Hynch hatte gesehen, wie es am An Dubh Sgeir untergegangen war, behielt diese Information aber für sich. Erst musste er mehr in Erfahrung bringen. Er schüttelte den Kopf und betrachtete den Mann genauer, schätzte ihn auf Mitte 60. Er hatte sich gut gehalten, grau melierter Vollbart, ausgeprägte Gesichtszüge und eine Ausstrahlung wie ein Filmstar. Obwohl er etwas mitgenommen aussah. Manchmal zog er beim Sprechen eine Augenbraue hoch, das hatte was. Sein Markenzeichen, vermutete Hynch.

»Sie müssen McKechnie sein, der Schauspieler.«

»Aye. Sie können mich Jimmy nennen.« Ein männlicher Händedruck. »Ich freue mich immer, wenn mich jemand erkennt.«

Eine glatte Lüge, das spürte Hynch sofort. McKechnie war es garantiert gewohnt, dass er erkannt wurde. Eitel war er bestimmt auch. Dennoch machte ihn die Bemerkung sympathisch.

»Na ja, ich weiß, wer Sie sind. Vom Fernsehen.« Auch das eine Lüge. Hynch besaß keinen Fernsehapparat. Er kannte McKechnie aus den Nachrichten, die man so hörte, von seinen Abenteuern als Einhandsegler und dem Einsatz für die schottische Unabhängigkeitsbewegung. Und von Jessies Anschuldigungen natürlich, da hatte sie den Namen erwähnt.

»Ist die Augenklappe echt?«

Hynch konnte solche Bemerkungen gar nicht leiden. »Rein zum Vergnügen trage ich die nicht.«

»Schaut jedenfalls verwegen aus. Hab mir auch mal so was überlegt. Aber mein Agent war dagegen. Im Film haben immer nur die Bösen Augenklappen.«

»Das ist wohl so.«

»Thriller mag ich eigentlich am liebsten. Haben Sie ›Fels des Schicksals‹ gesehen? Da spiele ich einen britischen Ex-Spion, einen ganz harten Typen.«

Wenn Hynch sich etwas nicht ansah, dann waren es Thriller. Mit Ex-Spionen, Ex-Soldaten, Ex-Killern. Irgendwie fand er das unrealistisch.

Doch was war schon realistisch? Ein Typ, der im Schottenrock neben ihm saß und in diesem ekelhaften Sturm nicht zu frieren schien? Gut, McKechnie hatte ein Wolljackett an, dicke Kniestrümpfe und festes Schuhwerk. Die Mütze mit der Bommel nicht zu vergessen. Abgesehen von der Mütze trug er das Gleiche wie der Tote vom Strand.

»Segeln Sie immer im Kilt, Jimmy?«, fragte er.

»Eher nicht. Aber gestern im Pub bin ich natürlich in meinen Clan-Farben eingelaufen. Jeder kann machen, was er will, schon klar. Ich für meinen Teil halte die Tradition hoch.«

»Das ist keine Antwort auf meine Frage.«

»Ach so ... Nach dem Pub bin ich direkt zum Anleger runter und an Bord gegangen. Um ehrlich zu sein, war ich ein wenig angeheitert. Ich hab mich gleich schlafen gelegt. Aber aus irgendwelchen Gründen haben sich die Festmacherleinen gelöst, und nach einer Weile fand ich mich auf hoher See wieder.« McKechnie zögerte. »Den Rest kennen Sie. Sturm, Mastbruch ...«

Soso, die Leinen hatten sich gelöst. Von Zauberhand wohl kaum, dachte Hynch. Besonders glaubwürdig hörte sich das nicht an. »Warum haben Sie Ihre Mütze auf?«

»Meine Mütze?«

»Vorhin haben Sie behauptet, Sie seien ins Wasser gesprungen und an Land geschwommen. Mit der Mütze?«

»Das ist eine Scotch Bonnet.« McKechnie nahm das Teil ab, drehte es um und zeigte es Hynch. »Sehen Sie?

Mit einem Kamm an den Haaren befestigt. Das hält bombenfest. Kleiner Trick. Beim Film muss man mit allen Mitteln arbeiten.«

Möglicherweise nicht der einzige Trick, den Jimmy auf Lager hatte. »Ist Ihnen nicht kalt?«, fragte Hynch.

»Nicht die Spur. Mir war kalt, als meine Sachen nass gewesen sind, schweinekalt sogar. Aber das ist bester Harris Tweed. Wenn der Wind die äußeren Wollschichten trocken gepustet hat, hält er einen schön warm.«

»Und untenrum?«

»Das lassen Sie mal meine Sorge sein.«

»Sie nehmen's ja ziemlich gelassen, hier festzusitzen«, meinte Hynch.

»Was bleibt mir anderes übrig? Soll ich in der Gegend rumspringen und mit den Armen wedeln in der Hoffnung, dass jemand auf mich aufmerksam wird? Hab ich alles schon hinter mir.«

»Zum Festland ist es nicht weit. Und nach Gigha nur eine Meile.«

»Aber bei diesem Wetter fährt niemand raus. Einen Kutter hab ich mal gesehen in der Ferne. Müsste gegen Mittag gewesen sein. Das war alles.«

Hynch nickte und dachte angestrengt nach. Es war zwar immer gut, einen Plan zu haben, doch in seiner Laufbahn hatte er sich oft genug auf überraschende Wendungen und völlig neue Situationen einstellen müssen. Denn dummerweise ließen sich die meisten Leute nicht so ohne Weiteres erschießen, sie wechselten ihre Gewohnheiten oder leisteten Gegenwehr. Man musste flexibel reagieren, wenn die Dinge nicht wie am

Schnürchen liefen. Jetzt war das kaum anders. Der Verlust der *Orca* tat Hynch finanziell zwar ein bisschen weh, aber im Grunde machte er ihm nichts aus. Er hatte schon unzählige fahrbare Untersätze geschrottet, verbrannt, in die Luft gejagt oder einfach stehen gelassen nach einem Job, dass es auf einen mehr nicht ankam.

Folgende Fragen beschäftigten ihn momentan: Wie kam er von dieser Robinsoninsel runter? Und: Wenn die Leiche vom Strand offensichtlich nicht McKechnie war, um wen handelte es sich dann? Warum diese Ähnlichkeit? Oder glichen sich alle Kiltträger allein schon durch ihre Tracht? Jimmys Geschichte wies ein paar Lücken auf.

»Was machen wir zwei Hübschen denn jetzt?«, fragte McKechnie. »Bald geht die Sonne unter. Bis dahin kommt hier bestimmt kein Schiff mehr vorbei. Ich hab einen Scheißhunger.«

Hynch nahm sein Handy aus der Brusttasche und hoffte, dass es durch das Wasser keinen Schaden genommen hatte. Er schaltete es ein. Die vertraute Anzeige erschien auf dem Display, und ein lautes »Wha, wha, wha!« ertönte, der geräuschvolle Ruf der Trottellumme – zugleich eine Sturmwarnung seiner Wetter-App. Die Bootsjacke hatte dicht gehalten.

Leider war der Akkustand extrem niedrig. Nur noch vier Prozent. Und der Empfang war äußerst schlecht. Wenn er Pech hatte, würde es für einen Anruf nicht mehr reichen.

»Ihr Handy funktioniert ja!«, freute sich McKechnie.

»Damit können wir Hilfe holen! Sie sind wirklich ein Glückspilz.«

»Freuen Sie sich nicht zu früh.«

»Außerdem muss ich dringend mit meinem Agenten sprechen. Geben Sie mal her!«

Ehe Hynch sichs versah, entriss ihm McKechnie das Handy. Der Schauspieler sprang auf, ging ein paar Schritte auf Abstand und begann zu tippen.

43

Für ein paar Augenblicke war Hynch perplex. In seinem Leben kam es nicht oft vor, dass ihm jemand etwas klaute. Und noch seltener durfte dieser Jemand dann ohne eine tödliche Verletzung weiterexistieren und frei herumlaufen, da verstand er keinen Spaß. Nach einer ungewöhnlich langen Reaktionszeit griff er also in seine Bootsjacke, holte den Revolver aus dem Schulterholster und richtete ihn auf den Schauspieler.

»Das Handy ...«, sagte er drohend. »Geben Sie's zurück, und zwar sofort!«

Doch McKechnie bekam schon eine Verbindung. »Hallo? Verstehst du mich, Hamish? ... Sprich lauter! ... Du kannst dir nicht vorstellen, was passiert ist. Ich sitze hier auf einem Riff fest, mitten im Ozean. Eine totale Katastrophe. Scheint nur niemanden zu kümmern. Hörst du mich noch?«

Als er die Mündung der 38er an seiner Schläfe spürte, hielt er verdutzt inne.

»Legen Sie auf! Und lassen Sie dabei das Handy bloß nicht fallen!« Hynch stand dicht neben McKechnie. Leiser fügte er hinzu: »Sonst muss ich Sie leider erschießen.« Er spannte den Hahn des Revolvers.

Das harte, unmissverständliche Klicken brachte den

Schauspieler zur Besinnung. Er tippte aufs Display und brach das Gespräch ab. »Ist die echt?«

»So echt wie meine Augenklappe. Wenn ich abdrücke, macht das zwei Löcher in Ihren Schädel. Ein kleines an der Stelle, wo die Kugel eindringt. Und ein großes, wo sie austritt, zusammen mit Ihrer Gehirnmasse, Knochensplittern und jeder Menge Blut.«

»Schon gut, ich verstehe.«

Mit der Linken nahm Hynch ihm das Handy vorsichtig ab, dabei behielt er die Waffe im Anschlag. Er ging zurück zu seinem Platz hinter dem Betonsockel. »Bleiben Sie, wo Sie sind! Und kommen Sie mir bloß nicht zu nahe! Am besten, Sie setzen sich an Ort und Stelle hin. Na los!«

McKechnie tat, wie ihm befohlen, nur ein paar Meter lagen zwischen ihnen. Er nahm auf einem einigermaßen bequemen Stein Platz und setzte die Miene eines gekränkten schottischen Freiheitskämpfers auf. Das beherrschte er ziemlich gut. Schotten waren immer wegen irgendwas gekränkt, seit Jahrhunderten.

»Und jetzt Klappe halten!«, sagte Hynch. Er kontrollierte das Handy. Der Akku hatte nur noch zwei Prozent Leistung. Ein weiteres Telefonat war riskant, vielleicht ging ihm mitten im Gespräch der Saft aus. Wen sollte er überhaupt verständigen? Die Seenotrettung? Vielleicht etwas vorschnell. Jetzt, wo er den Revolver schon einmal gezückt hatte, konnte er auch herausfinden, was sich in der vergangenen Nacht wirklich zugetragen hatte.

Dann fiel ihm ein, wer außer McKechnie sonst noch

etwas zu verbergen hatte. Das Fischerpärchen. Stuart und Jessie waren garantiert in diese Geschichte verwickelt. Schließlich hatten sie versucht, McKechnies havarierte Segeljacht abzuschleppen. Und zuvor hatte Jessie in ihrem Neoprenanzug, klein, wie sie war, das Wrack nach Wertgegenständen gefilzt, da war sich Hynch sicher. Inzwischen hatten sich die beiden mit ihrem Kutter vor dem Sturm bestimmt in Sicherheit gebracht.

Die Nummer war in seinem Handy gespeichert, seit Stuart ihm bei der Überführung der *Orca* geholfen hatte.

Er tippte eine Nachricht an den jungen Skipper ein, der etwas begriffsstutzig wirkte und ungern redete, weil er immer über seine eigenen Worte stolperte – im Gegensatz zur feindseligen Jessie, die ihn, Hynch, fälschlich des Mordes bezichtigt hatte. Dabei versuchte er, den Schauspieler im Blick zu behalten.

»Schiffbruch mit der *Orca!* Gestrandet auf Gamhna Gigha. Bitte holen Sie mich schnellstmöglich ab. Prämie nach Ermessen!«

Er schickte den Text ab.

Nach quälenden Sekunden zeigte das Dialogfenster an, dass die Nachricht zugestellt worden war – und kurz darauf, dass Stuart die Mitteilung auch gelesen hatte. Der Akku hielt noch.

»Wer sind Sie überhaupt?«, fragte McKechnie. »Wie kommen Sie dazu, mich mit einer Waffe zu bedrohen?« Er wurde schon wieder aufmüpfig.

Hynch steckte das Handy ein. Jetzt kam der Teil, der

manche seiner früheren Aufträge mühselig gemacht hatte: der Zielperson Informationen entlocken. Eine leichte Übung, wenn man sich darauf verstand. Ein Köder war wichtig.

»Hören Sie zu, Jimmy. Ich weiß, wo sich Ihr Boot befindet.«

»Wirklich?« Große Freude bei Jimmy. Sehr große Freude. »Wo ist es denn?«

»An einem sicheren Ort, mehr kann ich nicht sagen.«

»Das beruhigt mich! Woher wissen Sie das?«

»Eines müssen Sie wissen«, begann Hynch. »Ich stelle hier die Fragen, und niemand sonst. Sie antworten. Wahrheitsgemäß. Keine Schauspielertricks. Das sind einfache, leicht zu begreifende Regeln. Einverstanden?«

»Was, wenn nicht?«

»Ich bin kein Bulle. Ich sehe hier nur nach dem Rechten, könnte man sagen. Und wenn mich jemand belügt, werde ich böse. Dann schieße ich meinen Gesprächspartnern zum Beispiel ... in den Fuß. Das tut verdammt weh, ist aber nicht lebensgefährlich. Oder in die Schulter. Das Ohrläppchen wäre auch eine Möglichkeit, allerdings nicht leicht zu treffen. Und wenn mir der Geduldsfaden reißt, was schon einmal vorkommt, dann knalle ich Leute, die Schwierigkeiten machen, sofort über den Haufen.«

»Das glaube ich nicht, dass Sie mich einfach erschießen.«

Ein Brecher kam herein und rumste mit Getöse auf die Felsen in Luv. Hynch musste seinen Worten Nachdruck verleihen, es war immer das Gleiche. Mit beiden Händen legte er auf McKechnie an und feuerte eine der sechs Kugeln ab, die sich in der Trommel befanden.

Das Geschoss verfehlte McKechnie ganz knapp. So knapp, dass er den Luftzug spüren musste.

»Oh, tut mir leid!«, heuchelte Hynch. »Es ist wegen der Augenklappe. Eigentlich wollte ich weiter weg halten. Früher war ich ein besserer Schütze.«

Der Schauspieler erkannte den Bluff nicht. Seine Augen weiteten sich, der Ernst der Lage wurde ihm bewusst. »Warren hat Sie angeheuert, stimmt's?« Es klang so, als sei das die einzig logische Erklärung dafür, dass er in den Lauf eines Revolvers schaute und von einem wildfremden Menschen bedroht wurde. »Wusste ich's doch, dass er so etwas nicht allein durchzieht!«

Hynch ging darauf ein. »Sie werden sicher verstehen, dass mein Auftraggeber anonym bleiben möchte.«

»Anonym? Als ob ich nicht wüsste, dass er scharf auf meine Kohle ist! Das hat sich angebahnt, schon seit einer ganzen Weile. Warren ist nicht gerade geschickt darin, seine Absichten zu verbergen. Dabei war er sogar auf einer Schauspielschule, diesem völlig überflüssigen Royal Conservatoire. Und? Was hat es ihm gebracht? Ich hatte so etwas nie nötig.«

Hynch versuchte, aus dem Gerede schlau zu werden. McKechnie sprach offenbar von einem Kollegen namens Warren. Geld schien im Spiel zu sein. »Es handelt sich ja um eine nicht unerkleckliche Summe ...«, fühlte er vor.

»Eine Million? Heutzutage ist das doch nur ein besseres Trinkgeld. Für Warren wäre es natürlich ein ganz schöner Batzen, aber am Bettelstab muss er auch nicht gerade gehen. Seit diese Sailing-Jimmy-Nummer läuft, habe ich ihn für jeden Törn gut bezahlt. Keine Ahnung, aus welchen Gründen er plötzlich meint, mich erpressen zu müssen. Vermutlich aus reiner Boshaftigkeit. Die Million von der Isle of Man kam ihm da wohl gerade recht.«

Hynch horchte auf. Die Isle of Man war eine Insel in der Irischen See, zwischen Irland und England gelegen, eine Steueroase. Allerlei Prominente hatten dort erhebliche Beträge gebunkert, um sie am Fiskus vorbeizuschleusen. Im Grunde eine ganz legale Angelegenheit und nicht der Rede wert, solange nichts davon öffentlich wurde. Dann konnte der Imageschaden enorm sein.

Er ließ die 38er nachlässig herunterhängen, damit McKechnie weitersprach und sich nicht gehemmt fühlte. »Mir sind Ihre Geschäfte ja egal. Aber Ihren Fans sicher nicht.«

»Die würden mich kreuzigen! Wissen Sie, in wie viele Charity-Projekte ich involviert bin? Ganz zu schweigen von meinem Kampf für die Unabhängigkeit. Es würde heißen, dass ich Schottlands Sache mit Schwarzgeldern unterstütze. Haben Sie den Skandal um die Paradise Papers mitgekriegt? Der hat so manchem das Genick gebrochen, im moralischen Sinne. Seither hat Warren damit geliebäugelt, mir etwas anzuhängen. Hat immer wieder Anspielungen gemacht, was passieren würde, wenn die Welt von unseren jährlichen Törns zur

Isle of Man erfahren würde. Diese Mistratte hat mir sogar noch geholfen, das Geld in Douglas Harbour aufs Boot zu schaffen – wie sonst auch!«

»Eine Million Pfund in bar«, sagte Hynch, nur um das noch einmal definitiv bestätigt zu bekommen.

»Kindisch, oder? Einen Teil der Zinsen persönlich abzuholen? Aber ich stehe nun mal auf einen Haufen Scheine. Um flüssig zu bleiben, hin und wieder Zuwendungen zu machen, kleinere und größere Geschenke, Sie verstehen? Im Filmbusiness wäscht eine Hand die andere. Und mein Landsitz in Aberdeenshire sollte auch dringend renoviert werden.«

»Muss ja nicht alles übers Bankkonto laufen.«

»Eben. Warrens Lohn zum Beispiel, der darf auf den Auszügen nirgendwo auftauchen. Damit nicht herauskommt, dass er der Skipper der *Highlander* ist. Aber das wissen Sie bestimmt.«

»Mir bleibt wenig verborgen.« Hynch war ganz Ohr.

»Als er noch mein Stunt-Double war, hat er bedeutend weniger verdient. Aber mit fortschreitendem Alter werden die Actionszenen immer seltener, sogar in meinen Filmen. Da hat es sich gut getroffen, dass Warren sich aufs Segeln versteht. Wo wir überall unterwegs waren! Vor Island, in der Karibik, einmal sogar in der Antarktis. Damals wurde die Legende von Sailing Jimmy geboren. Das habe ich alles meinem alten Schulfreund zu verdanken. Deswegen tut es mir schon leid, dass es heute Nacht dann in die Brüche ging.«

»Irgendwann ist das Ende der Fahnenstange erreicht. Dann möchte man einfach nicht mehr so weitermachen wie bisher, einen Schlussstrich ziehen und dabei mitnehmen, was geht. Ich kenne das.«

»Dabei hatte er ein feines Leben an Bord der *Highlander*«, fuhr McKechnie fort, »keinerlei Unannehmlichkeiten. Wenn man von unseren Disputen absieht, die wurden immer schlimmer, wie bei einem alten Ehepaar. Ich würde ihn wie einen Fußabstreifer behandeln und so weiter. Das habe ich unterschätzt, glaube ich. Und seinen Whiskykonsum auch.«

McKechnies Redseligkeit war überaus praktisch, fand Hynch. Er brauchte nur Stichworte zu geben, und schon plauderte der Mann seine Geheimnisse aus. Ziemlich brisante Geheimnisse. »Ohne einen gehörigen Schluck aus der Pulle hielt Warren es wahrscheinlich nicht mehr mit Ihnen aus«, erklärte er. »Immer nur im Hintergrund, im Verborgenen tätig zu sein, ohne eine Form der Anerkennung, das macht einen auf Dauer mürbe. Haben Sie daran einmal gedacht?«

»Natürlich. Aber es war ja nicht mehr mit ihm zu reden, wenn er etwas getrunken hatte. Was quasi die meiste Zeit des Tages der Fall war. Warren konnte ein richtiges Biest sein. Gemein und hinterhältig wurde er dann, man musste sich vor ihm in Acht nehmen. Einmal hat er versucht, mich im Vorbeigehen von Bord zu stoßen, auf hoher See war das, oben im Minch bei den Äußeren Hebriden. Und prügeln wollte er sich auch immer mit mir, wenn er einen im Tee hatte. Aber da ist er an den Falschen geraten; früher, in den 80er-Jahren, bin ich keiner Kneipenschlägerei aus dem Weg gegangen.« McKechnie machte eine Pause und wartete, bis das Brandungsrauschen einer weiteren Riesenwelle abgeklungen war. »Jedenfalls platzte er gestern mit seinem gesammelten Frust heraus, da kam ich gerade vom Pub zurück. Sagte, dass er die Million für sich beansprucht und den Dienst ein für alle Mal quittiert. Er hatte meine Sachen an, ungefähr das Gleiche, was ich jetzt trage, Kilt, Argyll Jacket und all das. So wollte er in den Pub gehen und den Leuten dort verraten, wer die *Highlander* wirklich segelt. Und verkünden, dass ich ein Steuerflüchtling sei, was mich zum Landesverräter mache, zu einer elenden Kakerlake, die aus nichts als Lügen bestehe. Und so weiter und so fort, Sie können sich sein Gebrabbel ja vorstellen.«

»Das mit den Lügen stimmt ja mehr oder weniger«, wandte Hynch ein. »Aber lassen wir das. Wie geht Ihre Version der Geschichte denn weiter?«

»Ich dachte mir, Warren schafft es nie im Leben bis zum Pub, nicht in seinem Zustand. Also habe ich mich schlafen gelegt.«

»Wirklich?« Eine Bewegung des Revolvers, um zu signalisieren, dass Hynch immer noch fünf gute Freunde besaß, die McKechnie empfindlich wehtun konnten. »Warren wollte Sie hochgehen lassen. Und Sie haben sich hingehauen?«

»Ich hörte noch, wie etwas Schweres ins Wasser geplumpst ist, doch das war mir dann auch egal. Ich hatte ja selbst ziemlich getankt. Wird wohl Warren gewesen sein, ein unfreiwilliger Ausflug zu den Fischen. Außerdem kann ich ihn ganz gut einschätzen. Hunde, die bellen, beißen nicht. Was wäre denn aus seiner Million geworden, wenn er im Pub alles ausgeplaudert hätte? Das Geld hätte er abschreiben müssen.«

Hynch brummte zustimmend.

»Warren besitzt keine Spur Verhandlungsgeschick. Übrigens einer der Gründe, warum er nie eine größere Rolle ergattern konnte, weder auf der Bühne noch beim Film.« McKechnie nahm sein Gegenüber in den Blick. »Aber deshalb sind Sie ja hier. Sie sollten mich aufspüren, stimmt's? Und die Verhandlungen für ihn übernehmen?«

»So ungefähr«, log Hynch.

»Warum möchte er denn die ganze Million haben? Bestimmt können wir uns auf eine etwas geringere Summe einigen, als eine Art Abfindung? Wie wär's mit einer halben Million? Das ist immer noch eine Stange Geld.«

Offenbar glaubte McKechnie, sein missgünstiger alter Kumpel sei noch am Leben. Von ihm würde Hynch also nicht erfahren, wie aus Warren, dem betrunkenen Randalierer, Warren, die unglückliche Wasserleiche, geworden war.

In diesem Moment gab das Handy einen tiefen Papageientaucher-Ruf von sich, »Arr ... ha-ha«. Es war das Signal für eine empfangene Nachricht. Hynch hatte sein neues Hobby, die Vogelbeobachtung, auf die Benutzung seines Handys ausgedehnt und die Laute, die seine gefiederten Freunde von sich gaben, als Klingel- und Signaltöne abgespeichert.

Stuart hatte eine Antwort geschickt: »Ich komme.«

44

Ein fast herzförmiger Leberfleck auf dem Allerwertesten. Es wurde nicht abschließend geklärt, warum Phyllis den Hintern ihres Ex-Lovers so exakt kannte, die Liebe war unerforschlich. Aber da es sich bei der Leiche, die Nicol angeschleppt hatte, nicht um Jim handelte, entspannte sie sich wieder. Val erklärte ihr noch einmal genau, unter welchen Umständen sie den Toten am Strand entdeckt und warum sie ihn für McKechnie gehalten hatten. Warum es beschlossene Sache war, dass die Leiche verschwinden musste, vor allem wegen der Verdachtsmomente gegen Nicol und des unbedachten Einsatzes seines Wanderstabs. Es war vertrackt.

Phyllis hörte sich alles an. Dabei schwankte sie hin und her, als wippte sie zu einem unbekannten Soundtrack ihres Lebens mit. Aber sie schien das Wesentliche zu kapieren.

»Wisst ihr was?«, sagte sie schließlich. »Das wird mir alles zu viel. Der arme Teufel hier ist nicht Jim, dem Himmel sei Dank! Alles andere zählt für mich nicht. Macht ihr das schön unter euch aus! Ich gehe jetzt rein und nehme noch einen Schlummertrunk. Hat jemand was dagegen?«

Sie wartete die Antwort nicht ab, schlingerte zum

Wohnhaus, öffnete die Tür, blieb mit einem Fluch daran hängen und begab sich ins Innere.

Abgang Phyllis.

»Das ist ganz gut gelaufen«, sagte Val. »Ich bin ja schon froh, dass sie wieder einigermaßen normal tickt. Hätte schlimmer kommen können.«

»Schlimmer als das hier?« Nicol deutete auf die Leiche.

Sie taten das Naheliegende, wickelten den Körper wieder in das Segeltuch ein und beförderten ihn in den Van. In der Töpferei wollte Val ihn nicht mehr haben.

»Hast du ein blaues Auge?«, fragte sie verwundert und schloss die Heckklappe.

»Lizzy hat mir eine verpasst. Mit einem ihrer Hörner.«

»Voller Körpereinsatz.«

»Das hab ich ihr nicht zugetraut. Wir haben uns verkracht. Aber das wird schon wieder.«

»Ich wusste nicht, dass ihr euch so nahesteht«, spottete Val.

»Sie kann sehr aufbrausend sein.«

»Das kann ich auch.«

Sie standen sich eine Weile gegenüber, ein ungleiches Paar, wie ihnen beiden durchaus bewusst war, vom unvermindert blasenden Sturmwind zerzaust und bereits schwer geprüft an diesem verrückten Tag. Der Zufall beziehungsweise der Tote in dem Lieferwagen hatte sie zusammengeführt und auf gewisse Weise zusammengeschweißt. Doch irgendwie spürten sie, dass sie mehr verband als diese Wohin-mit-der-Leiche?-Achterbahnfahrt, diese Story, die unter der Würde Tolkiens gewesen wäre. So einen Kokolores hätte sich der Oxford-Professor nicht im Traum ausgedacht.

»Es ist ein ungünstiger Zeitpunkt …«, begann Nicol.

»Auf einen günstigen können wir lange warten. Vielleicht kommt der nie. Und glaub mir, da kenne ich mich aus.« Val machte sich ein wenig kleiner, damit sie ihn mit ihrer Körpergröße nicht allzu sehr überragte. »Auf mir liegt ja dieser Fluch, das zwanghafte Erinnern. Ich weiß noch, wie du auf Gigha ankamst und dir das Cottage am Palm Tree Beach angeschaut hast. Der bleibt nie hier, dachte ich. Aber du bist geblieben. Barfuß.«

»Deswegen halten mich die Leute für einen Spinner.«

»Unterschätze die Leute nicht. Sie machen ihre Witze, klar. Zugleich zollen sie dir Respekt.«

»Schön wär's«, sagte Nicol.

»Du hast mit dem Bau des Bootes angefangen.«

»Ich fürchte, das wird nie fertig.«

»Vielleicht kriegen wir das gemeinsam hin. Wenn du mir zeigst, wie's geht. Ich bin ziemlich geschickt mit den Händen und dem richtigen Werkzeug.«

»Und wenn es nur eine fixe Idee ist?«

»Man muss alles mal ausprobieren.« Val schloss Nicol in die Arme und barg seinen Kopf an der Kuhle zwischen Hals und Schlüsselbein. Das schien ihm zu gefallen. Er roch zwar nach Kuh und ein bisschen nach Leiche, aber, hey, das war der raue Charme der Hebriden, oder?

Vom Wohnhaus drang Musik zu ihnen. Phyllis hatte die Stereoanlage voll aufgedreht, die Fensterscheiben vibrierten. »Never Gonna Give You Up« von Rick Astley lief, die alte Dance-Nummer: Liebesschwüre, versteckte, unausgesprochene Gefühle. »Inside we both know what's been going on. We know the game and we're gonna play it.«

»Aus dem Jahr 1987«, ergänzte Val. »Phyllis' großes Jahr. Unser beider Schicksalsjahr.«

»Deine Schwester ist wieder woanders.«

»Und ich erst!« Val löste sich ein wenig von Nicol und packte ihn an seinen Hobbitohren, die waren riesengroß, viel Platz, um zuzugreifen. Dann versuchte sie einen Kuss.

Es war nicht so, dass sie keine Erfahrung besaß. Auf ihren Trips nach Glasgow ging sie großzügig mit ihren Küssen um, sie waren fest und fordernd und ein wenig brutal. Wenn ihr ein Mann, eine Frau oder wer auch immer gefiel, nagte sie an den Lippen, verbiss sich in den Hals, die Schulter oder den Nacken. Alles Aufforderungen, schnell zur Sache zu kommen. Vermüllte Toilettenflure, schummrige Kneipenwinkel, trostlose Hinterhöfe – Val nahm es, wie es kam, sie hatte ja nicht ewig Zeit. Neben einem Van mit einer Leiche zu stehen, machte da auch keinen großen Unterschied.

Doch Nicol schien abgelenkt zu sein, der Kuss missglückte.

Lizzy schob ihr Maul zwischen die beiden Turteltäubchen. Es war feucht, warm und haarig. Die Zunge fuhr sie auch noch aus.

»Du bist ganz schön anhänglich!« Val lachte schallend. »Vertragt ihr zwei euch wieder?«

Nicol schob den Zottelschädel sanft weg. Er wischte sich den Sabber ab und kraulte Lizzy zwischen den Hörnern. »Mein Vorschlag: Wir ziehen keinesfalls zusammen! Du bleibst hier in eurem Haus und der Töpferei, schon allein, damit du dich auch in Zukunft um Phyllis kümmern kannst. Und ich lebe weiterhin in meinem Cottage und besuche dich gelegentlich. Wenn du möchtest, bleibe ich über Nacht, hin und wieder, im Rahmen meiner Möglichkeiten. Ist das okay?« Er hielt inne, um ihr eine Bedenkpause zu geben.

Val überlegte. Nur kurz. »Einverstanden. Ist das so etwas wie eine Verlobung?«

»Warum nicht?« Nicol nickte zustimmend. »Leider hab ich keinen Ring für dich.«

»Ein Ring, sie zu knechten, sie alle zu finden ... so was geht selten gut aus, weißt du doch.«

»Stimmt.«

»Wir können das mit dem Kuss ja noch einmal probieren«, meinte sie. »Um unser Arrangement zu besiegeln.«

»Reiß mir bitte nicht die Ohren ab.«

»Ich pass schon auf.«

»Ich hab empfindliche Lippen!«

»Halt die Klappe, ja?«

Lizzy schnaubte und wandte sich ab. Langsam trabte sie die Einfahrt hinunter.

Jetzt, da Val und Nicol ungestört waren und alle Nebensächlichkeiten geklärt hatten, kamen sie besser zurande. Nicol war zwar aus der Übung, fand Val, aber bestimmt lernte er schnell dazu. Sie musste sich ja auch erst an die zärtliche Tour gewöhnen – und aufpassen, dass sie ihm dabei nicht auf die bloßen Füße trat. Ganz schön viel auf einmal.

Nach dem ersten Durchgang löste sich Nicol von ihr. »Ich mag dich sehr, Val. Aber eines muss ich dir noch sagen. Du kriegst mich nicht ohne Lizzy. Ich kaufe sie McPhee ab, das kann ich mir schon irgendwie leisten. Und dann nehme ich sie zu mir.«

»Scheiße, McPhee!« Val griff sich an den Kopf. »Das hab ich total vergessen!«

45

Doch diesen Wortwechsel hörte Lizzy schon nicht mehr, während sie dahintrottete und weder auf die Disteln noch die Heidekräuter achtete, die ihren Weg säumten. Einen einsamen, verlassenen Weg ohne rechtes Ziel. Sie war das traurigste Hochlandrind aller Zeiten.

Nicol liebte Val, und Val liebte Nicol. Das war schön, ergreifend. Wie in so einer Filmschnulze, die Lizzy in der Village Hall gesehen hatte. Aber für sie war da kein Platz. Damit musste sie sich abfinden, so schwer es ihr auch fiel.

Lizzy versuchte, sich für die beiden zu freuen. Es gelang ihr nicht. Dicke Tränen rollten von ihren Augen herab und blieben im Fell neben dem Maul hängen.

Natürlich mussten es Nicol und Val ein bisschen kompliziert machen mit ihrem »Arrangement«. Menschen schienen einfach nicht in der Lage zu sein, dem Offensichtlichen nachzugeben, ohne Vorbehalte. Immer bauten sie irgendwelche Klauseln ein, Bedingungen. Was war so schwierig daran, romantische Gefühle zuzulassen und im Zweifel einfach dem Fortpflanzungstrieb zu folgen?

So stellte es sich Lizzy zumindest vor. Stuart und Jessie machten es so. Sie selbst besaß außer der Befruchtungsnummer mit dem blöden Stier, bei der ihr Kalb Bowie entstanden war und die irgendwie nicht zählte, keinerlei Erfahrung.

Was hatte Val noch mal gesagt? »Einverstanden. Ist das so etwas wie eine Verlobung?«

Herzlichen Glückwunsch. Das war ja Leidenschaft pur. Was für eine beschissene Liebeserklärung.

Lizzy hätte es anders gemacht. Wenn sie in der Lage gewesen wäre zu reden und Nicol sie hätte verstehen können. »Ich bin auch nur eine Kuh, die vor einem Hobbit steht und ihn bittet, sie zu lieben.« »Notting Hill«, leicht abgewandelt, zugegeben. Bei dieser Szene hatten alle in der Village Hall geheult wie die Schlosshunde, war ja auch unwiderstehlich. Nicol wäre ihr um den Hals gefallen, und sie wären gemeinsam in den Sonnenuntergang spaziert.

Aber sie besaß ja nur ihr Maul und ihre Hörner, um sich auszudrücken! Das Leben war ungerecht.

Sie erreichte das Ende der Einfahrt. Wohin jetzt? Der Sturm war ihr so was von egal. Alles war ihr egal. Aus Frust kackte sie auf den Kies.

Dann sah sie das Verhängnis.

In Form eines Pick-up-Trucks mit schwarzem, länglichem Hänger. Er kroch den Feldweg zur Gigha Pottery hoch.

McPhee, dieses herzlose, geldgierige Arschgesicht!

Der schwarze Hänger verhieß nichts Gutes. Damit kam er immer an, wenn er ein Rind unter freiem Himmel killte. »Weideschlachtung« nannte man das. Brachte bedeutend mehr Kohle als Stalltötung. Der Hänger diente dem diskreten Abtransport der Leiche. Lizzy kannte den Ablauf. Zuerst würde McPhee ihr ein Bolzenschussgerät zwischen die Hörner setzen und ihr so ein Ding in den Kopf jagen, einen Bolzen, wie der Name schon sagte. Das war meistens tödlich, auf jeden Fall betäubend. Und zur Sicherheit würde er ihr noch die Kehle durchsäbeln.

Ihre Zeit war gekommen.

Liebe und Tod lagen eben eng beieinander.

McPhee hatte sie ebenfalls bemerkt. Er blieb mit seiner bulligen Karre stehen und stieg aus.

Lizzy konnte sich nicht rühren. Da war zwar dieser Fluchtreflex in ihr, den spürte sie ganz stark. Einfach zum Creag Bhàn galoppieren, in die Freiheit, weg von ihrem Besitzer, der sie einzig und allein deswegen hielt, um ihr Fleisch gewinnbringend zu verkaufen. Aber sie war kein Wildtier. Da war noch ein Rest Hausrind in ihr, duldsam, fügsam, leicht benebelt, solange die Futterzufuhr stimmte.

Sie stand wie angewurzelt.

McPhee hielt sich gar nicht erst mit einem Bolzenschussgerät auf. Er nahm vermutlich an, dass Lizzy sofort Reißaus nehmen würde, sobald sie das Ding sah. Stattdessen holte er ein Gewehr aus dem Pick-up-Truck.

Erschießen aus der Ferne war auch eine Möglichkeit. Ohne mit Lizzys Hörnern Bekanntschaft zu machen.

Das Licht bot gerade noch gut genug Sicht, um einen sicheren Schuss anzubringen.

Er lud durch und legte an. Dann bewegte er sich langsam auf sie zu. Kam näher heran.

Lizzy bot ein perfektes Ziel. Das war ihr so klar wie nur was.

Fünfzig Meter. Die Entfernung verringerte sich mit jedem Schritt, den McPhee tat. Bei dreißig oder zwanzig Metern würde er abdrücken.

Sie blieb einfach stehen. Senkte den Kopf ein wenig, das machte es ihm bestimmt leichter. Warum Widerstand leisten? Wozu weiter umherstapfen, weiden, wiederkäuen, aufs Meer hinausstarren? Allein.

Es war so schön gewesen, in der Village Hall den Horizont zu erweitern. Menschenwissen zu erlangen. Dinge erklärt zu bekommen, die Lizzy erst nach und nach begriff. Zusammenhänge herzustellen. Zu erkennen, dass sie Teil von etwas war, das weit über diese Insel hinausging.

Und die Liebe kennenzulernen, das war was ganz Besonderes. Besser noch als Wissen oder ein Büschel saftiges Gras. Viel besser.

Das Beschissene daran: wenn die Liebe nicht erwidert wurde. Wenn sie ihr wieder weggenommen wurde. Das tat richtig weh, und es hörte nicht auf, als krampfte sich etwas in ihr zusammen und wollte sich nie wieder lösen.

Dagegen war der Tod durch eine Gewehrkugel bestimmt nur ein kurzer Schmerz. Lizzy hatte es bei anderen Kühen gesehen, die fielen einfach um, zuckten vielleicht noch kurz mit den Beinen, dann hatten sie's hinter sich.

Einst war sie ein Kalb wie Bowie gewesen. Der Bauer hatte sie gefüttert und aufgezogen, Krankheiten und

Verletzungen behandelt, sie umhegt, gepflegt und irgendwann das Gatter geöffnet, damit sie auf Gigha ihrer Wege ging.

Dann durfte er das Gatter auch wieder schließen, oder?

Jemand näherte sich ihr von hinten. Schnelle, tapsige Schritte, kaum wahrzunehmen.

McPhee krümmte den Finger um den Abzug.

Er drückte ab.

46

Stuart steuerte die *Western Star* mit finsterem Blick durch den Sturm. Finster nicht wegen des heulenden Windes und der Wellenberge, die sich zunehmend überlagerten und zu wahren Ungetümen vereinigten. Nicht wegen des Schaumes, der in großen Flocken über das Wasser flog, oder der dichten Regenböen, die die Sicht verminderten. Die Spanten des Kutters knarrten unter dem Ansturm der Elemente, die Fensterscheiben des Steuerhauses erzitterten.

Solche Wetterverhältnisse war er von Kindesbeinen an gewohnt, als Küstenfischer hatte er schon weitaus schlimmere Bedingungen erlebt. Doch er und Jessie hatten sich so heftig gestritten wie noch nie. Nachdem sie ihn in dem Schlauchboot aufgelesen und von der Aktion mit Snodgrass und der *Orca* erzählt hatte, war es losgegangen.

Er warf ihr vor, dass sie viel zu lange am An Dubh Sgeir zugange gewesen seien. Fragte, warum sie die *Highlander* unbedingt auch noch hätten abschleppen müssen. Und warum Jessie die herrenlose *Western Star* nicht aufgegeben und mit einem Mann gemeinsame Sache gemacht habe, der angeblich beim Secret Service und bewaffnet gewesen war. Stuart erwähnte nicht, dass Jessie ihn im Wasser treibend zurückgelassen hatte, er war ja irgendwie klargekommen. Aber schmerzlich war es schon für ihn gewesen, als sie an Bord dieser Nussschale von Motorjacht davongefahren und außer Sicht gekommen war.

Sie hatte ein Risiko nach dem anderen in Kauf genommen, den Einsatz immer weiter erhöht, das Schicksal herausgefordert. So etwas rächte sich auf See. Irgendwann wendete sich das Glück.

Und alles nur wegen des verdammten Geldes.

Auf dem Höhepunkt des Streits hatte Jessie plötzlich mitten im Satz abgebrochen und war im Laderaum verschwunden. Dort hatte sie sich in einen Eimer übergeben, das hatte er deutlich gehört. Ungewöhnlich, denn Jessie war seefest, ein zähes kleines Ding. Anscheinend forderten die ganze Aufregung und all die Anstrengungen ihren Tribut. Sie hatte sich wohl übernommen.

Stuart konnte sich keinen Reim darauf machen. Und er war ihrer endlosen Erklärungen und Belehrungen müde. Er war es auch müde, Jessie mit seinen eingeschränkten sprachlichen Möglichkeiten zu antworten und seinen Standpunkt zu verteidigen. Sie verstanden sich nicht mehr.

Spritzwasser fegte mit der Wucht von Schrotkugeln über das Deck. Die *Western Star* stampfte unter Stuarts Füßen. Ihn fröstelte, die Hände wurden steif, obwohl er in Reserveklamotten gestiegen war.

Er hatte nicht direkt Kurs auf den Port a' Gharaidh Dhuibh genommen, ihren Heimathafen, wenn man so wollte, der nicht mehr als eine Anlegestelle in einer kleinen Bucht auf der Ostseite von Gigha war, wo das Fischerhäuschen stand. Stattdessen war er in den Atlantik hinausgefahren, gegen die Wellen und den Wind, um den Sturm im Tiefwasser abzureiten. Die sicherste Methode. Solange sich der Sturm nicht zu einem Orkan auswuchs.

Dann hatte er beigedreht. Nach langem Ringen mit sich selbst. Nach dem Abwägen der Risiken.

Auf seinem Handy, das in einer Halterung neben dem Steuerstand befestigt war, war ein Rettungsruf hereingekommen. Von Snodgrass. Er saß auf Gamhna Gigha fest. Wollte »abgeholt« werden.

Erstens war die *Western Star* kein Taxi! Und zweitens befand sich der Typ in Seenot und nichts anderes. Aber vermutlich hatte das Rettungsboot, das auf Islay stationiert war, bereits anderweitig zu tun.

Es gab nur eines: Helfen. Dazu war Stuart verpflichtet.

Deshalb fuhr er jetzt ein Manöver, das für einen unerfahrenen Skipper an Selbstmord grenzte. Gamhna Gigha kannte er seit seiner Kindheit, er war sogar bei der Errichtung des Leuchtfeuers dabei gewesen. Auf der östlichen, wetterabgewandten Seite gab es eine Stelle, wo man ziemlich nah an die steinige Insel herankam, ohne sich den Rumpf aufzuschlitzen, in Lee der fiesesten Riffe, mit einem winzigen, ins Meer auslaufenden Streifen Sand.

Jessie stieg vom Laderaum nach oben. Ein fragender Blick zu ihrem Liebsten, ein Schulterzucken, dann Aneinander-Vorbeischauen. Momentan hatten sie sich nichts zu sagen.

Währenddessen wateten zwei Männer im Flachwasser zur *Western Star*. Zwei, nicht einer!

Das letzte Stück, nur ein paar Meter, mussten sie schwimmend bewältigen. Die See zischte und kochte. Stuart hielt den Kutter in Position.

Jessie nahm die beiden in Empfang.

»So sehen wir uns wieder«, sagte Snodgrass. »Wo haben Sie die Million?«

47

Da seinem eigenen Handy endgültig der Saft ausgegangen war, lieh sich Hynch das von Stuart für einen Anruf bei den Zwillingen aus. Phyllis ging an den Apparat, im Hintergrund lief laut Musik. Er bekam die Auskunft, die er brauchte, legte auf und erklärte Stuart das Nötigste. Dann fuhren sie gemeinsam zum Port Bàn. Die *Western Star* arbeitete sich durch die schwere See, ihr Rumpf ächzte in allen Verbänden, der Dieselmotor lief mit halber Kraft.

Unten im Laderaum vergewisserte sich Hynch zunächst, dass die Million vollständig geborgen worden war. Widerwillig hatte Jessie ihm das Versteck gezeigt: fünf Ballen Scheine in einer alten, eisenbeschlagenen Kiste. Fast wie ein Piratenschatz. Was es im Endeffekt ja auch war.

Der Revolver befand sich wieder in Hynchs Schulterholster. Er hoffte sehr, ihn nicht erneut benutzen zu müssen. Langsam kam es ihm ein bisschen lächerlich vor, mit einer Knarre herumzufuchteln, damit die Leute mit der Wahrheit herausrückten.

Er setzte sich auf die Kiste mit dem Schwarzgeld. McKechnie kauerte gegenüber auf einer Rolle Seil und machte sich mit Heißhunger über eine Packung Kekse her. Jessie lag bäuchlings auf einem Stapel großer Plastikboxen, die normalerweise bei der Kelpernte zum Einsatz kamen, mit ein paar Schwimmwesten als Polsterung.

Anfangs hatte sie protestiert, dass Hynch quasi das Kommando übernahm. Doch die Anwesenheit des Schauspielers, der von den Toten auferstanden war und den sie für den Besitzer ihrer Million hielt, hatte sie kalt erwischt und vorübergehend zum Schweigen gebracht. Außerdem war sie gerade damit beschäftigt, ihren Mageninhalt einem Eimer zu überantworten.

»Für die Frau eines Fischers kotzen Sie ganz schön viel«, sagte Hynch äußerst uncharmant. Den Mordvorwurf trug er ihr immer noch nach.

Jessie sah ihn an, als überlegte sie, ob sie mit der nächsten Ladung seine Stiefel sprenkeln sollte. »Sie sind ein Riesenarsch.«

»Immer gerne. Scheint Ihnen ganz schön auf den Magen zu schlagen, dass Sie das Geld wieder zurückgeben müssen.«

»Ich pfeif auf das Geld!«, stieß sie hervor.

»Das glaub ich Ihnen nicht.«

»Stuart und ich, wir haben uns voll in die Haare gekriegt deswegen. Ich will es nicht mehr.«

»Eine schöne, runde Million?«, schnurrte Hynch. »Obwohl Sie dafür so viel in Kauf genommen haben? Wracktauchen ist schließlich nicht ohne.«

»Ganz und gar nicht. Wir wären fast draufgegangen! Aber irgendwann kommt man an einen Punkt, an dem man merkt, dass etwas für immer zerbricht, wenn man nicht loslässt. Dieser Punkt ist jetzt erreicht. Ich lasse los. Ich gebe klein bei. Und glauben Sie mir, klein beigeben, das ist sonst nicht meine Art.«

»Ich weiß. Sie haben es heute mehrfach unter Beweis gestellt. Sonst säßen wir nicht hier.«

Jessie schloss die Augen. »Wenn der Inhalt dieser Kiste bedeutet, dass Stuart mir für den Rest des Lebens Vorwürfe macht oder ich ihn sogar verliere, dann verzichte ich darauf.«

»Schweren Herzens.«

»Verdammt schweren Herzens«, sagte sie bitter.

»Sie könnten's dringend gebrauchen, wie?«

»Uns würden ja schon 1000 Pfund weiterhelfen.«

Hynch betrachtete sie eine Weile und wartete, ob sie vielleicht einen Deal vorschlug.

Doch sie wich seinem Blick aus und schaute zur Seite. Stuart hatte mit dem Mädchen wirklich einen Glücksgriff getan, fand Hynch. Und sie mit ihm auch.

Ein Brecher schüttelte die *Western Star* durch. Kein gutes Gefühl, für niemanden der Anwesenden. Wehrlos unter Deck in einem Sturm. Die Fahrt zum Port Bàn hatte es in sich.

»Sagen Sie's ihr, Jimmy!«, meinte Hynch schließlich.

»Was denn?«, fragte McKechnie mit vollem Mund.

»Das wissen Sie ganz genau.«

Der Schauspieler war mit den Keksen durch. »Gibt's noch mehr davon?«

»Haben Sie etwa alle aufgefressen?«, fuhr Jessie ihn an. »Das war unsere letzte Packung! Mixed Pickles sind auch keine mehr da. Wenn ich nicht bald eine Essiggurke kriege, raste ich aus!«

Hynch wartete kurz, bis Jessie sich wieder abgeregt hatte. »Jimmy, Jimmy …«, sagte er dann mahnend und tätschelte die Bootsjacke über der 38er. »Sie sind dran. Ihr Einsatz, bitte!«

»Jetzt sofort?«

»So jetzt, wie's nur geht!«

McKechnie kaute zu Ende, schluckte geräuschvoll und stand auf. In dem niedrigen Laderaum versuchte er, nicht mit dem Kopf anzustoßen und die Bewegung des schwankenden Bodens auszugleichen. Er nahm Haltung an, soweit das möglich war, räusperte sich. Als Filmprofi wusste er sich in Szene zu setzen.

»Sie können die Million behalten«, verkündete er mit seiner sonoren, auf angenehme Weise schmeichlerischen Stimme, die ihm einst sogar eine Oscar-Nominierung eingebracht hatte. Dabei zog er die unvermeidliche Augenbraue hoch – es hatte immer noch Klasse. Er deutete eine Verbeugung an und setzte sich wieder. Der Auftritt war beendet.

Jessie zeigte sich skeptisch. »Häh?«

»Mister McKechnie möchte Ihnen versichern, dass er keinerlei Anspruch auf das Geld erhebt, welches sich in Ihrem Besitz befindet«, begann Hynch. »Er weiß weder, woher es stammt, noch, wer der ursprüngliche Eigentümer ist. Es wäre ihm sogar sehr recht, wenn es überhaupt nicht mit ihm in Verbindung gebracht würde. Offenbar handelt es sich um einen Zufallsfund. Habe ich das korrekt zusammengefasst?«

McKechnie nickte verdrießlich. »Korrekt.«

Hynch fuhr fort: »Und aus zuverlässiger Quelle weiß

ich, dass dieses Geld nicht irgendwelchen kriminellen Umtrieben entstammt, um es einmal so zu formulieren. Da dürfen Sie ganz beruhigt sein, Ihr Gewissen bleibt völlig unbelastet. Es steht auch nicht zu befürchten, dass eine Drittpartei auftaucht und Forderungen stellt.«

»Da taucht keiner mehr auf«, ergänzte McKechnie. »Keine Forderungen.«

»Machen Sie Witze?«, fragte Jessie.

Hynch lächelte, das kam nur alle Schaltjahre vor. »Über Summen in dieser Höhe mache ich nie Witze.«

Er wartete auf eine Reaktion, erfreutes Staunen zum Beispiel oder Erleichterung oder einen Euphorieausbruch. Es hatte ihn viel Überredungskunst gekostet, die Wahrheit aus McKechnie herauszukitzeln. Und sollten gute Nachrichten nicht eigentlich Good Vibes erzeugen?

Jessie blickte vom einen zum anderen. »Soll das heißen, es ist so was wie ein Geschenk? Wir wollen keine Geschenke.«

»Das haben Sie falsch verstanden, ich versuche nur –«

»Wir haben die *Highlander* geborgen! Nach internationalem Seerecht gehört sie uns, und zwar samt Inhalt! Weil sie herrenlos war, als wir sie im Meer treibend gefunden haben.«

»Sie sind ja gut informiert …«

»Tun Sie also nicht so, als wäre das ein Akt der Gnade oder so ein Scheiß!«

Sie wirkte wütend, selbstbewusst und entschlossen, keine schlechte Mischung. Hynch hielt den Mund. Jessie beeindruckte ihn mehr und mehr. Wäre sie seine Tochter gewesen, wäre er vor Stolz geplatzt. Obwohl er so gar nicht der väterliche Typ war.

»Wissen Sie, was wirklich ein Geschenk ist?«, fragte McKechnie.

»WAS?!«, brüllte Jessie.

»Haben Sie die Anzeichen nicht bemerkt? Sie müssen sich dauernd übergeben, haben starke Stimmungsschwankungen. Ach ja, und Mixed Pickles! Ich persönlich bekomme darauf immer Sodbrennen.«

»Na und?«

»Sie sind schwanger, Kleines.«

»Nennen Sie mich bloß nicht ›Kleines‹!«

48

Die Kugel traf Nicol. Sie durchschlug seine Wachsjacke, streifte den Oberarm und trat auf der anderen Seite wieder aus. Möglicherweise hatte McPhee den Lauf im letzten Moment verrissen, als er bemerkt hatte, wie Nicol herbeigestürmt war und sich in die Schusslinie geworfen hatte. Oder er hatte schlecht gezielt bei dem starken Wind.

»Sind Sie völlig verrückt geworden?«, schrie der Bauer. »Was sollte das denn?«

Nicol lag auf dem Boden. Stöhnend wälzte er sich auf die Seite. »Wie viel wollen Sie für Lizzy? 1000 Pfund? Ist das der Marktpreis für ein Hochlandrind?«

»Ja, aber …«

»Kriegen Sie.«

»Eigentlich habe ich eine Abmachung. Weideschlachtung. Ich hab das fest zugesagt.« McPhee zierte sich. War ja klar.

»Also, wie viel?«, fragte Nicol unter Schmerzen.

»2000. Aber ich glaube, Sie brauchen erst einmal einen Arzt.« McPhee kniete sich hin und schaute sich den Oberarm an. »Sieht zum Glück gar nicht so schlimm aus.«

»Schlagen Sie ein!« Nicol spuckte in die Hand und streckte sie dem Bauern entgegen. »Und dann lassen

Sie Lizzy in Ruhe. Ich habe vor, sie als Haustier zu halten. Für die Touristen im Sommer, wie in einem Streichelzoo.« Eine bessere Erklärung fiel ihm auf die Schnelle nicht ein.

»Einverstanden.« McPhee half ihm hoch. »Ich rufe den Doc.«

»Machen Sie sich keine Mühe. Val wird mich verarzten. Wir sind jetzt ein Paar.«

McPhee fiel die Kinnlade herunter. Aber er spuckte ebenfalls in seine Hand und schlug ein, dieses Geschäft ließ er sich nicht entgehen. »Sie und Val? Da haben Sie sich was vorgenommen.«

Inzwischen versuchte Val, an Lizzy vorbeizukommen. Die Kuh stellte sich ihr entgegen und schwenkte die Hörner, als würde sie nur darauf warten, dass ihre Rivalin eine falsche Bewegung machte. Anscheinend wollte sie Nicol beschützen.

»Wir müssen unbedingt reden«, sagte Val. »Später. Aber jetzt braucht Nicol Hilfe! Na los, geh zur Seite!«

Lizzy muhte vorwurfsvoll. Doch dann setzte sie sich in Bewegung und gab den Weg frei.

Nachdem Val sich davon überzeugt hatte, dass es nur ein Streifschuss war, gab sie McPhee mit deutlichen Worten zu verstehen, dass er sich zum Teufel scheren solle – und was sie mit ihm anstellen würde, falls er seine hässliche Fratze jemals wieder in der Nähe der Gigha Pottery zeigte. Knurrend räumte er das Feld, nicht ohne an die 2000 Pfund zu erinnern, die er noch zu kriegen hatte.

Val brachte Nicol ins Haus. Phyllis war auf dem Sofa

im Wohnzimmer eingeschlafen. Sie schnarchte und dünstete Whisky aus, neben ihr lag das schnurlose Telefon. »In Too Deep« von Genesis lief in voller Lautstärke. Val machte die Stereoanlage aus und deckte ihre Schwester mit einer Wolldecke zu. Dann behandelte sie Nicols Verletzung in der Küche. Das dauerte eine Weile. Sie setzte ihre Lesebrille auf und entfernte mit einer Pinzette Stofffetzen, die in die Wunde gelangt waren, desinfizierte alles, stillte die Blutung und setzte ein paar Nadeln, damit keine Narbe zurückblieb. Lizzy sah durchs Fenster zu. Val stellte sich so hin, dass die Kuh jeden Behandlungsschritt mitkriegte.

Draußen wurde es dunkel. Regen prasselte gegen die Scheiben, der Wind ließ ein bisschen nach. Val erzählte Nicol von dem Auftrag, den Pat dem Bauern erteilt hatte, und dass die Frau hochgradig spönne, auf eine bösartige Art. »Hoffentlich verschwindet sie morgen mit der ersten Fähre.«

Ansonsten redeten sie wenig. Val fragte nicht: »Was hast du dir dabei gedacht?« Sie sagte nicht: »Das hätte übel enden können.« Keine Vorwürfe, nichts dergleichen. Sie verstanden sich auch so, durch kleine Berührungen, Blicke. Nicol ließ sie einfach ihre Krankenschwester-Dinge machen.

Als sie endlich fertig war und ein großes Pflaster auf die Wundnaht geklebt hatte, drückte sie seinen Kopf an eine Stelle zwischen ihrem Brustbein und dem Bauchnabel. Dort saß das Zentrum aller guten Gefühle und Energieflüsse, hatte es in einem Yoga-Kurs in der Village Hall geheißen. Lange hielt sie ihn so fest. »Ich brauch dich noch«, bedeutete das. Es hat doch gerade erst angefangen.

Nicol versuchte, Luft zu bekommen. »Chlbdch«, murmelte er. Die Vokale wurden von ihrem T-Shirt verschluckt.

Val gab ihm einen Kuss auf sein Kraushaar und schaute dabei zu Lizzy hinaus. »Er gehört uns beiden, okay?«, sagte sie laut und vernehmlich, damit die Kuh es hören konnte. »Dir und mir! Gewöhn dich daran! Geh rüber zum Palm Tree Beach, zu Nicols Cottage! Da ist jetzt dein Zuhause. Morgen kriegst du ihn wieder.«

Lizzy presste ihr Maul gegen die Fensterscheibe. Dann machte sie kehrt und wurde eins mit der Dunkelheit.

49

Gibt's hier Kaffee?«

Phyllis stolperte in die Küche, verschlafen, verwüstet, noch völlig neben sich. Blinzelnd schaute sie sich um. »Was ist denn hier los?«

Mit Val und Nicol in inniger Umarmung auf einem Stuhl hatte sie wohl nicht gerechnet. »Das ist jetzt nicht wahr! Ich glaub, ich hör mit dem Trinken auf. Oder ich mach gleich weiter, wo ich aufgehört hab.«

Val kletterte von Nicol herunter und zog ihr T-Shirt in Form. Es war ziemlich weit hochgerutscht.

»Lasst euch nicht stören.« Phyllis ging zur Kaffeemaschine und schaltete sie ein. »Bin gleich wieder weg. Aber ohne Kaffee komm ich einfach nicht in den Tag …« Ein Lachanfall begann sie zu schütteln. Sie hielt sich an der Küchenzeile fest und kriegte sich nicht mehr ein. »Tut mir echt leid, ihr Süßen. Ist nicht persönlich gemeint. Aber dass ich das noch erleben darf …«

»Nicol hat eine Schussverletzung«, versuchte es Val. »Am Oberarm.« Sie wies auf umherliegende Verpackungen von Mullbinden und Pflastern.

»Solange es nur der Arm ist«, sagte Phyllis. »Der Rest scheint ja prima zu funktionieren.«

Nicol brachte seine Klamotten in Ordnung.

Von draußen waren Stimmen zu hören. Es klopfte.

»Ach ja, wir bekommen Gäste.« Phyllis öffnete den Geschirrschrank. »Dieser Snodgrass hat angerufen, ob wir zu Hause sind. Er möchte ein paar Dinge klären wegen … des Vorfalls heute Morgen am Strand, so hat er sich ausgedrückt. Stuart und Jessie müssten auch dabei sein. Sie wollten den Port Bàn anlaufen und uns einen Besuch abstatten. Am besten, ich mache gleich noch mehr Kaffee.«

Mit einer Mischung aus Verblüffung und Argwohn öffnete Val die Haustür. Snodgrass stand vor ihr, der angebliche Vogelbeobachter, der Mann mit der professionell getarnten Grube, der unliebsame Zeuge. »Irgendwie habe ich geahnt, dass Sie noch auftauchen. Was wollen Sie?«

»Reden«, sagte Hynch.

»Nur reden?«

Sein Blick fiel auf Nicol, der neben Val trat und einen Arm um ihre Hüfte legte. »Außer einer Leiche haben Sie doch bestimmt nichts zu verbergen?«

»Sind Sie ein ehemaliger Bulle oder so was?«, wollte Nicol wissen. »Ohne Durchsuchungsbefehl …«

Hynch wurde unwirsch. »Ich bin ein Typ, der es satthat, im Trüben zu fischen. Ein Typ, der sich heute jede Menge amateurhaften Bullshit anschauen musste. Der seine Motorjacht auf ein Riff gesetzt hat, weil er ein wenig Ordnung in diesen Laden hier bringen wollte.« Er machte eine vage Bewegung, mit der er die gesamte Insel einbezog. »Und ich habe einen alten Bekannten mitgebracht.« Er wies auf McKechnie, der direkt hinter ihm stand. »Des Weiteren Stuart und Jessie. Wir sind eine Art Selbsthilfegruppe, offen für alle.«

»Na, dann kommen Sie rein«, sagte Val.

Alle scharten sie sich im Wohnzimmer um den Couchtisch, blieben jedoch stehen. Salz- und Regenwasser tropfte von den Gästen herab und bildete kleine Pfützen auf dem Boden.

Hynch ergriff sogleich das Wort. »Also schön, dann wären ja alle Parteien beieinander, die an diesem Morgen im Umkreis des Palm Tree Beach gewesen und in irgendeiner Weise an der Sache beteiligt waren, sei es als Leichenverbuddler, Wrackräuber oder bloß als interessierte, schweigende Zuschauer. Höchste Zeit, dass die Karten auf den Tisch gelegt werden, und zwar alle.«

»Craig ist nicht hier«, wandte Phyllis ein.

»Der steckt auch mit drin?«

»Davon ging ich bis vor Kurzem aus. Aber da hab ich mich wohl getäuscht.« Sie schaute zu McKechnie, als wäre er ein Wesen aus einer anderen Welt. Ein Wesen, das zum Glück am Leben war.

Es wurde eine längere Zusammenkunft. Weil es viel zu besprechen gab und zuvor erst alle möglichen Hemmschwellen, Zweifel und Vorbehalte überwunden werden mussten. Val machte Feuer im Kamin und plünderte die Kleiderschränke, um jeden, der Bedarf hatte, mit trockenen Klamotten zu versorgen. Phyllis verteilte Kaffee und Whisky und Knabberzeug, alle hatten einen Mordshunger. Stuart und Jessie klebten aneinander, als könne nichts sie trennen. Nicol lächelte nur selig und sprach einem Ardbeg Corryvreckan zu, der hatte 57 Prozent, genau das Richtige in seinem angegriffenen Zustand. Hynch gab den Moderator und führte das Wort, weil er sich als »Ex-Secret-Service-Mann« für neutral hielt, seine neue Identität ging ihm inzwischen glatt von den Lippen. Er erzählte, was er im Laufe des Tages in Erfahrung gebracht hatte. Val füllte die Lücken der Geschichte, was die Beseitigungsversuche der Leiche betraf, und die anderen trugen ebenfalls ihren Teil bei. Dass Stuart und Jessie jetzt um eine Million reicher waren, löste erst Überraschung und dann Zustimmung aus. Das Prinzip »Wie gewonnen, so zerronnen« schien auf McKechnies Schwarzgeld vollumfänglich anwendbar zu sein. Außerdem war das junge Paar legitim an seinen wohlverdienten Lohn gelangt, das zog niemand in Zweifel. Als Jessie dann noch mit der Nachricht herausplatzte, sie sei schwanger, und diese Nachricht mit einer gewissen Penetranz wiederholte, war klar, dass es die Richtigen getroffen hatte.

Zwischendurch verschwand McKechnie mit Phyllis in der Küche. Alle dachten, es käme zu einer romantischen Versöhnung. Doch es wurde überraschend kurz und laut. Vielleicht auch heilsam, denn Phyllis kehrte seltsam erleichtert zurück. Etwas in ihr hatte sich gelöst. Endlich. Sie legte als Hintergrundmusik auch keine Songs aus den 80er-Jahren mehr ein, was mit Erleichterung aufgenommen wurde. Spätestens bei »It's a Sin« von den Pet Shop Boys war der allgemein vorherrschende Musikgeschmack arg strapaziert worden.

Nachdem das Puzzle fast vollständig war, schwang sich McKechnie zu seinem großen Monolog auf. Er nahm einen Schluck von Nicols Ardbeg und warf sich in Pose. Mit seinem inzwischen zwar stark zerfledderten Schotten-Outfit war er immer noch eine imposante Erscheinung, ein Highlander, wie er im Buche stand, hoch aufgeschossen, kantig und rau, blockbustergestählt. Ein einfacher Milchmann und Sargpolierer aus Edinburgh, der es bis ganz nach oben geschafft und dabei lediglich ein paar Steuern hinterzogen hatte, wie es eben die Art des sparsamen Völkchens im Norden Britanniens war.

»Ich liege also in meiner Kabine, nach dem Besuch im Pub und meinem Streit mit dem Postboten am Landungssteg«, erzählte er. »Hab geschlafen wie ein Baby. Aber dann wachte ich auf, vom Seegang. Irgendwas stimmte nicht, das hab ich gespürt. Die *Highlander* trieb steuerlos in der Dünung, wurde von den Wellen hin- und hergeworfen, Alarmstufe Rot. Und wer lag neben mir, pitschnass, in meinem Bett und nicht in seinem? Weil er's in sein eigenes vorne im Bug wohl nicht mehr gepackt hat? Mit nacktem Hintern, damit ich das Tattoo in all seiner Pracht bewundern konnte, ein Tattoo, das er sich nur hat stechen lassen, um mich zu provozieren, und zwar mehrmals täglich, wann immer er eine Gelegenheit fand, die Hosen herunterzulassen? Warren! Er war durchnässt und betrunkener, als ich je sein werde – und das will was heißen! Er hatte auch noch eine Garnitur meiner Sachen an, die muss er sich aus dem Schrank geklaut haben für seinen großen Auftritt, um mich in aller Öffentlichkeit bloßzustellen. Er hatte es nicht zum Pub geschafft, klar, nicht mal zum Landungssteg, war davor in den Bach gefallen, wie man so sagt, und muss irgendwie wieder an Bord geklettert sein. Aufentern konnte er sogar noch mit drei Promille, ein echter Seemann halt, obwohl er auch schon in die Jahre gekommen war. Jedenfalls gab ich ihm einen Tritt, davon schreckte er hoch. Er wurde gleich wieder wütend, wollte wissen, was passiert war. Was zwischen ihm und mir gelaufen ist. Ob ich mich an seinem Hintern zu schaffen gemacht hätte, weil sein Kilt hochgerutscht war. Ob ich schlussendlich schwul geworden sei nach all den Jahren? Er stand vor meinem Bett und hat sich aufgeregt wie nur was.«

»Haben Sie da auch noch Ihren Kilt getragen?«, fragte Val.

»Logisch. Der ist überaus praktisch, wenn man nachts mal rausmuss in meinem Alter. Wir sahen aus wie Zwillinge – ohne Anwesende beleidigen zu wollen.«

»Alles gut.« Sie winkte ab. »So was kann einen ganz schön nerven. Meine Schwester und ich tragen niemals die gleichen Klamotten, nicht mal zum Spaß.«

»Eine weise Entscheidung.«

»Und *Ihr* Kilt war nicht hochgerutscht?«, bohrte Val nach. »Kann ja mal passieren im Schlaf.«

»Dafür möchte ich nicht garantieren …«

»Tragen Sie was drunter?«

»Nie! Das ist Tradition!«

»Vielleicht hat Warren das falsch aufgefasst.«

»Warren war ein Meister im Falsch-Auffassen! Er hatte einen regelrechten Männlichkeitswahn.« McKechnie zögerte und blickte in die Runde, wie um sich zu vergewissern, dass alles, was an diesem Wohnzimmertisch gesprochen wurde, auch dort blieb.

Alle nickten. Verschwiegenheit war das Gebot der Stunde.

»Bei unserer Antarktisfahrt«, fuhr er fort, »da sind wir uns nähergekommen. Ist schon eine Weile her. Wir waren beide eine ganze Ecke jünger, unkonventioneller, hatten jede Menge Affären in Hollywood, auch Warren. Als mein Double konnte er sich's quasi aussuchen. In diesem Punkt kam er wirklich nicht zu kurz, an Land, versteht sich, in den Häfen, Rio de Janeiro, Buenos Aires, Punta Arenas, deswegen hat er den Job ja behalten. Wir hatten eine Vereinbarung: Ich blieb an Bord, Warren durfte sich nach Herzenslust vergnügen. Und umgekehrt.«

»Nette Vereinbarung«, meinte Val, während die anderen aufmerksam lauschten.

»Na ja, und als wir dann die Antarktis umrundet haben mit dem Zirkumpolarstrom, monatelang abgeschnitten von jeder bewohnten Gegend, gebeutelt von der Einsamkeit auf hoher See, nach einer Flasche Whisky, da hat's gefunkt.«

»Süß! Wie bei ›Brokeback Mountain‹, oder?«, fragte Val.

»Bei dem Film hab ich nicht mitgespielt.« McKechnie lächelte verlegen. »Dafür war ich schon zu alt.«

»Was heißt denn ›gefunkt‹, Jim?«, schaltete sich Phyllis ein. »Habt ihr zusammen …«

»Wir haben nur geknutscht. Ziemlich lang.«

»Echt jetzt?«

»Nur Zärtlichkeiten. Für was anderes waren wir schon zu betrunken. Wir lagen in der Koje und machten aneinander rum. Auf so manchem College geht's wilder zu unter guten Kumpels. Und seit Bill Clinton gilt Rummachen nicht als Sex.«

Alle lachten.

»Am nächsten Tag war es wieder vergessen. Falsche Reue. Ich hätte nichts dagegen gehabt, wenn mehr draus geworden wäre. Ihr wisst ja nicht, wie das ist, als Frauenschwarm zu gelten! Immer den Herzensbrecher zu spielen mit diesem bescheuerten Augenbrauen-Ding! Bei jedem Interview machten sie sich an mich ran, haben die Nummer meines Hotelzimmers herausgefunden, sind mir hinterhergereist zu Drehorten in aller Welt, bis zu meinem Landhaus in Aberdeenshire, alle Geschlechter. Verdammte Groupies! Davon hatte ich die Schnauze voll. Und Warren hat mir so oft meinen Arsch gerettet, vor der Kamera und auf dem Boot. Ein echter Freund, auch ein Spiegelbild, leistungsfähiger, taffer, ein Kerl von ganz unten wie ich. Manchmal verliebt man sich in sein Spiegelbild. Man erkennt sich selbst darin, das, was man an sich besonders mag. Da habe ich meinen Gelüsten halt nachgegeben. Männlich und weiblich, was davon alles in uns steckt, was wir glauben zu sein und was die anderen aus uns machen, die ganze Bandbreite dazwischen – ist doch alles nur ein Riesentheater. Entscheidend ist, was man fühlt. Und wie einen der andere anschaut.«

»Kein Problem damit«, sagte Phyllis. »Du wirst immer meine erste große Liebe bleiben.«

»Das nimmt uns keiner, Phillie-Baby! Ich wünschte, es wäre damals in Edinburgh anders gelaufen. Für dich hätte ich alles getan.« McKechnie atmete schwer aus. Das Gespräch, das er mit Phyllis in der Küche geführt hatte, schien Spuren hinterlassen zu haben. Bei ihm mehr als bei ihr. »Aber jetzt versteht ihr vielleicht besser, was auf der *Highlander* passierte, nachdem Warren in meiner Kabine ausgerastet ist. Er und ich im selben Bett, nackt von der Hüfte abwärts, wenn auch unfreiwillig – das brachte Erinnerungen zurück. Schlechte Erinnerungen aus seiner Sicht, denn für ihn war die Knutscherei in der Antarktis ein Fehltritt gewesen, unverzeihlich, seiner Abhängigkeit von mir geschuldet. Er wollte sich einfach nicht eingestehen, dass er es auch ganz gut fand. Erinnerungen sind trügerisch, man bastelt sich im Nachhinein alles zurecht. Wie auch immer, er sagte mir ins Gesicht, ich hätte ihn sexuell belästigt, damals in der Antarktis und auch jetzt im Schlaf. Heutzutage ist das ein harter Vorwurf.«

»Ungeheuerlich«, bestätigte Phyllis. »Absoluter Vertrauensbruch.«

»Verletzend. Ich und *sexual harassment!* Das tat weh. Und es kam zu seinen anderen Anschuldigungen noch hinzu.«

»Was hast du getan?«

»Ich sagte ihm, dass er sich ein für alle Mal verpissen soll. Im nächsten Hafen von Bord gehen und sich nie wieder blicken lassen. Das hat Warren erst richtig auf die Palme gebracht. Er sprang auf mich drauf und hat mich gewürgt, wahrscheinlich, damit ich endlich den Mund hielt. Ich hab mich gewehrt nach Kräften, aber er hatte Eisenhände, drückte zu wie ein Verrückter. Fühlte sich wohl zurückgesetzt, ausgenutzt, um seine Identität betrogen und so weiter. Ich kann ein Ekel sein, weiß ich ja. Aber ich musste etwas tun, dringend, sonst wär ich draufgegangen. Also hab ich beide Beine angezogen und ihn dermaßen getreten, dass er wimmernd von mir runterrollte und zusammengekrümmt liegen blieb. Es dauerte eine Weile, bis ich wieder sprechen konnte. Ich stand auf und versuchte es mit einem Kompromiss: ›Also gut, wie wär's damit: *Ich* geh von Bord, und du kriegst die *Highlander?* Ich überschreib sie dir, komplett. Das Boot ist ja eh dein Zuhause. Werd glücklich damit, fahr in einen Teil der Welt, wo's dir gefällt, nach Südamerika, nach Spitzbergen, keine Ahnung. Nur komm nie wieder nach Schottland zurück, verstehst du? In diesem Leben will ich dir nicht mehr über den Weg laufen. Die Million gehört allerdings mir, ich schaff sie irgendwie an Land. Dann schlägst du dich alleine durch.‹ So ungefähr lautete mein Vorschlag.«

»Wie hat er reagiert?«, fragte Phyllis.

»Nachdem er die Tritte verarbeitet hatte? Und ihm seine Zukunft auf dem Silbertablett serviert worden war? Wir gingen zur Kombüse, um einen drauf zu trinken.«

»Unverbesserlich.«

»Das Gerangel hatte durstig gemacht. In der Kombüse kamen wir aber gar nicht an. Eine mächtige Welle erwischte die *Highlander* an Backbord, das Boot legte sich abrupt zur Seite. Warren knallte mit aller Wucht gegen die Kante der kleinen Theke, mit dem Hinterkopf. Ich glaube, er war schon tot, als er zu Boden fiel und hinschlug.«

McKechnie machte eine Pause, um die Worte wirken zu lassen. »Ich hab alles versucht, um ihn wiederzubeleben. Herzmassage, Mund-zu-Mund-Beatmung. Keine Chance. Irgendwie hab ich seinen Körper dann an Deck befördert und über Bord geworfen. Seebestattung, das hat er sich mal gewünscht. Hat er auch gekriegt. Aber es stürmte ja heftig, und allein kam ich nicht klar mit der *Highlander*. Ich war ja nie ein richtiger Skipper, alles nur Show. Die Strömung und die Wellen haben das Boot zu den Riffen von Gamhna Gigha getrieben, und ich musste meine schöne Jacht aufgeben, bin ins Wasser gesprungen und an Land geschwommen. Ende der Geschichte.«

Betretenes Schweigen. McKechnie hatte viel von sich preisgegeben, erstaunlich viel. Es war nicht gerade das, was Hollywood-Reporter oder die sozialen Medien vermeldeten, weder sensationell schön noch abschreckend skandalös. Zu kompliziert, um Emotionen in die eine oder andere Richtung hervorzurufen. Doch einfach waren Geschichten von enttäuschter Liebe und tragischen Verkettungen vermutlich nie.

Sie gingen gemeinsam nach draußen, um Warrens

Überreste im Van zu inspizieren. Nicht wirklich angenehm, aber jeder wollte es mit eigenen Augen sehen. Das Tattoo sprach Bände. »Its shite being Scottish!«, unterbrochen von der Poritze. Außer Nicol waren nur Schotten anwesend, und Nicol war so etwas wie ein Wahlschotte. Spätestens jetzt konnten alle nachvollziehen, wie tief das Zerwürfnis zwischen dem Schauspieler und seinem Double gewesen sein musste.

»Tut mir leid, Kumpel«, murmelte McKechnie und wandte sich ab.

50

Alle waren einverstanden, dass Snodgrass, wie Hynch immer noch genannt wurde, sich um die Leiche kümmerte. Er stieg in den Van und fuhr zu dem ehemaligen Farmhaus, das er im Süden von Gigha bei Druimachro gemietet hatte. In seinem Waffenarsenal befanden sich nicht nur Knarren, sondern auch größere Mengen an Plastiksprengstoff, C4, äußerst zuverlässig bei der Beseitigung schlechter Erinnerungen. Gegen Mitternacht gab es einen lauten Knall, und Warren löste sich rückstandsfrei in seine Atome auf. Falls sich jemand auf Gigha wegen des Lärms beschweren sollte, würde Hynch sagen, ihm sei eine Gaskartusche explodiert.

Im Lösen von Problemen war er immer noch ganz gut, fand er. Der Secret Service hätte es nicht besser hingekriegt. Vor einer Ewigkeit hatte er für den MI6 einen Auftrag ausgeführt, als eine Art freier Mitarbeiter. Er war so schlecht bezahlt gewesen, dass er sich kurz darauf selbstständig gemacht hatte.

Am nächsten Morgen aß er ein schnelles Müsli. Dann nahm er den Lieferwagen bei Tageslicht in Augenschein. Säuberungsmaßnahmen waren kaum vonnöten, er entfernte einfach die Plastikfolie, mit der die Ladefläche ausgekleidet war, und beglückwünschte Val zu ihrer Pragmatik. Zu Nicol beglückwünschte er sie jedoch nicht. Dass die beiden jetzt zusammen waren, gehörte zu den großen ungelösten Rätseln der Menschheit. Die Landung eines Ufos im Loch Ness wäre plausibler gewesen.

Der Sturm hatte sich im Laufe der Nacht gelegt, alles war wieder ruhig und wirkte wie einmal feucht durchgewischt. Hynch fuhr zur Töpferei zurück und kam auf dem Weg als Erstes an der Village Hall vorbei. Die Baracke war zuvor schon ein trauriger Anblick gewesen, doch das Unwetter hatte das scheußliche Ding schlichtweg zusammengefaltet. Das war ein schwerer Schlag für die Gemeindeaktivitäten! Aber vielleicht fanden sich ja Wohltäter, die den Wiederaufbau mit einer anonymen Spende unterstützten, überlegte Hynch. Er hatte da schon zwei Kandidaten im Auge. Stuart und Jessie würden bestimmt besser schlafen, wenn ein Teil der Million einem guten Zweck zufloss. In der neuen Village Hall konnten die beiden dann ja zum Beispiel einen Geburtsvorbereitungskurs belegen, dafür hatten sie jetzt schließlich Bedarf.

Weiter die Straße hoch lag das Gigha Hotel. Auf dem Parkplatz belud gerade jemand einen azurblauen Leihwagen. Der Mann sah aus, als hätte er im Auto übernachtet. Seine Frau trug eine pinkfarbene Outdoor-Jacke und erteilte ihm Anweisungen, wie allerlei Pakete ordnungsgemäß in den Kofferraum zu schichten seien. Hynch kannte das Paar, es waren die mäkeligen englischen Touristen. Er blieb stehen, kurbelte die Scheibe herunter und schaute sich das Ehedrama eine Weile an. Gerry, der sich gerade seinen Morgenjoint genehmigte, ließ sich das Schauspiel ebenfalls nicht entgehen. Er kam zu Hynch herübergeschlendert.

»Wissen Sie, was diese Frau denkt?«, fragte Gerry.

»Nichts Gutes, würde ich sagen.«

»Sie denkt, dass sie Lizzy bekommen hat, in Einzelteilen. Kennen Sie Lizzy?«

»Das verrückte Hochlandrind? Sicher.«

Gerry erzählte Hynch von dem rachsüchtigen Auftrag, der Lizzys Schlachtung zum Ziel gehabt hatte. Doch McPhee habe am gestrigen Abend im Hotel angerufen und Gerry gebeten, der blöden Pute irgendein Fleisch aus der Kühlung zu geben, zum Beweis, dass er Lizzy gekillt habe.

»Um sie übers Ohr zu hauen?«, fragte Hynch.

»Na klar!« Gerry strahlte und rieb sich die Hände. »Nach allen Regeln der Kunst.«

»Das ist eine Straftat, Beihilfe zum Betrug.«

»Aber so was von!«

»Was hast du ihr denn gegeben?«

»Das älteste Rind Schottlands. Keine Ahnung, woher wir das haben und wie lang es schon in den Kühlschränken liegt. Ich hab's in der hintersten Ecke gefunden, der Sticky Toffee Pudding hatte das Fach blockiert.«

»Wozu Sticky Toffee Pudding alles gut ist!«

Das Paar war mit dem Beladen fertig, setzte seinen Kleinkrieg im Wagen fort und dampfte Richtung Fähre ab.

»Wie geht's unserem Ehrengast?«, wollte Hynch wissen.

»McKechnie? Schläft noch, nehme ich an. Er hat bis in die Nacht hinein telefoniert, mit seinem Agenten und allen möglichen Filmleuten. Es ging um einen ganz neuen Dreh, ein Typ allein mitten im Ozean auf einem Segelboot, das leckgeschlagen ist und allmählich untergeht. Davon ist er ganz begeistert.«

»Den Film würde ich mir sofort im Kino anschauen.«

»Wär mir zu monoton«, meinte Gerry. »Da passiert viel zu wenig.«

Hynch wünschte ihm noch einen gechillten Tag und fuhr weiter zur Gigha Pottery. Seine Laune wurde immer besser. Die Sonne blitzte hinter den Wolkenbänken hervor. Eine leichte Brise wehte, ungewöhnlich warm für die Jahreszeit.

Vor dem Wohnhaus der Zwillinge stand ein rotes Postauto. Craig schien zeitig unterwegs zu sein, um seine Briefe und Päckchen auszuliefern.

Hynch stellte den Lieferwagen daneben ab. Die Haustür war nicht verschlossen, also ging er nach drinnen, um den Autoschlüssel abzugeben.

Seine schlimmste Befürchtung – Val und Nicol im Pyjama beim Frühstück anzutreffen – nahm zu seiner Erleichterung keine Gestalt an. Auch Phyllis war noch nicht auf den Beinen. Stattdessen saß Craig in dem Ohrensessel vor dem erkalteten Kamin und kritzelte in einer Kladde, die er vor sich auf dem Schoß balancierte.

»Ist das nicht ein wunderbarer Morgen?«, fragte

Hynch und legte den Autoschlüssel auf den Tisch. »Wenn Sie Val sehen, sagen Sie ihr von mir, dass alles erledigt ist. Würden Sie das bitte tun?«

Craig nickte nur geistesabwesend, völlig absorbiert von der Schreiberei.

»Haben Sie's schon mal mit Haiku probiert? Japanische Dichtung. Kann ich nur empfehlen. Macht einen innerlich ausgeglichen.«

Der Postbote reagierte immer noch nicht. Also verabschiedete sich Hynch und begab sich nach draußen. Er streckte die Arme aus, sog die salzige Luft ein und atmete tief durch. Dann marschierte er los. Zum Creag Bhàn wollte er heute hoch in der Hoffnung, Rot- oder Wacholderdrosseln beobachten zu können, Bergfinken aus Skandinavien und eventuell, falls ihm das Schicksal hold war, eine Schneeammer. Sein Minifernglas, das er »im Feld« benutzte, steckte in der Außentasche seiner Steppjacke. Er trug eine Tweedmütze und feste Stiefel und war entschlossen, die nächsten Stunden in Gesellschaft der Piepmätze zu verbringen. Und er hoffte sehr, dass er dabei nicht über eine Pech-gehabt-Leiche stolperte.

Als er den Gipfel erreichte, genoss er die Aussicht. Islay im Westen, Jura im Norden, Kintyre im Osten, und im Süden irgendwo Irland. Eine Kornweihe, die ein bisschen wie ein kleiner Habicht aussah, zog über ihm ihre Kreise und machte »Tschuk-uk-uk-uk-uk«. Ein bisschen früh für die Balz, fand Hynch und versuchte, den Vogel mit dem Fernglas im Blick zu behalten. Deutlich war der weiße Bürzel zu erkennen. Er machte einen Schritt nach hinten, es gab ein schmatzendes Geräusch.

Hynch stand in einem Kuhfladen.

Ein Stück den Hang hinunter streifte Lizzy umher. Sie hob den Kopf und verzog ihr Maul ein wenig. Fast wirkte es wie ein Grinsen.

51

Liebe Phyllis,
verzeih, Du bekommst schon wieder Post von mir. Ich muss die Dinge aufschreiben, um sie zu verstehen, und das will ich jetzt versuchen.
Gestern Abend habe ich Jim im Pub getroffen. Er hat viel telefoniert, wir konnten uns trotzdem unterhalten. Ich fürchte, er war ein bisschen indiskret. Aber Männer, die dieselbe Frau lieben – oder geliebt haben –, verbindet ja etwas, und ich kam mit ihm ins Gespräch. Jedenfalls hat er erzählt, dass Ihr kurz zuvor eine Auseinandersetzung in der Pottery hattet und Du Schluss gemacht hast. Überflüssigerweise, setzte er hinzu, denn es war ja schon vor 30 Jahren aus und vorbei gewesen.
Vor 30 Jahren … Da hattet Ihr diese Verabredung in einem Pub in Edinburgh. Zu der einer von Euch beiden nicht erschien. Aber es war nicht Jim, sondern Du. Er hat auf Dich gewartet, stundenlang, und Du kamst nicht, hast ihn sitzen lassen, wie er annahm, hast Dich auch nicht mehr gemeldet. Aus der Zeitung erfuhr er dann den Grund dafür: Du hattest vom Tod Deiner Eltern erfahren, von dem Fährunglück in Zeebrugge. Das muss Dich so aus der Bahn geworfen haben, dass Du den Kontakt zu ihm

abgebrochen hast. Jim konnte Dich nicht mehr erreichen, Du wolltest wohl auch nicht erreicht werden, von niemandem. Und da er Verpflichtungen in Hollywood hatte, flog er in die USA, und das war's dann. Im Laufe der Zeit scheinst Du die Rollen in dieser Geschichte irgendwie vertauscht zu haben. In Deiner Erinnerung hast Du auf ihn gewartet, und er hat Dich verlassen, also genau umgekehrt, vielleicht, um das Ganze für Dich erträglicher zu machen. Das wäre nachvollziehbar. Ich bin kein Psychologe, bestimmt gibt es dafür einen Fachausdruck.
Gestern habt Ihr noch einmal darüber geredet. Auch das hat Jim mir erzählt. Erst warst Du froh, ihn wiederzusehen, weil Du ihn für tot gehalten hattest. Dann warst Du wütend auf ihn, weil er Dich vor zwei Tagen nicht erkannt hat – was ihm im Nachhinein unendlich peinlich ist, das hat er mir versichert. Kitten ließ sich nach all der Zeit nichts mehr, trotzdem gelang es Euch, zur Wahrheit vorzudringen und sie auszusprechen. Das muss schmerzlich gewesen sein. Doch danach ging es Dir besser, meinte Jim. Du wärst jetzt endlich bereit loszulassen.
Wenn Du willst, helfe ich Dir beim Loslassen.

Stets Dein
Craig

PS: Dieses Mal stelle ich den Brief persönlich zu.

52

Lizzy beschleunigte ihre Gangart zu dem üblichen erdbebenartigen Watscheltrab. Die Tür hatte nicht den Hauch einer Chance. Das Holz war morsch und von Salzwasser zerfressen, es gab sofort nach.

Nicol nannte die Hütte »Bootshaus«. Dabei gab's hier überhaupt keine Boote! Nur eine Art Gerüst aus Stangen und Planken, das irgendwann einmal ein Boot werden könnte. Oder so was Ähnliches. Mit viel gutem Willen.

Ihr Schädel brummte. Eine Weile trampelte Lizzy in diesem für Hochlandrinder recht eng bemessenen Raum umher. Es rumpelte und krachte, das Gerüst fiel nach und nach auseinander. Dann machte sie sich wieder davon. Sie hatte genug gesehen. Ohne Tür war die Hütte ganz gut als Unterstand geeignet. Vom Palm Tree Beach gehörte Lizzy jetzt die Hälfte, fand sie. Partner teilten sich doch alles. Sie nutzte Nicols Abwesenheit für einen Rundgang in ihrem neuen Reich.

Als sie das höher gelegene Cottage erreichte, ließ Lizzy den Blick schweifen, über Gighas weiße Strände, über die anderen Inseln in der Ferne, grüne und braune und graue, bis zum Horizont. Das Meer glitzerte verheißungsvoll, ein frischer Wintergeruch lag in der Luft. Lange stand sie so da und hörte dem Seufzen und Murmeln der Wellen zu, der Klang senkte sich tief in ihr Herz. Die Welt konnte echt schön sein.

Schließlich kam Val mit dem Lieferwagen. Sie setzte Nicol ab und fuhr rasch davon. Das Motorengeräusch entfernte sich, dann war alles wieder wie zuvor.

Er sah, dass Lizzy ihn erwartete, ging zu ihr und holte tief Luft. »Ich bin zurück«, sagte er.

DANKSAGUNG

Danken darf ich der Schottland-Expertin und Inselsammlerin Fenna Williams für ihre Unterstützung und Inspiration in allen Belangen. Ebenso danke ich Dr. Tessa Korber, die einmal mehr an der Entstehung einer meiner Geschichten beteiligt war. Großen Dank schulde ich Carolin Graehl und Dr. Felicitas Igel, ohne deren einfühlsames, unendlich geduldiges Lektorat dieses Buch nie fertig geworden wäre. Für nützliche Hinweise danke ich Helen McBreaty und ihrem überaus empfehlenswerten »Essential Guide to the Isle of Gigha«, ebenso Vie Tulloch, deren Broschüre »The Isle of Gigha. Wild Flowers, Birds and Mammals« mir viele Anregungen geschenkt hat. Ich danke Mary Allan für ihre Gastfreundschaft, ihre Gigha-Storys und die Champignons. Und ganz besonderer Dank gilt Conny, Ida und Julia.